淡江大學出版中心

目次

輯三．師友

序一　寫記憶、寫重逢

李卓穎（清華大學歷史所教授）

在世奇流暢而充滿感情的筆下，每一位人物都是個性鮮明、風采煥發，每一幕場景都是躍然紙上、栩栩如生。帶著淚的地方，似乎就聽著了啜泣、聽著了號啼；傳來笑的地方，彷彿就見著了歡顏、見著了酣暢。色彩繽紛時，淋漓盡致；氣味豐盛處，層次分明。還有那沉默卻幽遠，尋常而飽滿的人物深描，都如此涵蘊有光，教人低迴再三。

世奇何以能寫得如此生動呢？只是生花妙筆之效嗎？想來不是的。

世奇自述一直是個拙於言辭、不善交際的人，但那不打緊。關鍵是，說自己習慣孤單的世奇，有著異於常人的敏銳眼睛，觀察著、欣賞著周圍的人。君不見，美工技術好的阿強，是世奇的「學習對象」。君不見，成功企業家同學的厚此薄彼，世奇準確說那是「溫存厚道」。君不見，「科學怪人」天真純亮，世奇從中看出了一門朗朗乾坤的風範。

這是一種赤誠，願意將自己敞開，熱情迎上前去。於是，比自己奇特的人，很可愛；和自己不一樣的人，真有趣。於是，能在知識的殿堂和修養的境界中，領受老師們不一定都是循循善誘，往往卻是當頭棒喝的教誨，而在其中如夢初醒、脫胎換骨。於是，能在氣惱怨怒，苦悶已極的情況下，因收到同學們的卡片而百感交集，隱然有愧，從而悠長深遠地在多年後拆解了名相之羈。

這當然也是一種深情。深情的人，不免慚悔，所以執拗不換位子的小學生，記著邱老師的善待，忘了女同學的名字，但多年以來，總懷著歉意想起他們。深情的人，不免眷戀，但世奇說他「逐漸明白，聚散匆匆，無可眷戀，只有卓然自立，實踐不已，才是唯一的答案」。當然，世奇也不是真能如此灑脫，或者，更多的時候，只能放開手而存於心，所以蒙恩堂拆了，心中默默上了祭，仍有無盡的悵惘。

赤誠深情的人，記憶總是那般的清晰，似乎每一位人物，每一幕場景都化成生命的一部分了。想起來時，就像指掌，又像呼吸，更像精神。寫人、寫景，既是親切寫記憶，也是體切寫自己。

不過，也正因為這些記得清的人、記得牢的事都和自己不可區而分之了，想起來時，總是描摹著、呼應著、證成著已然成了形的自己，所以很是珍貴，所以很怕遺忘。擔心一旦忘了，自己曾經歷過的，自己所以是今日樣貌的環環節節、因因緣緣，或者，更根本的說，自己的存在，是不是就無可依托了。

赤誠深情的世奇，似乎有個解決之道，他說：「所以我們總需要一點重逢。」然而，重逢未語，怕是更添困窘與惆悵，儘管也可能因此鬆了一口氣，一如擁擠公車上與兩條辮子的重逢。但，重逢又可能以意想不到的方式出現，同樣是兩條辮子，在一班年輕女生的溫柔戲謔中，有了新的意義。原來，女孩們都能明白啊！而且，似是齊心展臂抱起小學時的世奇，說著：好啦，好啦，小朋友，來把兩條辮子看個夠吧！於是，起意當笑話講講，想好好治治自己的世奇，看清了這本來是一齣明暗相間、如真若幻的喜劇歡樂，當然也是真實的。

當然，重逢而打開停不下的話匣子，話題不停流轉是真實的，見證少年時光是真實的。

不過，重逢，帶來的還不只如此。

重逢之中，看到的熟悉，是往日。一如已嵌入生命的熟悉記憶，同學朋友們的質地都如印象中的不曾改易。然而，也看到了陌生。最重要的是，看到了陌生的往日自己。

自己早已忘了的，竟然在他人的生命中成為深刻的懷念、深厚的感謝、深沉的重負、深遠的傷害。那些，真的是我嗎？

原來，自己可以那麼好，那麼溫柔寬和；可以那麼糟，那麼莽撞殘酷。

原來，在無數次的回憶中已然定型了的自己，竟然曾有許多人們為我們帶來過那麼多可能性，只是我們都忘了！原來，在自己定型的記憶中已然各就各位的人與事，還有那麼多可能的重要性，只是我們都忘了！原來，在那些已各就各位的人與事之外，還有好些同樣充滿生命力的遭逢，只是我們都忘了！

重逢，帶來了重新看待自己的契機，那不是單純的記憶所能給予的。

但，若要重新看待，就得逼視那因重逢而竟然陌生起來的自己，以及因而發動的陌生感慨（原來我放棄過斑斕路徑）、陌生慚愧（原來我曾有刀般言行）、陌生歡喜（原來我有如許良能）。

而這樣的陌生，必得安頓。這樣的安頓，並不容易。這樣的不容易，卻不能逃避。不能逃避，為著重逢是幸運的，讓自己得以在感慨、慚愧、歡喜中，向著未來，修而行之。

為了修而行之，最難的重逢，約莫是自己做個決定，將已在記憶中定了錨的人與事，變成陌生的，然後，與之再次遭遇吧。而難中之難，則約莫是將記憶中鮮明的、為我們崩出坎、讓我們擱上灘的人與事，從黑洞般的漩渦中起錨吧。

讓他們在我們生命中開啟新的航程，有了新的意義，或許，竟從而曲折地豐富了我們的生命。

這是以《現代啟示錄》拍了厭世少年肩膀的鄙世少年，在越過了知天命之年後，為世奇所作的序。

序二　寧作我

曾守正（政治大學中文系教授）

當我掩上世奇《疏狂年少》的文稿時，浮上腦海的是，「寧作我」三個字。《世說新語》有一段故事，大意是東晉名將桓溫年少時，與殷浩齊名，因此他常起競爭的心理。有一天，桓溫問殷浩說：「你和我相比起來，如何呢？」殷浩回答說：「我與我周旋許久，寧願作我自己」。桓溫在意與人的較勁，而殷浩則選擇面對自己，成為自己。

這本文集名為《疏狂年少》，看來寫的是我，年少的我，而內容的確反覆描述自己，甚至剖析自我。不過，有兩點值得留意：一是對於自我的認識，有時候還是要透過他人的眼睛，以及人我的相處，慢慢體會領略，所以這本書更多地方描寫的是「他人」，包含父母、兄弟、師長、同學、朋友、鄰居等等，而每個人的形貌都鮮明如畫。二是雖題名年少，但中年的作者屢屢出場，事實上，那年少不曾消失，縱然記憶已經漫漶，甚至一度飄散，但依舊或隱或顯地作用至今。〈自序〉說：「當生活一切慢慢定型，一切都已經有了固定的模式，包括生活裡的快樂和疲憊，都已經慢慢堆積成一種隱然的慣性。那慣性和緩緩老去的節奏，就漸漸凝聚在一起，形成一種無處不在的推力，推著我們，推出一點一點的皺紋，並且接受這種老去。可是偶爾也有重逢或追憶，書信或思念，老照片或幾行字跡，讓年輕時的各種美好相遇，一下子在靈魂裡甦醒，心神一凜，那些明亮的歲月好像就奔赴回來了，彷彿勇氣和活力都隱隱升起，可以重新活過。」從「慢慢變老」的時間感中，作者回顧曾經交往的人們，及其所發生的事件，便甦活那逐漸變老的「我」。因此，我們可以說，時間、人事、自我，交織出這本書的結構與脈絡。

輯一的「童蒙」，主要寫的是從幼稚園到國中的自己，以及老師、同學與鄰人。在幼年的世奇心底，有一層莫名的傷愁怫鬱，尤能感受孤單寂寞，而本能式反應便是「哭」。這種傾瀉情感的方式，當然不只限於幼年，甚至到了高中、大學，由於對現實產生懷疑，生活痛苦而徬徨，他曾藉著閱讀金庸小說而痛哭，然後緩緩地與令狐沖走出天地牢籠。哭，透顯作者天生的敏銳感受。

輯二為「青衫」，寫的是高中、大學生活與心事。相較於少年幽隱朦朧的哀愁，高中因為家境變化，以及學校簿本事件，使得他的性格更為愁鬱，甚至轉為憤世。「我家境清寒，性格尖銳，對於物質的貧困總是憤怒又驕傲，訴苦又炫耀」，這是何等複雜，又何等真實的告白。世奇對於經濟物質的遭遇是如此反應，他對於人與人的情感離合，亦是如此。對於父親，「我突地驚覺，我天天挑剔著父親的愛現，自己卻又習慣性地沾光，我覺得自己好糟糕」；對於失戀，格外體會「（心裡）角落混雜著是與非，黑與白，理性和非理性，清晰和混濁，文明和洪荒。或許那正是心靈的聖地」。就在迷惘、騷動的同時，內心也「在光明和黑暗中交錯，在紊亂和秩序中摸索」，而明暗交錯、亂序摸索後所得到的人生解答，大多時候仍是某成長階段的轉角而已。他選擇讀法律系，想藉著「公平正義」的探索，驅趕現實的鬼魅，或者說，治療受傷的靈魂，可是，「沒有人文想像和滋味，也沒有關於法理與精神的思辨」，終究又讓他陷入新的掙扎。

輯三「師友」，主要書寫大學畢業後的經歷與感知，尤以「天德黌舍」毓老師、師門兄弟，淡江大學中文研究所的師長與同儕，以及任職學校的同事和學生為題材。相較於前兩輯人間的暗淡，此輯則描寫世間的光亮，世奇曾說「我想，所謂朋友，那裡面可能有一種東西叫作『關於生而為人的想像』」師友種種的美好，又何嘗不是作者善良而溫柔的想像？這倒不是說，想像是不真實的，而是在人與人的遇合中，能找到內心的觸動與共鳴，也是對自己的慰藉和慈悲。因此，這本書的氛圍，就從狂濤激盪，逐步走向平疇開闊。

在這本書中，流逝的時間與碎片的人事，在作者的反覆回望中，延展為具象而有情的故事。故事中所浮現的迷惘、騷動、衝突等等感受，透過誠摯的情意與流暢的敘說，濃縮出具有多義的詩性，於是，人事可以不斷地生發嶄新的意義與啟示。在人間江湖中，種種人生際遇都可以被重新理解、敘述，並且用以觀照自己與環境，而這一切即是自我周旋的印記。周旋之書，或許是我可以為這部動人的散文集，所寫下的簡要註腳。

二〇二〇年三月一日 于木柵指南山麓

自序

春末夏初，處處彌漫著天地的熱情和歡喜，空氣裡都是勃勃的生機。我在屋裡起居顧盼，時常若有所思。

當生活一切慢慢定型，一切都已經有了固定的模式，包括生活裡的快樂和疲憊，都已經慢慢堆積成一種隱然的慣性。那慣性和緩緩老去的節奏，就漸漸凝聚在一起，形成一種無處不在的推力，推著我們，推出一點一點的皺紋，並且接受這種老去。

可是偶爾也有重逢或追憶，書信或思念，老照片或幾行字跡，讓年輕時的各種美好相遇，一下子在靈魂裡甦醒，心神一凜，那些明亮的歲月好像就奔赴回來了，彷彿勇氣和活力都隱隱升起，可以重新活過。

我們在最年輕最稚嫩的青春時期相遇，那些相遇的記憶，就成了召喚青春的密碼。偶一重逢，稍一追想，那個生命底層的古老記憶就開始歷歷浮現。

年輕的時候，還不知道這個世界到底是怎麼回事，但總覺得它一定是明亮的。不管我感覺到的東西有多黑暗，我總相信，在不遠的前方，一定是一片明亮無比的晴空。那種相信，比真正的晴空還要珍貴。

當我們終於跌跌撞撞走過來，不免要撞出許多坑坑疤疤，給自己的生命留下許多痕跡，想起一些辜負的人事，一些錯過的美好，回頭看時，也不免懊惱，或者悵惘。王國維說：「人生過處惟存悔，知識增時只益疑。」實在說得驚心動魄，不過，那些悔與疑，未必只是徒勞的喟嘆，倒是反過來印證了青春的美好，特別是生命的無盡可能和希望。

就因為青春太美好，不論我們做了什麼決定，後來總是要懊惱的，因為，青春的可能性太多又太大，我們無論做什麼，總覺得會辜負它的。就像一位作家說過的：「生命是一樁太好的東西，好到你無論選擇什麼方式度過，都像是一種浪費。」

我們「辜負」或「浪費」的，不只是青春，還有許多美好的相遇和夢想。

那些生命中偶遇的師友，除了啟發、滋潤我們，在生命裡留下許多痕跡以外，他們的步履已從日常的生活場景離去，身影日漸稀淡。但生活裡偶然靈機觸動，總會浮起一點塵封的故事。當他們在腦海中一出現時，會突然記起那些青澀的歲月，記起那些歲月裡對這個世界的種種幻想，明亮又瑰麗。所謂的故人，原來都是青春的見證。

不知是出於對青春的眷戀，還是對那些故友的想念，一旦靜下來坐在桌前，我總忍不住想拿起筆來，把那些身影和片段都一一召喚出來，那不只是召喚我生命中的相遇，召喚已逝的青春歲月，也是在召喚我對這個世界的無邊想像，還有努力生活的勇氣。

我還記得，剛寫完〈兩條辮子〉時，好像胸中有什麼東西被掏出來了，感覺有點奇妙，又是歡喜，又有一點莫名的憂傷。那時中秋已過，秋老虎的餘熱消失了，走在街頭，涼風徐徐，秋意真的悄悄來了。柔和的陽光在空氣裡旋轉，觸眼都是晶亮亮的，便也在地上襯出許多樹影。

我騎著破舊的機車，在陽光和樹影的交錯中穿行，這個世界於是一明一滅，一明一滅。那些曾經閃過，而終於遠去的紅塵記憶，於是也在我的心頭一明一滅，如真似幻。那故人的身影，就像一個秋天的童話，幽幽地在空氣裡飄蕩，在陽光裡消融，散入看不見的秋氣裡。

寫作就像是一場點點滴滴的拾掇，把那些破碎的斑駁的東西拼接起來。只要和那個深藏在記憶底層的自己說說話，許多沒來得及長好的東西，便不知不覺被溫柔地補上填起。

當然了，有許多東西是補不上填不起的，那也沒有關係。我們能補的，其實只是自己錯失的記憶。而在補上的同時，或許會發現，我們其實也不曾失去。過去的都得過去，我們能拾掇的，並不是過去本身，而是那份曾經迷惘的初心。

於是，就像「找自己」似的，慢慢有了這本書。

這本書裡分成「童蒙」、「青衫」、「師友」三個單元，大概可以算是按著時間流的順序，記錄生命成長的歷程。但時間流是否真如我們的想像，如箭一般只向前走，還是很難說的。在很多「平行時空」的多次元想像裡，甚至相信時間是不斷迴轉奔流的，它並非其去如矢。換句話說，如果真有輪迴的話，我們死後投胎轉世，也許有可能進入更古老的某一個朝代，在不同的時空中穿行。

這個大膽的構想不知是否為真，但當我們沉思冥想，縱意所之，召喚生命中的層層記憶時，也宛如突破了時間之矢的魔咒，在不同的次元裡自由穿梭。每進入一度時空，都是重新活過一次，重新學習看待生命中的那些起伏得失，直到生命漸臻於圓滿、成熟，終於無憾。

那麼，不論是閱讀或書寫，都可以算是跨次元的旅行，上窮碧落下黃泉，心念神馳之際，便跨入了嫏嬛福地、天仙洞府。就在那一念之間，可以臨萬古長空，品一朝風月，盡意咀嚼生命的各種滋味。

輯一・童蒙

男孩的哭哭

似乎從小寶出生的那天起，他只要一哭，我就像飛箭離弦般射到他的身邊，那惶急失措的模樣，總讓妻忍不住抿著嘴直笑。

為什麼會這樣，我自己也不明白。

小寶剛出生那幾天，由於臺大醫院向來主張「母嬰同室」，我們都睡在同一間房裡。我躺在那兒，聽到小寶哭聲響起的那一剎那，身子立刻從躺椅上彈起，連滾帶爬地衝到嬰兒床前。只見小寶閉著眼，竟然正自酣睡，原來，他只是在睡夢中哭了兩聲，便不作聲了。妻看到這個情況，忍不住笑出來。她對我的過度反應，常常覺得不可思議，總拿這事取笑我。因此，每次嬰兒哭聲一起，她的第一反應就是大喊：「別慌！慢慢來！」

那之後，我其實有稍作調整，但總是改不過來。只要聽到他的哭聲一起，我就覺得整個心被他揪走，不去看看，不能放心。

最近，他哄睡所需的時間加長，睡到一半醒來的頻率也增加了。每次他睡到一半哭起來，我總是在三四秒之內抵達，不願讓他哭聲持續下去。小寶似乎也很懂得把拔的反應，只要在那個時刻被把拔抱起，他的眼睛都不用張開，便即非常放心，接著安然入睡。

我並不知道自己為何這樣，不過，每次他哭聲一起，我似乎總能想起某些靈魂深處的記憶，關於哭泣的記憶。

我的童年記憶，約自三四歲開始，在此以前沒有印象。從我有記憶開始，我就常常在哭。

母親記憶力過人，回憶我們的成長過程，對每一個孩子都有很生動準確的描述。譬如大哥，就是「容易生病，一病就翻白眼，全身瘦骨支離，時常命懸一線。」譬如二哥，就是「可愛又聽話，感冒發燒四十度，還可以把一整碗粥吃下去，養得白白胖胖。」譬如三哥，就是「貼心又乖巧，媽媽累癱的時候，他不吵也不鬧，只要把手伸過去，他把玩媽媽的手指，就可以玩幾個小時。」

而我呢，沒有別的，只有兩個字：「愛哭」。妻每次對媽問起我的童年，媽媽搜索她的記憶庫，除了「愛哭」，她想不起別的詞彙、別的印象，有時妻催促了許久，媽媽想了老半天，還是回答「就是愛哭」，最多加一句「動不動就哭」。

在我四歲半的時候，全家就從洲尾搬到臺北市的東區，新居就在華視附近，那時東區沒有現在繁榮，但街頭巷尾住的，多數都是有錢人，這個是導演，那個是名校名師，一戶戶都是紅漆大門，兩層平房，每家都有自己的庭院，我記憶中的童年，就在這樣的畫面中開始。

我和哥哥們的緣份似乎很淺，在新環境裡並沒有什麼相依為命的感覺，在他們到新環境開闢新樂土的時候，我時常成為他們的累贅。

那時大哥已經上了國中，下面三個男孩都念同一所小學，二哥六年級，三哥四年級，我念一年級。三個小男孩，在清晨裡排成一列，高高興興地向國父紀念館旁邊的小學走去，應該是非常美好的畫面吧？可惜不是。

我們上學要經過華視旁邊的大排水溝，裡面有厚厚的黑色污泥，一眼看去深不見底。要到學校，就必須從水溝上的木板橋上走過。二哥和三哥一路歡聲笑語，蹦蹦跳跳，一下子就過去了。但我當時似乎小腦發育未完全，平衡感不足，平常走平路就時常跌倒，對這種木板橋，實在極其害怕。越是害怕，越是走不穩，一失足，居然就真的摔入了大排水溝。

我一下子渾身濕透，驚恐萬狀，瘋狂地哭喊「救命！」「救命！」直到我終於被哥哥們心不甘情不願地「救起」。

從此，這件事就成了他們的笑柄。

很難想像，才小學一年級的我，居然記得哥哥們臉上鄙夷的神情。他們提早去學校遊玩的興致被我打斷，非常不開心地折返家中，請媽媽過來處理全身污泥的我。然後，氣急敗壞地喊著：「掉進水溝是在喊什麼救命，真是笑死人耶！」一轉身，趕緊上學去了。

從那以後，我就很少和哥哥們一起上學了。大部分的時候，我都是跟自己在一起。

當時爸爸在材料廠工作，為了想升職，時常應酬。媽媽在松山菸廠，有許多加班機會，她是極其勤奮的女人，為了擺脫貧窮，當時幾乎天天拼命加班，早上一大早工作到下午，下午緊接著又上小夜班到晚上十點，一個月裡，她的工作天數是五十四天。可以想像，我的童年裡多半都在獨處。

那時候的小學一年級和二年級，都是半天班，我回家以後直到家人回來，往往要獨處好幾個小時。當時的屋子沒有足夠的採光概念，又蓋得比較狹長，只有庭院最亮，客廳還能得到一些陽光，再往深處走，就全是黑洞洞的一片。

我想不起那時為什麼不敢在屋裡開燈，也許開燈浪費電，也許覺得開了燈也沒有用，所以我時常在庭院裡待著，待一整個下午。

現在想起來，庭院裡有陽光，並沒有什麼可怕，也想不起來我在害怕什麼。我還不知道「寂寞」、「孤單」是什麼意思，也不知道那能不能成為哭的理由，只是覺得難受，在黑洞洞的屋裡，持續不斷地哭，伊伊呀呀地哭。有時候也會嚎啕大哭，放聲大哭。

我的童年記憶裡，充滿了悲傷的色調，我自己也說不清是為什麼。

有時哭累了，開了門，走出門外，便蹲在門口看螞蟻。陽光照在我的身上，我就蹲在斜斜的水泥階上，看螞蟻來來去去。

看著看著，就是一整個下午。哭聲間歇的午後，人我俱寂，那樣的寧靜，記憶特別深刻。不知道為什麼，我長大以後發生的種種故事，想起來常常覺得虛幻，甚至沒有看螞蟻那樣的時光來得真實。

媽媽說，她為了加班賺錢，不能陪我，所以她臨出門前帶了一點禮物，去找隔壁的鄰居。

當時隔壁住著一個李導演，年紀已老，頂上漸禿，但風度翩翩，印象中，他時常穿著一襲藍色的長袍，舉止有度，頗為瀟灑。導演不常在家，在家的是他年輕美麗的太太，我們叫她李媽媽。

媽媽見了李媽媽，很為難地說：「不好意思，我們為了工作，放這最小的孩子一個人在家，如果有什麼事情，再麻煩幫我們照看一下。」

李媽媽是個嚴肅的人，不跟小孩子說笑逗樂，但鄰居守望相助，也不算太艱難的任務，所以她沒有拒絕。只是，她萬萬料想不到，她要照看的是這麼愛哭的孩子。

到了下午時分，我在黑洞洞的屋裡待著，想到沒有人陪我理我，一個人待在那兒不知怎麼辦才好，哭聲便哇哇響起。

漫漫長日，時間流裡堆積的都是寂寞的悲傷，我哭得傷心極了。在陽光洋溢，卻空無一人的庭院裡，聲浪四溢，全是我的哭聲。

「叮咚！」門鈴居然響了。

我嚇了一跳，慌慌張張開了門，一看，卻是臉如寒霜的李媽媽。

「你哭什麼？」李媽媽嚴肅地問。

我不知道怎麼回答，又覺得有些害怕，只能嗚嗚地抽咽，她沉下臉，說：「你再哭，我就把你抓到警察局去。」

我嚇得臉色慘白。

那是李媽媽的午睡時間，每天下午的哭聲魔音穿腦，讓她翻來覆去無法入睡。忍無可忍，她決定想出這個妙招，以毒攻毒，嚇阻這該死的哭聲。

我不敢答腔，也不敢再大聲哭泣，看著她離去的背影，伊伊呀呀，壓著聲音，卻哭得更悲傷了。漫漫長日，我的哭聲又繼續折磨著李媽媽。

後來不知是不是無法忍受長期的精神折磨，導演夫妻終於搬走了。長大以後，我想像那樣的情景，對那年輕美麗的李媽媽充滿了歉疚。

小學二年級那一年，隔壁搬進了一個新鄰居，是一個年輕前衛的畫家，叫做胡寶林。他的妻子是奧地利人，金髮碧眼，溫柔斯文，說話輕聲細語，當她在我們巷子裡出現時，宛如仙女降臨，連空氣都變得純淨了。

即使鄰居搬來了畫家和仙女，我愛哭的毛病仍然沒有改善。每到下午，對著黑洞洞空無一人的屋子，不知是孤單還是害怕，一股酸酸的感覺上來，忍不住了，就一個人幽幽地哭起來，最後變成嚎啕大哭。

「叮咚！」門鈴突然響了。

我一開門，居然是金髮碧眼的奧地利仙女。我「哭興」未盡，抽噎未止，臉上兀自淚水橫流，卻被她溫雅的氣質、高貴的模樣震懾住了，一聲都不敢再吭。

「小朋友，你怎麼了？發生了什麼事嗎？」她居然會說中文。

「……沒……沒有……」

我說了「沒有」，但心裡一酸，小嘴一噘，突然又開始想哭。

「沒關係，不用哭。我帶你到家裡來玩好嗎？」

我依言隨她進了屋。一進門，整個人就傻了。

那是民國六十四年，四十多年以前，屋裡卻完全是洋派的裝潢。一進屋，她讓我坐在一個巨大的「沙發」上。那東西很軟，隨時變形，像沙發又不像沙發，我一坐，整個人陷進去，嚇了一大跳，差點爬不起來。我那時孤陋寡聞，長大以後才知道那叫做「懶骨頭」。

我東張西望，客廳裡有一個巨大的吊燈，外層用薄薄的木片交錯編織，築成一個「鳥巢」，裡面卻是一盞黃澄澄、亮堂堂的燈泡。那空間裡的設計，彷彿到處瀰漫著一種故事感，新奇無比。我從來沒看過這種屋子，愣在那兒，完全忘了想哭的事兒。

我在客廳裡坐了沒多久，她端了一個盤子出來，上面有兩片吐司麵包。麵包上抹了一點奶油，上面若有似無的一層薄薄的金黃色，烤得恰到好處，香氣四溢。

我從來沒吃過那麼好吃的東西，咬的時候如真似幻，差點把舌頭都吞了下去。

那是我吃過最香的吐司麵包，也是我童年裡最美好的一刻。後來我才知道，她的名字叫做Marianne，她先生譯為「曼蕊」，這個溫柔的外邦女子，為我帶來了童年中最美好的一刻。

那天午後的吐司麵包，就像一個夢境，偶然飄來，卻不能常有。

大部分的時候，我都還是獨處。同齡的玩伴當然也有，只是共處的時光都不長。

第一個玩伴住在巷子東頭，是個女孩，她皮膚有點黑，不是特別漂亮，但兩顆眼睛大大的，笑起來甜甜的，對我非常友善。因為我在學校十分孤僻，她幾乎是僅有的、會跟我一起玩的小朋友，有好玩的東西，總是會和我一起分享。

有一次放學後，我接受她的邀約，到她家玩。那個時候大家住平房，大門經常洞開，三哥從門口經過，看見了我，像抓到小偷似的大叫：「男生愛女生，林世奇愛陳宜秀！」

我面紅過頂，羞憤異常，連「再見」二字也不敢說，就慌忙奔逃，逃出了陳宜秀的家，從此沒有再去過。陳宜秀是個厚道的孩子，並沒有計較，後來再看到我，還是一樣笑臉相迎，但我每次看見她，總是心中有愧。

另一個玩伴，也是同年級的孩子，住在巷子西頭，是個調皮搗蛋的小男孩。他的爸爸是建國中學的數學名師，有許多課後補習的收入，可想而知，在那個年代，家境是如何的富裕，在鄉里間也位望尊崇。

但他的兒子成績總是不見起色。我的成績則相反，大約總在五名之內。我來找他時，他父親總是拉下了臉，問我：「你找他做什麼？」

說真的，這個問題太難，我真的答不出來。有一天，我囁嚅著，用了一個剛學會的詞彙來回答：「因為……我有點『無聊』……所以……」

他父親勃然大怒：「你是因為『無聊』才找我兒子的嗎？」

我嚇得臉色發白，不知如何回應。從此之後，就不太敢再去找他了。

這是我的童年記憶，說起來，其實是很乾澀無味的。

我似乎還能記得，在那樣的年歲裡哭起來，沒有人會來問我為什麼哭，是多麼傷心的一件事。那唯一前來探問的仙女Marianne，很快就回奧地利去了。我童年記憶中的畫面，不是哭，就是看螞蟻，大部分的時候都是獨處。

儘管我長大以後，再也不輕易哭泣了。但那樣的陽光，那樣的午後，那樣的黑洞洞的屋子，那樣的哭泣，我解釋不出來，卻還記得。

也許是因為這樣，所以我特別捨不得，捨不得孩子哭。

蒙恩

家裡附近的「蒙恩堂」居然要拆了，心裡不勝失落，無盡悵惘。

我出生在內湖南端的洲尾，父親有十個兄弟姊妹，家裡生寡食眾，飲食近乎爭搶，財物時有竊奪。在五叔急如星火的催逼下，民國六十一年初，父母帶著四個兒子遷出洲尾，來到臺北市的東區定居。

那是我們前所未見的新天地。

街道不再是晴天塵土雨天泥濘的土路，全是柏油路面，乾淨整齊。整條巷子都是二層平房，結構協調一致，每家都有一個小院，前面清一色都是朱紅色木門，那氣派和舊厝完全是雲泥之別。一眼望去，真是清新世界。附近就是華視攝影棚，時有衣著光鮮的明星出入，後面的巷子裡，有道具車來來往往，各種電視節目的道具，光彩奪目，蔚為奇觀。

唯一的小小「缺點」，是家家關著門，不再時時門戶洞開，門口也不會一直有三姑六婆閒聊八卦，巷弄裡，似乎多了一點悄然無聲的冷寂。不過，少了無聊的是非與八卦，卻是母親夢寐以求的環境。

遷來這裡的第二年，我到了上幼稚園的年齡。這附近的選擇不多，媽媽很快做了決定，帶我去了「蒙恩幼稚園」。學校名為「蒙恩」，似乎帶著濃厚的宗教氣息。它確實是教會學校，隸屬的是基督教信義會。那個時候的環境，但凡跟教會相關的人事物，似乎都帶著一點幸福的、高尚的意味。人們親近這樣的地方，不一定是因為宗教信仰，更多的時候，是被那裡的氣氛所吸引。

幼稚園裡的老師，我其實一個也記不得了。他們究竟教了什麼，我也完全沒有印象。但腦子裡卻永遠記得園裡的「點心時間」，那個時刻，幸福得如登天界。

園裡有一位外省老伯伯，每天的點心時間一到，煮好了熱騰騰的牛奶，裝在一個大大的茶壺裡，逐一倒進我們身前的杯子裡，旁邊還有一碟可口的餅乾。這樣美味的食物和氣氛，是家裡從來沒有過的。我在那濃郁的牛奶香味裡，興奮得快要暈過去了。整個幼稚園裡，瀰漫在空氣裡的，全是閃著亮光的歡喜。

後來長大的歲月裡，我一直沒有受洗，也沒有成為基督教的信徒，但那個天堂般的教會，卻成為我心裡最聖潔的一片世界。

那是我的第一個母校，也是唯一充滿幸福感、沒有任何傷痛記憶的學校。後來上了小學，我每天不是跟同學打架，就是被老師打，不是競爭，就是補習，我的學習環境裡，再也沒有任何一個地方，能夠維持那樣乾淨純粹的幸福記憶。蒙恩，真像是一個蒙受上帝恩寵的地方，洋溢著幸福聖潔的光輝。特別是一天天長大以後，回想那樣的氛圍，簡直像夢，不像真的。

我結婚兩年以後，在老家附近的巷弄裡找了個房子，安頓下來。有一天出來散步，突然發現「蒙恩幼稚園」原來就在新家的隔壁巷子裡。記憶深處那近乎迷幻的模糊記憶，突然就近到眼前來，真得不能再真。我看著「蒙恩堂」三個字愣了好一會兒，渾身一陣血熱，抬腳就闖了進去。

裡面已經沒有幼稚園了，剩下的只有教堂：「蒙恩堂」。我找到執事人員，嘰嘰呱呱，喋喋不休，問了這個問那個，有問不完的問題。但事隔四十多年，人事多變，已經什麼也問不出了。那一片模糊的記憶，除了這座教堂、這方小院，已找不到任何人事的連結。那些照顧過我的人們，都早已遠去，不知現在何處了。

此後，每次經過這裡，總有一股莫名的溫暖，卻又有一種莫名的惆悵。那聖境般的幼稚園已經消失了，只留著一座古老的教堂，讓我悄悄地眷戀懷想。

春天到了，教堂院子裡的櫻花迎風盛放，那一片粉紅的盈盈春意，像霧一樣散開，直向無垠的天空裡伸展開去。每一年，那教堂門口的櫻花，都美得這樣如真似幻。

昨天回來時，經過「蒙恩堂」，赫然發現門口立了一張木牌，上面寫著：「這裡即將都更，歡迎鄰居前來喝茶、拍照，在拆除前留下一點回憶。」

我愣在那兒，有點不知所措，駐足良久，簡直是失魂落魄。

記憶裡僅剩的那一方聖地，如今也要拆卻了。我拖著迷惘的腳步離開，心裡一片失落。穿過教堂前面的菜園，看到一株新栽的櫻花，樹幹上面卻綁著一張感謝卡：「感謝基督教臺灣信義會蒙恩堂捐贈」。

原來，這一株美麗的櫻花，就來自我童年時的校園。蒙恩的教會把樹一株一株捐出去，意味著教堂真的要拆了。連那方小院，那座屋宇，都要遠遠地離我而去，再不回頭了。

我很想走進教堂，在「奉茶」那塊木牌下坐下來，跟他們聊聊天。但是，我已經年過五十，眼前這些人不是跟我差不多，就是比我更年輕的孩子。已經沒有人能夠提供那時的記憶線索，讓我重返心裡那片閃亮聖潔的天堂。我只能黯然離去，靜靜等候，等候那一片失樓臺的倒塌，等待那一個時代的尾聲緩緩的消失。

唯一能做的，是在心裡默默上祭，祭我心裡最稚嫩，最純淨，也最美好的求學記憶。

我不吃芬的

小學一年級時，剛開始學習國語，其中有一項課程，是「注音符號聽寫」，很自然成為小學一年級國語文競賽的重點項目。我對國語文的興趣很早就開始了，對聲音又特別敏感，在注音符號的聽寫測驗裡很快就成為班上的第一名，於是要接受老師指導培訓，參加班際比賽、校際比賽，我因此時常被老師叫到辦公室去。

當時班上的老師姓邱，教學一絲不苟，極其認真，她的辦公室在全校的標誌性建築「圓形大樓」裡面，就在一樓。

我那時候不知道，「圓形大樓」真正的名字是「光復樓」，也不知道設計者是「台灣第一女建築師」修澤蘭。我不知道那棟樓浪漫的圓弧線條、尤其是拋物線的設計，當時已走在時代的尖端，和陽明山的中山樓、中山女高的大禮堂一樣，都是她的經典之作。

我只知道，「圓形大樓」是全校最重要的「機關重地」，老師們的辦公室都在裡面。進入老師辦公室，對小學一年級的我來說，委實壓力沉重，令人卻步。但邱老師認為我為班為校爭光，疼愛有加，總喜歡找我去談話，甚至要我拿著便當，到辦公室跟她一起吃。

我那時已經開始吃素了，便當裡都是母親為我帶的素菜。「吃素」到底是什麼意思，為什麼要吃，我其實懵懵懂懂，全無所知。但從我四歲那一年起，就跟著父母開始吃素，幾乎沒有碰過什麼葷腥，和「胎裡素」也相差不遠。這樣長大的孩子，在氣味上十分敏感，對葷腥已不需特別禁戒，自己就會覺得肉味很「臭」、很「可怕」，光是聞就不舒服。平常的飯菜如果沾到了肉汁肉醬，那是絕不敢碰的。

「素」的相反詞是「葷」，我只聽母親說過，但這個字怎麼寫，我還不會。母親學習國語的時間很短，發音沒有辦法很標準，她一直以為「葷」的發音是「芬」，我也就傻傻地跟著她唸「我是吃素的，不吃芬的。」用來解釋給別人聽。

這天的中午，我被邱老師叫去，要和老師一起在「圓形大樓」吃便當。我雖然很忐忑，也不喜歡老師便當裡的肉味，還是硬著頭皮去了。

便當一打開，老師的便當自然飄出肉味，我的便當裡則全是素菜。邱老師一看，大概覺得這孩子太可憐了，連塊肉都沒得吃，於是她慈心大盛，不由分說，從她的便當裡夾了一塊荷包蛋，蛋上面還沾著雞腿上的醬汁，油亮亮地，就放進了我的便當裡。

我驚恐非常。我是一個幾乎胎裡素的孩子，這沾了肉的蛋一放進去，裡面的東西當然是全都不能吃了。一個好好的便當就此「毀了」，午餐怎麼辦？我於是悲從中來，放聲大哭。

邱老師驚疑不定，頻頻直問：「怎麼了？怎麼了？為什麼？」

我無法清楚表達，一邊抽噎一邊說：「那是芬的，那個沾到芬的了，我的便當不能吃了！」說到傷心處，再也無法忍耐，我捧起便當，哭著衝出辦公室，衝進了「圓形大樓」的中庭。

「圓形大樓」的設計是自然採光，大樓的中心頂端鏤空，放射狀的線條串起三個透明的同心圓，全是採光玻璃。柔和的陽光穿過採光玻璃灑下來，落在中庭裡，宛如上帝投下的光束，聖潔堂皇，美不可言。但我站在那片聖光裡，手足無措，簡直是「悲憤」地嚎啕大哭。

邱老師被我嚇壞了，完全不知道她做錯了什麼，不知道這男孩到底怎麼回事，也不知道「芬的」到底是什麼東西。

我在中庭哭了一會兒，想來想去不知道怎麼辦，最後想到了二哥。當時二哥念的是六年二班，大了我五歲，比我懂事得多。我腦子靈醒過來，拔腿就往六年二班的教室狂奔。

六年二班位在「圓形大樓」的頂樓，我一路奔到二哥的教室外面，停下了腳步。

他們的老師叫做周碧換，下課比較晚，我到的時候，她才剛下課不久。全班同學都轉過頭，饒富興味地看著我，一個滿臉淚水的小男孩。

高年級的學生，其實也還是孩子，但從小一的我眼中看出去，每個都是「大人」了。

每個大哥哥、大姊姊都笑瞇瞇地看著我，還有人伸手想要抱我。我有點害怕，也有些害羞，囁嚅著：「我要找林某某。」

「林某某外找！」

二哥立刻出來了，他看我哭得一臉鼻涕，很詫異：「你幹嘛？」

「老師要我跟她吃飯，她……她把沾到肉的荷包蛋，放到我便當裡！那是芬的！不能吃了！」說著小嘴一扁，又哭了起來。

「好啦好啦！我知道了。我的便當分一半給你吃。不要哭了，很丟臉耶。」

「豪！」我破涕為笑，非常開心。

他把便當從教室裡拿出來，又拉了兩張椅子擺好，我們就在「圓形大樓」的弧形走廊上一起吃那個便當。那也是母親做的，裡面沒有「芬的」，全素。不知為什麼，那個便當好像特別可口，我狼吞虎嚥，吃得特別開心。

現在想起來，我都還記得那天「圓形大樓」外面的陽光，暖融融地。

換位子

從幼稚園升上小學，對我來說，是一場天翻地覆的變化。我適應環境的能力很差，不善與人交流，也不知如何表達自己。由於不大會找出路，喜歡什麼或討厭什麼，那個喜歡或討厭很容易就在心裡膨脹起來，弄得整個心裡沒有迴旋空間了。

幼稚園的環境基本上是個天堂，那裡是基督教的教會學校，對學生好得不得了。我每天都在期待老伯伯為我們提出熱騰騰的大茶壺，倒出香噴噴的牛奶。再配上幾片餅乾，一人一碟，簡直幸福到不省人事。

進入小學，就開始了各種考驗、挑戰、磨合和競爭。我的學科能力一直名列前茅，自然不是問題，但我對人群的適應能力時常左支右絀，笨拙無比。

當時最大的挑戰，居然是「換位子」。

我們的位子，是由老師排定的。一排出來，對人群適應力不良的學生來說，簡直就是天地劇變。當時邱老師帶班的策略，是男女要盡量坐在一起，讓大家便於學習。

我在家裡只有三個哥哥，沒有姊妹，媽媽的管教凶悍無比，跟我們男生是同一種族。我每天生活在男人堆裡，「女生」這種東西完全是「另一個物種」，陌生無比，令人隱隱生懼。班上有些女生，皮膚比較黑，捲髮蓬鬆，不易整理，看起來就是「另一個物種」裡最可怕的生物。不知怎地，我那幼稚的腦袋瓜裡時常想像著：「那蓬鬆的捲髮裡，不知藏了什麼？太靠近的話，一定會有小蟲或跳蚤類的東西，跳到我的身上吧？」

但是位置排定，老天爺彷彿惡作劇似的，我就坐在「最可怕的生物」旁邊。

我「悲憤」無比，無法接受，覺得被上帝戲弄了，又好像被整個世界懲罰了。我不知如何對應，卻又不甘就此接受。於是，我站在那裡不動。

小學一年級，每個小朋友都乖乖坐在位子上，只有一個男生站著，這是怎麼回事？

「你為什麼不坐下？」邱老師問。

「……」

「講話！你為什麼不坐下？」邱老師聲音提高，明顯發怒了。

「我……我不要跟她坐。」

在我看來，還以為這是訴說委屈，隱隱還帶點哭腔。

但在邱老師看來，完全不是這麼回事。她的感覺比較可能是——這孩子公然歧視女同學，太惡劣了，這是不遵班級常規，不聽老師教導，而且完全不尊重同學。那時候沒有霸凌（Bullying）這個詞，但這情況似乎和霸凌相去不遠，應該也就是「欺負」了。

邱老師當場勃然大怒，拿出籐條甩在講桌上：「你不坐下，就出來！」

我乖乖走出去。

「雙手舉起來。」

我乖乖舉起來。

邱老師的籐條打在手心肉上，一陣劇烈的熱辣從掌心瞬間鑽到心窩裡，我疼得幾乎暈過去。

「再舉起來！」

於是又一次。我實在不記得打了幾下，老師覺得我應該「明白」了，讓我回到位子坐好。

我走回位子，還是站著。

邱老師怒發如狂：「你出來！」

於是再一次，一下，一下又一下……。我覺得手心的肉漸漸鼓起，好像在講臺前歡快地跳躍。打完，終於可以回座位了。可是我怎麼可能坐下呢？我還是站著。

邱老師的怒氣已無法言語，這一次出去，疼痛感超越了極限，覺得整隻手已經麻顫到極處，不知道「疼」是什麼了。

老師讓我回去坐下。我艱難地走回座位，勉強用雙手把椅子拉到「走道」上，坐下了。坐在走道，不坐位子，大家自然知道是什麼意思。面對此景，全班鴉雀無聲，老師也不知如何是好，只好假裝沒看見，繼續上課。

這也是我的小學一年級，青澀又艱難的一年級，非常難忘的回憶。最奇妙的是，這位老師，就是最疼愛我的邱老師，每天把我叫到辦公室陪她吃飯，因為心疼我沒有肉吃，把沾了肉汁的荷包蛋放在我清一色素食的便當裡。

到底哪件事發生在前，我其實不記得了。總之，我的第一位小學老師，就這樣對我又愛又恨地，陪我走過了小學一年級。

我對邱老師一點恨意也沒有。她沒有羞辱過我，而且對我其實非常好，只是那天幾乎把我的手心打爛了而已。而這在那個時代，實在算不了什麼。

打完了兩次仍不受教，這麼頑劣的孩子也很罕見，她還那麼年輕，一定被我嚇壞了。還有那位無辜的女生，我連名字都不記得了，她一定沒有想到，怎麼位子會跟這種男生排在一起，這命運真是太可怕了。

於是，這麼多年來，對她們總有一份隱隱的歉意。

兩條辮子

最近讀了王鼎鈞的〈紅頭繩兒〉，有些東西在心裡隱隱牽動，浮浮沉沉，說不清，卻老在那裡一明一滅，微微閃動著光亮。

也許每個男孩心裡都有過那樣的一片影子，紅頭繩兒，兩條辮子，或是一綹馬尾……，在心頭影影綽綽，盤旋不去。長大以後，我們遇見各種不同的人，童稚的記憶逐漸被覆蓋、替代，那些清純的髮影，慢慢就成為影像疏淡的童話，終於不再記起。

大約是在小學三年級時，我對男女之別約略有了一點意識，對男女關係也開始有了模模糊糊的想像。

有一次上體育課，大家在操場跑了一節課，進到教室，每個都汗流浹背。班上有個女孩，進了教室以後，靜靜坐在那兒，臉上細細的汗珠還沒有停止，微微泛著暈紅的血色。我似懂非懂地看著她，覺得她安安靜靜地，好看極了。

我其實和她不熟。她總是一頭清湯掛麵，皮膚白皙，看起來整整齊齊，乾乾淨淨，總不說話。她為什麼吸引了我的目光，我也弄不清。

這個時候，一個鮮亮活潑的身影卻閃過來，頭髮上綁著半透明的晶紅色髮珠，一股靈透的氣息，一下子溢滿了我的視野。

那是班上的另一個女孩，叫作晶晶。她清脆響亮地喊我的名字，嘰嘰呱呱地和我攀話，我愣了一下，有些害臊，卻也有些微微的歡喜。

她完全沒有一般女孩的忸怩害羞，五官明亮，聲音清脆，那水晶般的的髮珠、黑亮亮的辮子，在我的眼前晃過來晃過去，我想，她到哪裡都是最亮眼的女生，就像她的名字，那麼明亮。

我再長大一點，就能判斷出來：這樣的女孩肯定出身富裕，視野開闊，舉止大方，那種敞亮開朗的談吐，在當時貧窮保守的家庭裡，相對少見。

我那時當然什麼也不懂，總覺得她彷彿是來自另一個明亮的世界，既覺陌生、又覺好奇，聽到她咭咭咯咯銀鈴般的嗓音，有些害羞，又微微歡喜。

可是不對，我心裡想，我喜歡的應該是安安靜靜的清湯掛麵，不是紅色的髮珠，不是黑亮亮的兩條辮子。至於那是什麼道理，我也不知道。

不知為什麼，晶晶很歡喜找我聊天。我心下躊躇，雖然我喜歡的是清湯掛麵，但是我們只是聊聊天，好像沒關係。

我從來不跟清湯掛麵聊天。她只要像個菩薩似的坐在我的心裡，供我膜拜就行。但我天天跟晶晶聊天，越聊越投機，越聊越歡喜。我明明是個呆板的男生，跟她在一起卻突然有了許多話，變得無所不知，任她問東問西。

有一天她來問我，「默契」是什麼意思。我平常書看得雜，語感敏銳，總覺得自己懂，但到底要用什麼詞彙解釋，卻無論如何想不出。

我有點發窘，支支吾吾，苦思不得其解。她沒讓我為難，一句話就解了圍：「走！我們一起去問老師！」

我鬆了一口氣，和她一起跑到講臺前去找老師。

我們導師姓江，大家叫他小江老師。小江老師精於美術，尤精西畫。大約是藝術陶冶的關係，氣質溫雅，談吐斯文，很受歡迎。

那時男女之間已經隱約有了微妙的分別意識，大家舉動會稍避嫌疑，以免被同學嘲笑。小江老師看到我們倆一起出現，居然不避形跡，臉上洋溢著溫暖又和藹的笑容，說：「怎麼了？」

晶晶問了，什麼叫「默契」。

老師想也不想，隨口便道：「大家都不說，可是一起做。」然後笑瞇瞇地看著我們。

我大驚，心裡湧起了一陣強烈的佩服。他只用那麼簡單的一句話，就解了我們的疑惑。我長大以後才明白，這種深入淺出的功力，真非一般人所能。

就像這樣的提問，或者是各種瑣碎的談論，我們倆時常有說不完的話，和她在一起，我非常放鬆，心情愉悅。

耶誕節到了，我收到了一封卡片。打開信封，卡片上都是閃閃發光的亮片，除了耶誕圖案，還有「勿忘我」三個大字。我臉上有點發熱，心裡咚咚地亂跳，翻過卡片，署名果然是她。

我的歡喜被害羞和窘迫給淹沒了，不知怎麼辦才好，我簡直有點著惱，好像在怪她：「怎麼可以選有這種字眼的卡片？」似乎，有了這樣的怪罪，我的尷尬便能緩解幾許，那歡喜也就掩蓋住了。

我跑到光復南路上，也是附近唯一的書局「宏明書局」，買了一張內容四平八穩，不涉遐想的卡片，寄給她，表示回禮。

最丟人的事情發生了。

長那麼大，我從來沒有寄過卡片，我不知道要「貼郵票」。郵差把卡片寄到她家時，要求對方付清郵資。她大方地付了錢，收了卡片。緊接著，一點心眼也沒有的她，又跑到小江老師那兒，聊天去了。

「老師，你看，他寄耶誕卡給我，沒貼郵票！結果害我自己付郵資！」說著往我一指，咯咯地大笑，聲如銀鈴。

我的臉霎時成了豬肝色。我不知道寄信要貼郵票，本來難為情，而我寫卡片的事情又無意間透露出來，彷彿我對她有了愛慕和追求。在那個什麼都不懂，而又自以為都懂的年紀裡，我難堪極了，恨不得立刻鑽到地洞裡去。

她笑瞇瞇地看著我，全無惡意。在她面前，我成了心胸狹隘、小家子氣的男生。我對她又是著惱，卻又隱隱有一絲絲的佩服。

有一天，她毫不避忌地跟我說：「欸，你知道嗎？我最喜歡的男生就是你。」

我大驚，面紅耳赤，不知所措，腦海裡一片空白，幾乎是防衛似的，支支吾吾：「可是，我喜歡的是那個……」我喊出了「清湯掛麵」的名字。

當時，我那愚蠢的腦袋想著：我們是好朋友，不妨每天聊天，但是我「喜歡」的怎麼可以是你？不不，我只能喜歡那個不講話的，坐那兒讓我膜拜的「清湯掛麵」。

她大受挫折。我的反應，實在無禮極了。我的腦門一陣陣發熱，朦朧之間，似乎聽到她說了一聲：「哼，算了。」然後，轉身走了。

她畢竟心胸開闊，爽朗大方，很快地就把這件事付之一笑。她身邊總圍繞著許多好朋友，不爭這麼一個。但我隱隱約約意識到，自己似乎做錯了什麼，只不知道錯在哪兒。唯一可以肯定的是，那天之後，我心裡充滿了懊惱和慚愧，幾乎不敢抬起頭來看她了。

升上五年級，我們分了班，她出落得越來越漂亮。我進入了前青春期，又受到家庭環境和某些機遇的影響，天天在學校逞兇鬥狠地打架。這樣的心境，使我在看到她時更加忸怩失措。

我開始假裝我們並不熟悉，也沒有過那些一起相處的記憶，更沒有那場令人糾結窘迫的表白。

進入國中，我的生活裡塞滿了蒼白的「用功」，除了追逐更好的成績，其他的事物都扔下了。高中生活則是狂飆而黑暗的歲月，那「紅色髮珠兩條辮子」的意象太綺麗太柔美，完全扞格不入，已被壓到記憶最深處。我覺得自己已經完全忘記，至少不敢想起那些事了。

升大學時，經過許多變故，我念了文化。每天要先到臺北車站，轉搭二六〇公車，一路開到陽明山腰的華岡，然後左轉進入文化大學。那天，我在二六〇公車上，突然看見了晶晶。

紅色髮珠，兩條辮子。喔不，髮珠沒有了，髮辮也解了，但是是她，絕不會錯，確實是她。「從名校掉到私校」的沮喪在那一瞬間似乎突然消失。因為，我和她又同校了。

她在人群裡，我們在同一部車上，搖搖晃晃，一路前往華岡。那令我嫌惡的地方，突然有了鳥語花香。單調而令人疲困的車程，突然明亮而欣悅起來了。

但她的身影畢竟遙遠，只是隱隱約約地在人群裡閃現，我們沒有機會相認。

有一次，二六〇異常擁擠，我好不容易擠上去了，在沙丁魚罐頭裡仰頭呼吸。一轉頭，發現她也上來了，她勉強擠上了車，就站在門邊，距離我不遠，不過一公尺處。

我的心臟突然猛烈地跳動，彷彿激烈地狠撞了一陣，突然停住，就停在胸口，不斷膨脹，壓得我不能喘氣。我想，今天，她是不是會跟我打招呼了？她離我那麼近，一定會看見我，我不敢盯著她看，但臉就向著車門的方向，等她隨時把臉轉過來。只要她轉過來，那麼，我就可以跟她點點頭。

對，這樣就行了，什麼都不用了，再要說什麼，也無話可說。我覺得自己全身躁熱，血液趨近沸騰，卻又像凝固了，覺得動彈不得。

車子一路開上陽明山，她的臉都沒有轉過來，直到抵達華岡。大家要下車，站在車門邊的她勢必移步轉身，就在這時，她的臉終於轉過來了。

然後，她的眼光從我的臉上輕輕移過，彷彿完全不認識，沒有停留。

她歪了歪身子，挪出一點空間，一轉身，順利地下了車，腳步輕快地走向音樂系的系館。

我踉踉蹌蹌下了車，看著她的身影，卻沒有舉步追上的勇氣。我心裡明白，就算跟上了，我也不知道說什麼好。

那之後，我就沒有再見過她了。奇怪的是，我在那陣悵惘裡，居然鬆了一口氣，自己也不明白是為什麼。

但那兩條辮子，持續在我的心頭搖晃，晃得令人憂傷，令人隱隱生疼。

念研究所時，我跟一個同班同學非常要好，無話不談，聊起來非常投機，她是生活裡清新的空氣，令人愉悅快活。我們一起修許多課，其中有一堂冷門課，叫作「山水文學專題」，班上只有我們倆去修，其他都是別系的，不認識。我們差不多就是「相依為命」，總是坐在一起，在下課時間嘰嘰咕咕說個不停。

有一天，她進教室時，紮了兩條辮子。看到她的那一剎那，我的胸口又如受重擊，瞬間心臟停止了跳動。她對此一無所知，一如往常，就坐到我的身邊，呱啦呱啦地跟我閒話家常。我完全聽不見她說了什麼，頭暈耳熱，腦子一片空白，只看到兩條辮子，時不時地在那裡輕輕搖晃。

我後來有點會意過來了。髮珠走了，辮子也走了，就剩下那點少年生活的影子，在我的心頭一閃一滅，鉤織著某一種不敢想像的美好記憶，時不時地跳出來，嘲笑我。

我決定把它當笑話說出來，治治自己這個毛病。我跟我的學生一說，全班居然哄堂大笑，樂不可支。到了校慶那天，跳有氧舞蹈時，大家事先約好，全紮上了兩條辮子。

她們甚至在班服上畫了大大一張臉，綁了兩條辮子，咧嘴大笑。我覺得感動，又忍不住好笑。我好好的浪漫的童年記憶，終於變成一場喜劇。我的兩辮情結似乎悄悄地消散了，隨風而逝。

今年小學同學聚首，有一個多年不見的男同學，偶然提起了晶晶，問我是否知道她的下落，我說不知。兩人互相打探，都盼望多知道一點她的訊息。

他的遭遇和我有些類似，不過，他是小學五年級時才注意到她的。他說，每天早上合唱團的練習結束，晶晶都會從教室窗外經過。他看著看著，有一天突然驚覺，這女孩怎麼那樣可愛，氣質又好。

「然後呢？」

「每天早上，我都在期待那個影子從窗前飄過，力量越來越強。有一天，我忍不住了，就開始跟她通電話。」

「嗯？」

「我們總在下課後打電話，從四點半講到六點，媽媽叫吃飯才掛斷，每天。那樣的美好，持續了一年多，成了我青春年少裡最美好的時光。」

接著，他升上國中，為了專心升學，「毅然」結束了這段關係。於是，這麼多年來，在他的腦海裡，也是那兩條辮子，一直在他的心裡，悠悠蕩蕩，反覆出現。他的心裡有無盡的懊惱，卻怎麼也說不明白。

原來，這樣的感覺，並不是我一個人所獨有。

我們其實並不相熟，卻聊了一個又一個小時。聊著聊著，我們彷彿都記起些什麼，又丟失了什麼。那樣的髮珠，那樣的辮子，終於在我們的眼前消失，不再出現。

小貢

童年記憶裡，有一個最難忘懷的部分，就是小男孩的情誼。年歲漸長，那些記憶離生活越來越遠，理當忘卻，但有許多深沉的想念，卻不明所以地一直浮上來。

我們在小學五六年級時同班，一起度過許多美好的日子，三十幾年過去，還會總是想起，是因為他非常獨特，帶給我全新的視野。於是，在某些情境裡，那些美好的歲月總會不知不覺地浮現。

小學五年級的環境很奇妙。我們導師姓江，是一個官癮很大、是非很多的男人，他在自宅裡開設著「課後輔導班」，大招學生，賺取學費，在學校裡努力地考主任、求升官，在課堂裡則語言犀利，帶班頗為強勢。

當時我的哥哥們考場失利，都在重考，家裡的經濟因此更加拮据，生活氣氛十分壓抑。他在閒聊中得知此事，不假思索地便說了一句：「我看你不好好讀書，將來也是重考的命！」

那時的師資培訓，不知是否包括「教育心理學」，但老師似乎不知道，這種「激勵」

其實毫無效驗，反感倒是有增無減。聽了這些話，我毫不遲疑，立刻退出了他的課後輔導班。

班上有一個同學，叫作小貢。他比我優秀得多，從來不參加課輔，成績照樣優異，但我們相談十分投機，很自然地聚到了一起，在大家還不敢抵抗權威時，哥兒倆總一起交換評論，說起這些事，都不免義憤填膺。

面對這一對哥兒倆，老師彷彿也感覺到了什麼，對我們印象似乎不佳。有一次小貢出了車禍，不能來上學，老師在課堂上特別提醒大家：「他出了車禍，受傷的人需要休息，請大家不要去看他，那是打擾，不是關心。」

我覺得很奇怪，又不是老人家，小孩子受傷不能出門，肯定悶都悶死了，還什麼需要多休息？我性格向來叛逆，對他的提醒當然置之不理，急急忙忙就跑去看他。

進了屋，我嚇了一跳，他的腿上裹了大大的石膏，十分嚇人。這我從所未見，不免擔心。他見到我，非常高興，哥兒倆嘰嘰呱呱，聊個不停。我傻里不幾的說了許多抱怨的話，說老師「希望大家不要去看他」，實在太冷血啦。然後兩人「同仇敵愾」，一起把對老師的看法說道了一番。

我們倆之間有些微妙的相似，但又差別很大。我們都愛看書，但層次明顯有深淺的不同。

記得有一次班會課，老師讓大家討論主題、發表意見。我發表時，出於自己也不明白的虛榮，竟然把自己聽過的先秦諸子都提了一遍，煞有介事地歸納了一番：「他們都認為……」云云。那時我淺薄已極，根本不知道先秦諸子的思想千差萬別，以為只要把那些人物都拉到一起，讓他們幫我「背書」，我說的話就「增值」了。

沒想到這時候，小貢突然舉手了。他站起來身來，從容不迫、不疾不徐地說：「對於剛剛同學說的內容，我個人有點不敢苟同。」接著，說了許多我不懂的話。

啊？什麼？什麼是「苟同」？這詞什麼意思？我一頭霧水。

這就是我們的差別，他的家庭養成教育，和我有很大的不同。我急於囫圇吞棗，急於把自己變成厲害的人，但連「不敢苟同」這種詞彙也從所未聞。我雖聽不懂，但是裡面有個「不」和「同」，總之是不好，我當然也不知道什麼是「和而不同」。我甚至不能理解，好朋友之間「怎麼可以公開吐槽」。

可是我們還是很要好。他會帶我去他家，一起玩，一起看故事書。對那個時候的我來說，那個家完全是皇宮了，那種乾淨整齊的佈置，格調高雅的裝潢，我從來沒有見過。到他的家裡，所有的緊張和興奮都來到最高點。

他有三個姊姊。大姊比我們大很多，我不記得她幾歲，只覺得她氣質高雅穩重，吐屬大方溫柔，令人只想仰望膜拜。另外兩個姊姊我印象有點模糊，只知道她們都非常優秀，而且對我非常友善。其中有個姊姊，桌上放著類似鐘擺的玩具，五顆球併在一起，只要盪下其中一顆，最旁邊的一顆就會高高盪起。我從沒見過這種玩具，興奮極了，一玩再玩，直到其中一顆鋼珠的線斷了為止。

絲斷珠落，宛如天崩地裂，我驚恐非常。因為當時家境困窘，怎麼樣也吐不出「我賠」兩個字，但耳根子發燒，羞愧到了極點，看到他姊姊進來時，竟然有拔腿狂奔的衝動。

姊姊見狀，愣了一下，沉吟了一會兒，卻淡淡地說了一句：「唉，沒事兒，拉倒吧！」

我也沒有聽過「拉倒」這個詞，但隱約知道是被原諒了。我覺得慚愧已極，無地自容。

還有一次，小貢帶我去他爸爸的房間。當時他爸爸坐在窗邊，對著窗外的陽光，伏案寫稿。我知道他爸爸是有名的影視編劇。那時年紀小，只知道他編過電影「八二三」、「古寧頭」和電視劇「寒流」等等，知道是厲害的人，但詳情不大了然。

貢爸爸話不多，但非常威嚴，我在他面前一動也不敢動。他開口說話時，嗓子非常洪亮，聲音很厚。最有趣的是，他總是戲謔又親暱地大聲喊著兒子：「老鴇——老鴇——」

有一次我問小貢：「『老鴇』到底是什麼意思？」

小貢的樣子好像有點不開心：「別管他什麼意思！」

對於爸爸取的暱稱，他似乎不太滿意。但那種有點不耐的神情，卻讓我覺得非常羨慕。爸爸對他的寵愛，好像都在空氣裡飄著滿溢著。

我對於他的名人爸爸非常好奇，但從來不敢開口問什麼。有一次他爸爸興致來了，主動跟我聊天。

「你知道楚留香嗎？」貢爸爸問。

「知道知道。」我興奮極了，我不但知道，而且很喜歡，答得十分熱切。

「這戲其實沒什麼，就是歌詞寫得太好，把臺灣那些主題曲的歌詞全比下去了。」貢爸爸言下不勝唏噓，無比感嘆。

我那時不知道作詞的人叫作黃霑，也不知黃霑有什麼名氣，更不知道他是詞曲大家、一代才子、哲學博士，只覺得「聚散匆匆莫牽掛，未記風波中英雄勇」的句子好漂亮，在小小的心靈上狠狠撞了一下，卻又不大明白那些歌詞究竟有多好。

然後他坐在窗邊，對著窗外的天空，長歎了一聲。似乎是對於臺灣缺少這樣的人才，感到無奈和遺憾。我從來沒有過這樣的對話經驗，突然被帶到這樣的課題和情境裡，我驚疑不定，站在那兒，不知如何是好。

貢爸爸見我不知所措，於是又開了口，寬容地說：「好，你們去玩吧！」

我的父母都在艱困的環境中長大，父母親都只有小學的學歷，學習國語都不到三年。在家庭裡，「努力賺錢」、「兒子考上好學校」一直是人生至高無上的追求。我從來不知道這個世界上還有那些奇妙的東西。

幸好有小貢。我們的養成教育也許差很遠，但談起話來，還是覺得彼此最投機。尤其是他身上，總有一種斯文和從容，淡淡的，很放鬆地活著，讓我覺得非常羨慕。

國中時我念了仁愛，他念了私校。偶然遇到時，點點頭，竟有點不知道要聊什麼。人生的路跑著跑著，似乎就不知不覺岔開了。後來，他毫無懸念的考上了第一志願，臺大電機。我則在高三時與校方激烈衝突，對讀書和聯考徹底絕望。在二哥的勸說下勉強進了考場，又意外考上，進了文化。從此一路顛簸，十年苦難。小貢似乎就這樣在我的生活裡完全消失。

大三那一年，有個學姊說想考「電機」研究所，我突然想起了小貢。急急忙忙撥了電話給他，問他可有相關資訊。小貢接電話時淡淡地，還是很溫和：「你突然找我，我以為是什麼事呢，原來是這件事。」

他沒有相關資訊，無法提供。但語氣裡似乎是說，平常我都不找他，已經有這麼長的一段時間，怎麼一找他就是有事相求呢。

我覺得有點窘迫，我很想跟他說，這麼多年來，我們的生活際遇變化這麼大，都沒能說上話。我好不容易找到這個理由，可以很自然地找你啊。可我說不出口，也不知道怎麼說比較合適。我只好說：「對不起，好的，那沒關係啦，謝謝你。」

那是我們最後一次聯絡，迄今已逾三十年。可我還是想念他，想念那一段小男孩的友情，想念那些美好的歲月。

早晨起來，忽然想起了這一段友情，思念非常，於是心血來潮，上網搜尋。我始終沒有找到他的名字，頗覺悵惘。但在網頁上一路看下去，卻在無意間看到她姊姊的名字。有一篇《商業周刊》的文章，作者署名老貢，我一細看，正是他那優秀傑出的姊姊，鐘擺玩具的主人。那文字洗鍊純淨，精采犀利，正如我當年的印象。

家家酒

前一陣子，突然收到一封「光復國小同學會尋人」的電子郵件。打開來一看，是多年不見的小學同學老胡。信裡說，就想確定一下，看我是不是當年的同學，同時在信末補了一句：「有人點名要找你。」

「有人」要找我？是誰？幹嘛不直接說名字？古里古怪，欲言又止，果然是老胡的作派。

他沒說是誰，但不知為什麼，我腦子裡閃過的第一個念頭，就是「湯湯」。

五年級時，我座位前面有個女孩「湯湯」，一看就是那種開朗直爽的孩子，永遠是大剌剌地，說話直來直往，從來沒有什麼顧忌。

小學生念到高年級，「兩小無猜」的程度似乎慢慢減少，半大不小的孩子們開始有點「社會化」了，彼此之間總會有點兒若有似無的「猜」。誰是好人，誰不太好，誰跟誰好，誰跟誰不好，於是總有些莫名的小心。但湯湯的這種「社會化」的機制似乎故障了，她沒事就回頭找我說話，並不理會我跟誰要好或跟誰不好，她想跟說就跟誰說，我們座位靠得近，於是永遠有說不完的話。

我的「社會化」進程已經開始，但在機制「故障」的湯湯面前，卻可以一起故障，哇啦哇啦地說個沒完，旁若無人。那也許是我小學時最快樂的時光，因為，「故障」的感覺特別自在。

她甚至會打電話來家裡聊天，一說就是老半天。但家裡的哥哥可不依了，開始興高采烈地嘲弄一番：「吼！有人跟女生講電話！羞羞臉！」弄得我尷尬非常。

大哥比我大八歲，那時已經很成熟了，便說：「這有什麼？同學總是要聯絡感情呀！」這話卻使三哥更加興奮：「感情！感情！吼！談戀愛！談戀愛！」

我簡直無地自容了，電話不敢多講，掛斷以後，當然也不敢再和她有什麼聯繫。不知不覺地，無可奈何地，我們的訊息，慢慢就斷了。

這麼多年來，偶然也會想起這些消失的光影。心裡總覺得，這段時光離我那樣遙遠，怎麼也找不回來，其實，它是不存在的罷？否則怎麼會那樣遙遠，那樣虛幻？

老胡回了信，要找我的人果然是湯湯。

我們終於又通上了電話。她嘹亮的嗓門從手機裡傳出來，聲音裡全是活力，聽得我懷裡的小寶一愣一愣地，好奇無比。不愧是湯湯，語氣和當年完全一樣。

電話一接起來，那段虛幻的時光竟然也跟著接續起來了。我的童年時光，原來都是真的，並不虛幻。線一續上，老朋友們一個個地出現，紛紛印證著當年的記憶，證明我們曾經那樣地活過。不知為什麼，在這樣的時光疊影裡，覺得鼻腔微微地酸澀，卻又說不清地歡喜。

我們終於決定，已經找到的幾個同學，要來個睽違多年的重逢。

三十八年沒見了，這是第一次和他們重逢，其實多少有些膽怯。我們在那麼小的時候認識，那麼多年沒見，見了面，到底會是什麼樣子、什麼場景呢？

人對於自身的存在和經歷，總有種無法擺脫的惦記。那些已經幾乎忘卻的同遊畫面，那些昏黃模糊斷裂殘缺的求學記憶，那些如春花初放瞬即消失的歡喜和悸動，甚至是稚嫩的歲月裡曾有的青澀或苦難，經過這些時光的淘洗，已在腦中不斷淡去。幾十年過去，我們在塵世裡翻了好幾翻，古老的記憶已開始模糊斷裂、殘缺不全，連自己都無法確信了。

那些虛無縹緲的歲月，被歲月驅趕成塵埃的記憶，還有誰能記得、確認、見證那些都是真實的？如果我們的腦中的那些記憶慢慢都沒有了，這世上也沒有人記得，那麼，我們的存在，會不會也就虛幻如泡影，一點也不真實了？

於是，對於那段已消失的時空，在記憶深處不斷退後的影像，不由得更加依戀。彷彿是為了確認那些存在，偶爾想起些什麼，總會在記憶的深湖裡竭力掏摸，對著模糊的過去喋喋抗辯，和時間的長河勉強拉扯爭奪，看看能不能抓住一點點線索，拉出一串瓜藤纍纍的記憶。

翻箱倒櫃去找老照片，也有許多悲喜。但是，照片不會說話，只能靜靜地躺在昏黃的色調裡，不言不動。能夠和我們一起召喚古老記憶的，還得是活生生的人，老同學。

只有他們，能夠見證自己的童稚時代，見證我們曾經那樣地活過，見證了生命的無邊魔力。在巨大的時間洪流裡，他們的存在，像是僅有的樹枝，可以讓我們在時間流裡翻滾跌撞時拉住了什麼，讓時間暫停。

於是，在多年久別之後，我們終於鼓起勇氣，迎向重逢。

記憶中的童年，歡樂和苦澀交錯。有些畫面在心裡閃過時，覺得興奮、幸福又感動，卻又有一些畫面交錯著，讓人尷尬、羞赧又手足無措。故事在時光裡悄悄遠去，早就都該化成了醇厚的酒，該是一種深黃的顏色，古老的陳香了。可不知為什麼，想起來時，還是讓人心裡怦怦地跳，令人忐忑又情怯。

年逾五十，大家都成了啥樣？而當年記憶裡的模樣，現在究竟還留下多少？面對重逢，心裡有點陌生，有點不安，會不會陌生尷尬，會不會相顧無言，或者跟不上話題？但是，所有的膽怯終於被期待覆蓋，我急急忙忙地趕去搭車。

出了捷運站，我朝兩個陌生男人走去，看了不到兩秒，就確認了他們：一個是江瑋，一個是靖烈！我勇敢地伸出手去。

兩個同學驚訝地喊出聲來：「啊！是你！你怎麼一模一樣，都沒有變！」

將近四十年，誰會一模一樣？不過，每一個同學怎麼都講一樣的話？是不是他們心地太好，都在哄我？

緊接著，庭怡、韻琪、雯衿……女生們也陸續到齊。

我興奮得有些暈眩，努力辨認著他們的面容神態聲音，和古老的記憶逐一串接，確認著那些時光為真。

巨大的時間滾輪，已把我們都碾成了「另一個人」。我們各自拾掇著殘缺不全的記憶，與那樣熟悉卻又陌生的人重會，兜合著彼此僅存的印象。

我們記得的對方，都是對方童稚時期最鮮嫩活潑、天真無邪的模樣，如今大家年過半百，或白髮或蒼顏，種種變化，又讓人覺得不能置信。歲月的力量，在久別重逢的時刻特別顯得巨大無比。眼前這個中年人，又怎麼能，怎麼可以是當年那個孩子？

這種記憶的巨大斷裂，讓人充滿了虛幻不實之感。

餐桌上，同學們竭力搜索腦海中的片段遺珍，重建那些荒亂丟失的破碎場景，努力恢復著我們共有的那些影像，拼湊著各自完整的存在。

我們似乎都渴望著想起那個快要忘記的自己，想要看見那個已經在歷史舞臺上消失的小男孩或小女孩，想要努力靠近那個已經消失的自己，儘管只有一點點，也好。

在我的記憶中，自己一直是個衝動莽撞的少年，一言不合就動手開打，性情激烈又孤僻。但有的同學卻說，只記得我成績非常好，說話不多，但頭腦清楚，反應靈敏。

一個同學說，記得我的成績排名都在前面，可是我座位也在他前面，他老聞到我放的臭屁，快被我臭死了。

這個記憶實在令人尷尬，我滿腹狐疑，怎麼我一點印象也沒有？是我忘了，還是他弄錯了？此時，其他同學在卻紛紛表示不同意，叫他不可以胡言亂語，污衊同學。

有的同學說，我聰明博學，待同學也很好，一直很照顧她，從來不覺得我打過什麼架。

還有一個同學說，他只記得我吃素信佛，好像渾身上下都是「佛」的氣息，還說我「脖子上掛著一串念珠」。

這個錯誤的記憶立刻引起了哄堂大笑，連我自己都頻頻搖頭，表示絕不相信。

另一個同學打了圓場，說：「他的記憶不是用肉眼看的，是用意念看的，所以能看到你身上有無形的佛珠，就像牆上的佛像腦後會發光一樣，那不是用肉眼看得見的。」

大家又一次的哄堂大笑。

於是，我那些慘綠青澀偏狹激狂的年少記憶，似乎都被他們有意無意地抹除了。

他們所重建的，居然都是我自己從來不曾意識到的層面，共同拼出一塊我以為不曾存在的記憶輿圖。

也許人的記憶終究是靠不住的，我可能完全不是他們記得的那樣，我究竟只是個天天打架的不良少年。但也或許那是我年少心路中掙扎出來的痕跡，在我的腦中一刀一刀劃著，越越越深，形成了我以為完全真實的記憶，卻和他們所記得的完全不同。

還是有同學記得我性格暴烈的那一面，就是慧黠的岑岑。她看我的文章，看到我描述小寶情緒激動的模樣，俏皮地說：「喔，你兒子的性格和你完全一樣！」還補上一句：「我還記得你生氣時，漲紅的臉和握緊的拳頭。印象深刻喔！只不過忘了你在氣什麼。」聽她這麼一說，我臉上一片發燒，居然有點忸怩不安。

久違的岑岑特別為小寶準備了見面禮：非常精緻的立體童書。她記得我不是個乖孩子，脾氣壞透了，但並不在意，還在分別四十年後的重逢時刻，帶來了珍貴的禮物。

我不知道誰的記憶才是最可靠、最真實、最完整的，不過，他們都似乎只願意記得我那些可愛的面向，記得我是他們的好同學，帶著那樣的記憶，向我伸出熱情的雙手。

大家的話匣子打開，竟然沒有停過。大家七嘴八舌，話題不停切換，絕無停滯，一個同學說：「這真的好像在搶電視遙控器，到底要看哪一個頻道，切過來又切過去……」大家都忍不住哈哈大笑。

我的童年歲月居然悄悄地回來了。

我恍惚覺得，我的肉體換成了五十歲的軀殼，但裡頭仍然住著那個青澀童稚的男孩。

男孩一直狐疑著這些歲月的遞變、時光的推移都不是真的。還甚至隱約懷疑著，或許那只是個造物主設計的遊戲，讓我們假裝長大，而其實我們都還在那裏歡度童年，長大只是幻相。

真相是——六年一班的小朋友，今天的課後活動是「戴著中年人的面具，一起扮家家酒」。今天的主題是「假裝自己已經長大，變成五十歲」。

於是，有人演肚子大大的公司老闆，有人演飛來飛去的臺商，有人演老闆娘，有人演美語教師，有人演女子高校的怪叔叔老師，有人演賢慧的家庭主婦，小孩還考上臺大醫學院。這不知道是誰編排的劇碼，演起來劇情起伏多變，如此豐富多姿。

嗯，今天的家家酒真的太棒了，大家演得都好像！那，我們下次再來玩。

阿強

從小，我就不是很會交朋友。

也許是因為好惡分明，情感比較強烈，又不太懂得放鬆調節感情；也許是因為手上沒有多少資源，可以和朋友歡喜分享；也許是因為沒有很好的口才和幽默感，可以為同儕帶來快樂。總之，我不太知道怎麼和別人相處，在人群裡總有點膽怯，說話時也不知道怎麼拿捏分寸。

我發現，交際好像是一種能力，討人喜歡好像是一種特質，而我好像都不太具備。於是，多數的時候，我幾乎都是一個人。

我到很晚很晚才知道，有的人天生就有那種特質，是因為他生來的福德。有的人能吸引許多好朋友，其實跟他的教養有關，特別是關於寬而能容的教養。福德和教養夠了，自然會有一種溫潤的氛圍，吸引人們來親近，讓人們生出歡喜心。

可是，小時候這些我都不懂，我多數時間孤單，並且努力讓自己習慣孤單，找到孤單時跟自己待在一起的各種方法。

大陸有一部電視劇《士兵突擊》，裡面的主角許三多是個長期被排擠的「邊緣人」，他在戲裡用著一種喟然的語氣，說：「能和我這種人成為朋友的，都是很好很好的人。」這一句讓我起了極大的共鳴。因為，那些孩子和這個世界總有隔閡，找不到方法讓別人悅納自己。面對這種人，能主動去待他們好的人，只能是很好很好的人。

生命裡有各種相遇，深深淺淺，緣分各異。在國小時期，我也有許多可愛的同學，但當時還在懵懂地摸索試探，還不知道怎麼交朋友，就糊里糊塗地畢了業。升上國中，稍微懂點事了，才終於遇到了第一個「好朋友」，那是班上的同學，阿強。

我們同班只有一年，但那是我第一次強烈覺得：擁有一個好朋友，居然可以這麼快樂，這麼安心。

我們是完全不同的孩子。我的成績名列前茅，他總是墊底；我的家境貧困，他家裡寬裕得多；我的哥哥們和我關係疏離，簡直相互怨恨，而他上面一大堆的哥哥姊姊，把他視如珍寶，盡心疼愛。但我們時常玩在一起，要好得不得了。不知為什麼，我一看到他就覺得親近，覺得全身放鬆。

他是我學習的對象，美工的技術非常高明。他教我各種繪畫技巧，也教我如何做年節賀卡。他說，用美工刀在紙上輕輕劃一道淺淺的刀痕，順著刀痕對折，那卡片做起來毫無皺摺，會變得非常美觀清爽。我們一起做賀年卡給老師，果然品質絕佳，差點捨不得送出去。

他也很懂得怎麼找樂子。夏天到了，時常找我去吃冰，總是他請客。當時有一種「蜜豆冰」，裡面加了煉乳、大小紅豆和各種水果，冰塊則略粗而不規則，不是那種粉粉細細的「刨冰」，而稱「刀削冰」，入口冰涼痛快，美味極了。在我的記憶中，那是我這輩子第一次吃到這麼好吃的東西。「曾經蜜豆難為冰」，那之後，除了蜜豆冰，我對其他的冰都不再感興趣了。

我們一起出門，總要有交通工具。而家裡唯一的腳踏車，是爸爸載貨用的腳踏車，老舊不堪，十分沉重，我又年幼力弱，用盡全部的力量去踩，也只能緩緩移動。車雖不好，卻總比沒有好。於是，我只能硬著頭皮，騎著這部老舊的腳踏車，去和他會合。

他出現時，騎出來的車子簡直讓人暈眩。那是一部跑車款的自行車，把手呈U字型彎曲，他稱之為「彎把」。車子的藍色烤漆在陽光下閃閃發光，光是外型，就讓人咋舌。功能更不用說，車子可以換擋，十段變速，簡直是天上的東西，非人間之物。

我們一出發，距離就拉開了。距離拉到半個巷子的時候，我開始覺得委屈，車速差這麼多，怎麼一起騎？我苦悶地用力踩著踏板，使出渾身解數，拼了命地追。當然，兩部車的距離還是越來越遠。

閃閃發光的藍色跑車瞬間回來了，他「咻」地一下騎到我的身後，突然說：「欸，我好想騎那種復古的老爺車。這種老爺車，電視上才有，酷斃了。我們來換車好不好？」

我心裡一驚又一喜，此話當真？那有什麼問題？我立刻和他換了車，騎上了「彎把」的跑車。

車子太炫太高檔，我的心裡又害怕，又興奮。但很快地，興奮就壓過了害怕，我一下子飆出老遠，把他甩在後頭，幾乎看也看不見了。這才隱隱有些歉疚，於是把車停下來，東張西望，等他。

他出現在我眼前的時候，已經渾身被汗浸透，氣喘吁吁。但他沒有絲毫埋怨的意思，臉上似乎有點無奈，又有點歡喜，很大方地說：「欸，好好玩。走吧！我們去吃蜜豆冰，我請你。」

我們所處的環境不同，他比我大方得多。他的家裡來來去去的總有客人，所見所聞也比我廣博。有一天，他說：「欸，我跟你說，你想要把身體練強，我有秘訣。就是你全身用力，用全部的力量唷！六秒鐘，一次六秒就好。功夫就會變強！」

我依言練了幾次，就失去耐心，不練了。但後來鑽研了數十年的武術，卻發現他所說的「秘訣」頗有道理，不知是誰告訴他的。可見他家裡來往的客人裡，頗有高人。

他自己有沒有照秘訣練習，我不知道，但他有另一套東西，倒是練得非常認真——雙截棍。他每天看著李小龍的電影，苦練雙截棍，熟練異常。

我也跟著他一起練，卻不斷打到自己的頭。我用的是木製雙截棍，打到頭時真是劇痛入骨，但他用的是通體鋼製的雙截棍，體積小而份量更重，他練起來咻咻咻地響，卻完全不會打到自己，讓我佩服已極。

我去他家玩的時候，對於他家裡大大小小各式各樣的玩具，看得目不暇給，簡直是神魂出竅。時隔久遠，我現在已經無法回憶我當時看過的玩具，但其中有一臺袖珍型的「仿真照相機」，讓我印象深刻。這種檔次的玩具，對當時的我來說，是絕對想也不敢想的，連羨慕都不敢。但他看我玩得開心，居然毫不猶豫地就給了我。直到現在，這部相機還在我的房間裡珍藏。

當時最流行的另一種高檔玩具，是日本原裝進口的「火柴盒小汽車」。我看到他客廳裡、房間裡琳瑯滿目的「火柴盒」，眼珠子簡直要掉下來了。看到我的眼神，他又毫不猶豫地，給了我一部最漂亮的紅色金龜車、還有一部黃色的跑車。

他的家境是不是真的寬裕，其實我那個時候沒有能力判斷。現在回想起來，他們家的擺設很普通，並不是特別豪華，只是他上面有七八個哥哥姊姊，都已經上班就業，有了自己的收入，對他百般疼愛，所以他在物質上一直不虞匱乏。

我在家裡的處境，剛好和他相反。我和哥哥們的關係一直不佳，進入青春期，衝突更大。父母最重視的是長幼尊卑，至於孩子們誰是誰非，太難分辨，他們終日忙於掙錢脫貧，對這些小事也無暇處理。我無處傾訴，生活總是在衝突與吞忍的交錯中度過。

在家裡受了氣的孩子，情緒沒有出口，到了學校自然傾洩而出，遇有衝突，只有拳頭解決。我性格好強，在學校裡不服便嚷，挨打就還擊，總是憋足了勁活著，不肯示弱低頭。跟他在一起時，卻完全不同，好像突然之間，我整個人就放軟了，再也不必渾身戒備。我總是向他傾倒各種憤怒和苦惱，淅瀝嘩啦，倒個不停。他跟我明明是同班同學，卻像我的大哥哥，總是傾聽，總是跟我一起皺眉咬牙，一起煩惱。

有一次，我們在聊天時，我把苦惱說到了一個段落，他突然抬起了頭，豪氣萬千的說：「你放心，以後我賺了大錢，就幫你買很多很多東西，住好地方，你就不用再受苦了！」這些國中生的對話，現在看來，也許幼稚荒唐得可笑。但對當時的我來說，卻宛如天籟。

我從來沒有被這樣對待過，那份心念，純潔得不像真的，又珍貴得像晨星一般，稀少又遙遠。我那時總想，這個世上怎麼會有這麼好的人？他的存在，讓我對這個世界上多了許多美好的想像。

他的學業成績一直不好，國二時我們就分了班，我進入了前段，而他進入了後段。但我在前段班裡，總是落落寡合，他在後段班裡，似乎也沒有找到像我那麼要好的朋友。於是，我們總還是在一起，一起聊天，一起出去玩。

但國中畢業以後，我們走的路似乎就漸漸遠了。

我念了明星學校，心不甘情不願地升學；他念了協和工商，學的是汽車修護。我們的生活似乎越來越不一樣，但他仍是我最要好的朋友，我們見面時，仍是我生活裡最歡喜的時刻。

升高二那一年，他突然變瘦了。而且，一瘦就是十五公斤。他休學在家，家裡請了一個護士，日夜看護著他。我一聽，就傻了。這是怎麼回事？瘦十五公斤，那是什麼意思？我的生活常識和社會經驗都不足，完全不能理解事情的嚴重性，只覺得納悶，覺得奇怪。

我們見面時，他還是如常談笑，還是拿著雙截棍在玩，就是鋼鐵製的那套雙截棍，又酷又炫。他見我喜歡，就又送給了我。

那是我當時收過最貴重的禮物，一直到現在，還在我的木匣子裡珍藏著。

說來慚愧，我是天生的嚴重路癡，一直沒有能力「自己走到他家」。我們每次見面，都是約好了時間，我坐大有巴士「二六三」，到了總站，就是福德街口，然後他來接我。去了那麼多次，我始終不認得路。這種路癡的嚴重程度，除了書上的張愛玲，我長這麼大還沒有見過。

有一次，他打電話來，問我要不要去看他。

「好啊！那你來二六三總站接我。」

「可是我好像沒辦法，護士說我要待在家裡。」

「為什麼？」

「我也不知道。」

「那……可是……我不認得路……還是等你好一點，可以接我，我再來？」

「好啊！」

直到現在，我都沒有辦法原諒自己那種荒唐的無知和懦弱。到後來我才明白，他得的是癌症，腸胃癌，所以他才會虛弱至此。那是我和他見面的最後機會，而我居然以為我可以「等他好一點」再去。

又過一段時間以後，他姊姊打電話來，說：「嗯，我跟你說一下，阿強走了。」

我的腦子一下子就空白了。我拿著話筒，吶吶地說：「呃？……啊？……那……我……？」接著，我一句完整的話也說不出來。

他姊姊接過話頭：「嗯，看你這兩天要不要來幫他拈香。」

「……好。」

我掛上電話，走回房間，幾分鐘後，我才回過神來，意識到發生了什麼事。

然後我把燈關了，在黑洞洞的房間裡，眼淚開始無聲地冒出來。我突然感覺自己失去了什麼，而且，永遠失去了。一股酸熱像潮水一樣地從鼻腔裡衝出來，我壓著聲音，開始嘶啞地痛哭。

我不斷地哭，無法停歇，直到沉沉睡去。早上掙扎著起來，到飯廳拿了便當，綑上繩子的時候，我聽見便當蓋上咚咚咚地響。一顆顆巨大的水滴打在我的便當蓋上，一回神，才發現那是我的眼淚。

我不記得那樣哭了多久。白天上課的時候，也會突然一陣酸熱，便無聲地哭上一陣。

週六那天，我去拈香。我木然地看著棺蓋合上，抬起，上車。

「我的囝啊！」一聲淒厲的哭喊從樓上傳來，那是他的媽媽。

我站在路中間，突然被這聲哭喊驚醒，於是在路上失態，忘情地放聲大哭。

那一年，我高二，失去了我這一生最好的朋友。

我的悲傷流入高中那些青澀的年光，時時恍神，舉步維艱地學習著交朋友，學習著進入這個世界。

我把小男孩對這個世界的各種想像，全部封存在盒子裡。有火柴盒小汽車，有照相機，有雙截棍，還有一張他國中時精心完成的工藝作品——立體浮雕的銅片，上面是岳飛的草書：「還我河山」，惟妙惟肖，字體和真跡幾乎沒有差別。那是他國中時送給我的紀念品，至今珍藏在匣子裡，視若拱璧。

上週六，我帶小寶去郵局，看到他瘋狂地大喊著「車車」，我想起那些小男孩的夢想，忍不住給他買了一部精緻的郵政古董玩具車。看著他專心玩車的模樣，我想起了無數早已封存的，男孩的往事。回到書房，我把櫃上的木匣子打開，取出紅色的火柴盒小汽車，默默沉思。

就在這個時候，小寶進來了。說時遲那時快，他一看到紅色的「車車」，毫不猶豫地伸手就奪過。

這部車不比他其他的玩具，完全不同。其他玩具他玩膩了隨手亂扔，慢慢找就是了。這部是我最珍貴的火柴盒小汽車，無論如何不能丟失不見，我急忙忙伸手要拿，小寶卻立刻轉身逃出書房，奔向客廳。

我知道，這種時候從他手裡搶下車子，一定換來撕心裂肺的大哭。於是我忍下奪車的衝動，拜託妻，等會兒趁他不注意時幫忙把車子拿回來。但是妻手上有很多事情要忙，一轉身，小寶手裡已經換了玩具，那部「紅色火柴盒」不見了。

我大驚，開始瘋狂地地毯式大搜尋。整個客廳書房臥房都翻遍了，找不到。妻深知這部車對我的意義，和我一起卯起來找，整個屋子翻遍了，還是找不到。

我氣急敗壞，又無可奈何，情急之下拉過小寶，嚴肅地對他說：「小寶，你剛剛玩的紅色那部火柴盒小汽車，是把拔最珍貴的車子，是我最好的朋友給我的禮物，你幫我找出來好嗎？」

「好！」小寶點點頭，很認真地回答，然後轉身出去。

我半信半疑地跟著他走到客廳，發現他又拿了另一部小汽車，專心地玩起來。

「小寶，不是，我是說紅色的那部，火柴盒小汽車。」

小寶很認真地聽著，似乎聽得懂，又重複了一次：「小，汽，車！」

「對，那部小汽車在哪裡？」我燃起一絲希望。

「小汽車！」他很高興地舉起手裡另一部小汽車。

「不是……唉……」

原來小寶畢竟聽不懂。

第二天，我又重複了一次，請小寶幫忙「協尋小汽車」。當然，又失敗了一次。我終於打消了希望。這是我最珍貴的小汽車，我收藏了三十五年，但是它不見了。

也不能怪小寶，他才一歲十一個月，懂得什麼呢？都怪我，為什麼不及時收好？現在這東西不見了，我心裡沉甸甸的，又悶又躁，說不出的難受。

早上到學校上班，妻突然傳簡訊來：「車子找到了。」

我立刻回撥電話：「在哪裡找到的？怎麼找到的？」

「沙發縫裡，是小寶找到的。早上小寶出門前，站在大沙發旁邊，看著沙發的縫裡，一直說：『找到了！找到了！車車找到了！』我低頭一看，真的在沙發縫裡。那個縫的位置，只有小寶看得到，我們大人看不到。」妻說。

我一陣狂喜上湧，差點兒放聲大喊大哭。車子回來了，我歡喜；車子是小寶找回來的，我驚喜。而他居然會說：「車車找到了！」可見他聽得懂把拔的心事，還知道要幫忙把拔找回來，讓我欣喜若狂。

小寶呀小寶，謝謝你。那是我最珍貴的友情紀念，一輩子都要珍藏。

戚將軍

以前年輕的時候，在黌舍裡念書，總是聽毓老師說：「人生知己不必多，三二人足矣。」

有時候會想，真要用老師的標準算起來，我的好朋友不知道能湊上幾個。如果不要那麼嚴苛，在現在的生活場域裡，不提公務、不作應酬，還能說上幾句體己話的，已是很珍貴的朋友，那是《梁山伯與祝英臺》裡說的：「蒙你不棄來結交。」既不嫌棄，當然是朋友。但有時候，要開口宣稱我是誰的好朋友，多少有點心虛，沒那個把握。

若是少年交情，也許就不太一樣了。有的朋友，我可以「不顧一切」地聲稱，「這是我哥兒們。」還說得毫不遲疑。就像我的國中同學，戚將軍。

我們已多年不見，但他的名字在我腦子裡一浮起來，就能喚起各種熱情和衝動，喚起一片溫暖和信賴，還有，關於生活的各種勇敢的想像。

「戚將軍」其實不是將軍，他本名叫戚務正，這個外號是妻給他取的。他是明代抗倭名將戚繼光的後代，山東威海人，長得身材魁梧，相貌威武，眼如銅鈴，那張國字臉一看就是武將的模樣，宛如戚將軍再世。尤其是眉心的一道豎紋，深溝如墨，顯得殺氣騰騰，不怒自威。

說起來，我們之間雖有很大的差別，卻又有特別深刻的情份。

國中的時候，我們都是成績好的一群，但因為他性格大剌剌的，總是缺心眼兒，不像一般那種安份守己的好學生，不符班導的期待，所以班導不喜歡他，總在全班面前罵他不務正業，拿他的名字「務正」消遣他。最重要的是，老師在說他時，口氣和態度都讓人受不了，我因此極為憤怒。

後來他說，我曾經在班上為他出頭，當眾嗆過我們的班導師。他說他非常震驚，他不知道我為什麼會這樣對他。

他說的這件事，我已經不記得了，但那種對班導不滿，而對他深致不捨的心情，到現在確實記得。

另一件事，他已完全忘記，我卻刻骨銘心。

國三那一年，我在國父紀念館的勵學室念書，遇到一個不認識的別班同學，要求跟我換位子。對方態度十分無禮，我沒有同意。於是對方找了一幫人，在外面等候，編個理由把我叫到國父紀念館的草皮上去，四五個高職生和輟學生把我圍起來，準備「教訓」。

我們正要開打的時候，戚將軍從迴廊上遠遠望見，立刻飛奔下來。

他雖然同樣是國中生，但他是天生的北方人體格，人高馬大，當時已經發育成熟，肌肉雄健，一站出來就是鐵塔一般，山東大漢的模樣。他一見此景，衝過來向對方大吼一聲：「你們幹什麼？」說著拉住我的手，將我扯到旁邊。

對方愣了一下，問：「你是混哪門子的？」

戚將軍只回了一句：「你管我混哪門子的？」拉著我的手，轉身便走。

對方見他氣勢驚人，居然沒有人敢動手，就這樣放我回去。

那時候，我還沒開始學拳，人小體弱，完全不是對方的對手，何況對方還有四五個輟學生，一旦打起來，我肯定討不了好去。糟糕的是，以我的心高氣傲，絕不肯甘心受辱，一定會以死相拼，打到出大事為止。

但戚將軍在第一時間飛奔下來，一出手，就把事情解決了。最重要的是，他連想都沒有想，這件事對他來說如此理所當然。

那是我非常難忘的一幕，我從受辱邊緣被拉回來，然後，我們各自回到勵學室念書。我的心裡烙下了這一刻，而且一生無法忘記。

後來，在我們久違即將重逢的前夕，我告訴妻這件事，告訴她，這個人對我有多麼重要。於是，我們都滿心期待。

我想，他一定早就忘了這件事。像他這樣的人，做了這樣的事情也不會記得的。何況事情已經過了四十年？果然，我提起這事時，他毫無印象。

話說回來，他說我為了替他出頭，和班導對嗆的這件事，我也完全不記得。我只記得心裡為他不平，但並不記得我做了什麼。

在漫長的時光流轉裡，有很多東西都不斷地從我們的記憶裡慢慢褪去。我們並不覺得自己做了什麼了不起的事，所以對自己做的事，毫無印象，但卻都牢牢記得了對方的善待。而那樣的情份，就留在了心裡，一晃四十年，記憶常新。

為了迎接他的到來，我特地到附近的糕餅店「月十二曲」，買來各色各樣的糕餅小點心，又買了許多水果，再準備了一壺好茶，開開心心地等候他的到來。

我們一見面，話匣子就停不下來。由於我的多話，他幾乎沒有時間享用我精心準備的餐點。有幾盒我特別精心挑選的小點心，甚至完全沒有動過，完完整整地剩了下來。

我們一聊就三個小時，還強留了他吃晚餐，一直聊到九點，送他進捷運站，目送他上了手扶梯，向他揮了揮手，才依依不捨地道別。

我想，所謂朋友，那裡面可能有一種東西，叫作「關於生而為人的想像」。我們對於「人該活成什麼樣」的想像，如此相契相合。或因如此，所以我們總有說不完的話。

他在柏克萊拿博士，還在中研院當了副研究員，在大學兼課，可是他講話的樣子，完全是國中時跟我對話的感覺，一點老江湖的氣息、學術巨匠的派頭、科學先鋒的匠氣都沒有。

他仍然是那個傻大個兒，仍然說話很慢，一邊說話一邊想，認真專注，懇切無比。他聽我說話時，仍然瞪大了銅鈴般的眼睛，笑起來時，仍然眼睛瞇成了一條線，渾身的肉都在晃動，就像漫畫裡哈哈大笑的怪獸。

歲月讓我們都變老了，形貌都改變許多，但那個一模一樣的靈魂一直在那兒，還是一樣直得發傻，從來沒有變過。

真要說起來，我們並不相像，簡直是來自兩個世界。我總是熱血沸騰，張揚顛狂，放言高論，他總是睜大了眼睛專注地看著我，虛心聆聽，時常露出一種若有所悟的表情。

我家境清寒，性格尖銳，對於物質的貧困總是憤怒又驕傲，訴苦又炫耀。他的家境好得多，家裡也自有一本難唸的經，但他性格溫厚，內斂得多，總是瞪大了眼睛，在我說起那些故事時，納悶著我為何如此憤激。

我個兒矮小，性格暴烈，遇有不平之事，按住了比我高大強壯的同學，便往死裡打。他身材魁梧，卻性格平和，很少和別人起衝突，他一直很難理解，同學之間打架，為什麼要那麼「用力」。

兩載同窗，成了多年知交。我進了明星高中，他上了臺北工專，我們的互動卻比國中時更頻繁。在課堂之外，我們漫談天地，指劃江山。在勵學室外的長廊上，我滔滔不絕，對他說盡了揚鞭馳騁的種種狂想。我示範著空手道的側踢，八卦掌的「穿掌」，恨不得把我會的都拿出來，讓他都瞧瞧。我口沫橫飛，沒完沒了，而他的話卻不多，只是頻頻點頭。回應。

接著，他簡單地打了一點北少林的「功力拳」，再流暢地示範了一段「小虎燕」作為回應。那確實虎虎生風，而又身輕如燕，讓我愣在當場，一下說不出話來。那天午後迴廊上精采的靈光，讓我永難忘懷。他卻說，我打的「穿掌」角度旋轉十分精妙，難防難擋。

我其實練得並不好，和他差了老大一截，但他不愛顯擺，我若不要求，他從不主動表演。他總是喜歡聽我說，看我表演，好像我會的那點兒東西，真的好得不得了。

我說了那麼多話，自己說過便忘了。可我說過的事情，他總是記得。三十幾年後，他還記得，我高中時給他推薦過什麼書，他後來讀出了什麼滋味。

我們的專業天差地遠，他學地質，我學文學，但兩人卻有說不完的共同話題。我們練的拳完全不同，他練少林，而我練內家，但兩人總是互相欣賞。我們的個性甚至也南轅北轍，他是北方漢子，我是南方文人，但總惦記對方的好處，覺得自己不足。

我總是記起那些美好的同窗歲月，記起兩個小男孩的各種聊不完的話題，各種歡天喜地的共處畫面——那是我最好的朋友。

感謝老天爺，讓我們重逢，讓我記起朋友的好滋味。

沒有多久，我再三催促，讓他排出時間，再來屋裡坐坐，我還有好多話要說。這一次，我千叮萬囑，不能帶伴手。他一口答應了。

但在屋裡坐定，他卻掏出了五十八度的高粱，說：「這不是伴手禮，今天開車不便，下次找個時間，咱們哥兒倆一塊喝。」

他說，他父親去年過世以後，他一直心裡難受。我惦記他的身體健康，總是嘮叨，叫他不要喝孤酒，真想喝時把兄弟叫上。於是，他把好酒拎來了。

那天，我們一樣盡興地聊了一晚，相約下次對飲。他離開以後，妻忍不住說：「欸，你那點酒量，怎麼跟人家喝？」她知道我的酒量，是一杯啤酒就滿臉通紅。正確地說，是沒有酒量。

我說，你忘了？《士兵突擊》裡面怎麼說的？

在一場作戰演習裡，連長高城遇到特種部隊少校袁朗，演習分出了勝負，敵我雙方卻惺惺相惜。高城性情高傲，不願向「敵人」示好，卻忍不住心下佩服，他對袁朗說：「我就酒量一斤，跟你喝，兩斤吧。」

袁朗個兒小，話不多。他抬起頭來，眼裡放著明亮的光，篤定地回答說：「我酒量二兩，跟你喝，捨命。」

我也是。

國中老師

今天早上，臉書上突然跳出一個「可能認識的好友」，一看，是我國中時的數學老師。看到她的名字，記憶的閘門好像一下子打開了，那些早已變得昏黃的歲月，一下子就湧到眼前來。

在我們念書的那個年代，國中生的歲月多數是很苦澀的，只是生命處在昂揚奮發的生長階段，精氣飽滿的年華裡，總能感受到體內奔騰的生命力，於是在那些乾澀的歲月裡，照樣找出許多小小的樂趣。但事實上，那樣的生活氛圍，不管是價值意義還是什麼，在客觀上都還是很單薄無味的。

在那樣的歲月裡，「老師」顯得更加重要。可惜的是，想要遇到一個好老師，似乎並不那麼容易。要是出現一個，簡直是生命裡唯一的光亮，珍貴無比。

我從小學開始，成績就是名列前茅，但數學一直是我的弱項。我很難弄清楚那是為什麼，但我想和老師的教學不無關係。

我們家數學最好的是大哥，遇到不會的問題，自然要去問他。但大哥的教學方法，帶著那個年代特有的痕跡，總是不斷地「巴頭」，被巴上幾次以後，我對數學的胃口就完全弄壞了。小孩子總是如此，一旦反感勝過了求知慾，寧可完全放棄，也絕不會再想開口求教了。

小學的老師都是全科，那個時候師專出來的老師其實有一定的教學能耐，我的數學雖差，還是能勉強維持一定的水平，不至於爛到底。但升入國中之後，一切就完了。國中的數學是一個新階段，而國中的老師在教學上所使用的知能，也和國小完全不同。本已艱難的數學，變得更加可怖可畏而且可厭，數學課成了活脫脫的地獄時光。

如果說，我以前對數學的疑惑是「這個題目為什麼要這樣解」，那麼，這個時候的疑惑已經變成了「老師現在在幹什麼」。換句話說，我連問問題的起點都沒有了。能問問題的孩子，至少表示他在狀況內，知道「這裡有問題」，但真正可怕的是「不知道哪裡有問題」，因為「從頭到尾都聽不懂」，哪裡還能找出問題來。

更可怕的是老師。因為，我遇到的國中老師沒了小學老師教學的善巧和耐心，卻多了「大學畢業」的自負和傲慢。數學課的氣氛變得非常嚴峻和乾澀，用功的同學打起精神勉強跟著，程度跟不上的同學全部昏昏欲睡，不斷打盹。

那個時候的學生不像現在，敢公然趴下去呼呼大睡，打盹的同學都卯足了全身的氣力，勉強撐住自己，只是控制不住時，會偶爾「釣魚」，每隔十幾秒鐘就點一下頭，直到驚醒。

但對高傲的數學老師來說，這已是「是可忍孰不可忍」。被他抓到「打盹」的學生，先是粉筆扔了過來，然後老師立刻欺到學生面前，伸手揪住學生的眼皮，抓緊了狠狠一轉，讓學生疼得大聲慘叫，藉此「殺雞儆猴」，讓其他學生不敢再睡。

那是多麼荒謬的課堂。

老師在前面說著不知所云的話，畫著不明所以的數學符號，好像「真的在教書」。而學生唯恐眼皮被扭，只能戰戰兢兢，恐懼不安地撐開眼皮，「假裝自己在聽課」。

那就是我們的國中歲月。

為了「生存」下去，大家當然要補習，補習班的老師說話至少還有溫度，臉上還有表情，偶爾甚至還有笑話。自己在外面學會了，學校的老師無論如何爛法，影響也有限了。但像我這樣的孩子，家裡窮得冒煙，除非到了火燒眉毛的國三，否則哪敢想什麼補習。數學課，那就是宇宙最痛苦的課程，每天撐著，勉強裝著，好像自己仍在學習，但其實早已絕望。

一直到我們班來了一個新的數學老師。

她居然是女生，這在數學科本來已經罕見，更罕見的是她身上的氣息，特別乾淨清新的氣息。那種率真直截，明明白白的感覺，在我們當時的環境裡，除了幽默狠辣的地理老師，幾乎找不到別人了。

我有時候想，這個世界之所以乾澀無味，或許就是因為裝模作樣的人太多了。譬如過去的數學課，那完全是一個自欺欺人的世界，唯一的目標就是讓我們勉強撐著，睜開眼睛，聽那一大串不知所云的課程。他大概從來也沒想過要讓我們「聽懂」，卻忙不迭地幫我們貼上「上課不專心」的標籤。

可是，這個烏煙瘴氣的世界裡，偶爾也有活得明明白白、說話清清楚楚的人，一是一、二是二，不自欺欺人，拿真心對待孩子的大人。

儘管當時的環境裡，這種人並不太多，但說真的，一兩個就夠了，可以頂千百個。這種人存在的好處，就是讓我們相信，這個世界並不都那麼糟，還是有光亮的、值得追求的東西，「長大」這件事，是可以被期待的。

譬如我們的地理老師。她講課的時候，臉上總是似笑非笑的表情，沒等她說到點兒上，我們已經開始忍俊不禁。等到她說到高潮，我們就笑得涕泗橫流，滿地打滾。

事實上，重點不是她的幽默。她不消說話，只在講台前一站，教室裡的溫度就升高了，覺得講台那裡好像有一團火焰，在那裡明晃晃地照著。不由自主地，就是會想要抬頭看她。

那是什麼呢？我那時候不明白，原來那就是生命力。是一個老師身上最重要的東西。有了生命力，那什麼關懷、疼愛、照顧才會是真的。有了生命力，那教導才是從裡面出來的帶領，不是技術性的壓迫。

一個沒有生命力的，沒有豐富感情的人，實在不太適合教書，至少不能待在國中。這樣的人待在那裡，無論幹什麼，都可能會傷害學生，會讓學生對未來失去希望。

我有時候也會有個荒謬的念頭，覺得全世界的數學老師一定都是「壞人」。他們每天都要在那麼「無聊」的東西裡面打轉，然後還要逼別人跟他們一起做無聊無趣的題目，遇到不會的學生還要「巴頭」和「扭眼皮」，這個世界上怎麼會有這樣可怕的生物呢？

但我終究遇到了一個天使，把我瀕危的數學勉強救了回來。

那一年她來的時候，站在講台上，我覺得那就是一個真正的人，不管是眼神、態度、說話的樣子，就是一個大活人。

不像過去那樣面無表情的數學老師，她居然會笑，而且還時常有「忍笑」的表情。這對我來說，簡直不可思議。怎麼會有一個大活人會喜歡數學、還教數學呢？這使得我對數學課充滿了好奇和期待，不是因為數學，而是因為她站在那裡，那種生氣淋漓的感覺，使我對她的專業產生了興趣。

更驚人的事情發生了。

她在講課的時候，眼睛會「對上」學生的眼睛，毫不閃避。我的數學奇爛無比，上課免不了要困惑、迷茫、昏沈、恍神……，按照慣例，這些表情總會依序出現。

但是，每在我出現困惑的表情時，她的眼睛總是盯著我，把課停了下來。那眼神就像在對我說：「這裡不懂是嗎？」在繼續等候我的反應。

我驚訝已極。

因為，像我們這種數學不好的人，不論講什麼單元，臉上表情困惑迷茫，那都是天經地義的。對老師來說，這種「數學資劣生」早已無可救藥，基本上不會有老師放太多注意力在我們身上，要說多在乎我們的感覺，簡直絕不可能。

但這絕不可能的事情，居然就發生了。老師看著我的表情，停下來，然後回到剛剛的地方，更仔細地重講一次，想方設法要讓我聽懂。一直到我臉上有了「恍然大悟」的神情，然後她才把課程推進。

這樣的經驗，給了我極大的震撼。

我第一次覺得，我的感覺竟然是「重要」的。世界上竟然有數學老師「在乎我的不懂」，甚至會看著我的眼睛，反覆重講，等我懂了才把進度往前推進。

我幾乎有一種錯覺，就是在她的課堂上，「只要林世奇懂了，我們就可以繼續」。這實在太驚人了，我在「毫無存在感」的數學課裡，居然瞬間變得「重要」了？

這種感覺，讓我在數學課再也無法分心，不敢分心。每一堂課，老師隨時都會「對上」我的眼睛，我如果一直有迷茫困惑的表情，我們的進度就永遠教不完。所以，我非得弄懂不可，不然會耽誤大家。

我印象最深的是其中一堂數學課。

當時臺灣有一些小留學生，父母家境優渥，很早就把小孩送到美國念書。有一個小孩名叫羅傑，是天賦優異的資優生，結果一路保送上去，十二歲就成了博士生。這個新聞轟動一時，總之是個「臺灣之光」，真正的天才。

那一天，我們在上數學課，老師講著講著，又盯上了我的眼睛。我已經沒有以前那麼害怕了，而且由於老師關愛的眼神，我甚至有勇氣提問，有時遇到困惑處還會打斷老師的話，追問個明白。

老師和我對話時，彷彿嘆了一口氣，她說：

「其實，你以前數學不好，不是因為不夠聰明，恰恰是因為你太聰明。數學是很簡單的東西，不需要想得太遠太難，可是你太聰明了，把簡單的東西想複雜了，所以反而不會。像你這麼聰明的小孩，如果跟羅傑一樣送到美國去念書，根本不用到十二歲，大概八歲就可以拿博士了。」

此話一出，同學譁然。當然是虧者有之，笑者有之，羨者也有之。像我這樣的「數學渣」，居然還跟什麼羅傑相比，簡直就是天大的笑話，老師也太會逗了。大家自然樂不可支，歡天喜地。

但那一天，是我一生中最難忘的一堂數學課。

我不但被數學老師稱讚了，而且她對我的思路做了驚人的分析和判斷，徹底重建了我的自信。因為她的關係，我拿起數學課本或參考書，都不再那麼厭惡和排斥了。

那一年的高中聯考，我這個積年沉痾爛到底的學科被硬生生救起，進了一所名校。考上什麼學校，本沒有什麼可以賣弄，但因為這樣的機緣，我得以認識許多厲害的人物，改變了我的視野，也改變了我的一生。歸根結柢，是因為那一年碰到的數學老師。

有時候覺得，我們的社會裡，老把眼睛放在奇怪的地方。好像總覺得教授比高中老師高明，高中老師比國中老師專業，國中老師比小學老師有學問。服務的年段越高，好像就越厲害。

其實，當然不是這樣。恰恰是我們越小的時候，越需要遇到好的引導。他們非常非常重要。

也許我們只有一兩年的相遇，但是那樣的影響卻是一輩子的，永遠不能忘記，也不該忘記。

輯二・青衫

大湖舊事

放了寒假，妻說要帶媽去大湖採草莓。聽到大湖，總是會立刻想起他，我高一時的同學。

我們只同班了一年，卻比其他的高中同學都親近，廿幾年的交情，親如兄弟。很多年前，我們一起去大湖採過草莓，此後只要來到這附近，都會忍不住想起他。

他賦性奇特，極有個性，說是怪癖，也差不離。他念了師大物理系，要分發時，就立定第一志願，要去東勢教書。他的母親百般苦勸不成，最後竟打了電話來，希望我這個好友能好好勸勸。

她說：「大家拼了命擠破頭要進臺北市，要進明星學校，只有我們家這個想不開，要去什麼東勢教書。你是他的好朋友，拜託你，無論如何要幫幫忙。」

人貴自知，尤貴知人。同學相處雖不過一年，他的癖性豈有不知？這樣的人，哪裡是誰能勸得動的？他選那裡，必有他的道理，只是跟老人家分說不清。我只能說些不著邊際的話，寬慰他母親，即使知道徒勞無功。

他去了東勢，一去就是二十多年，連回家的次數都少得可憐。他母親擔心的事還是發生了，兒子遠在天邊，一年見不上幾次。

但我去找他，他卻很歡迎。大約我們在一個毫無計算和顧忌的年紀裡相遇，有許多無厘頭的共同記憶，見了面就能胡侃、打鬧，沒半點正經。

高中時，他常帶我去他家附近的教堂。我們都不是基督徒，但教堂有一個小圖書室，可以讓我們進去看書。

我並不用功，但很喜歡那裡的氣氛。下課後，我們胡亂買了幾個麵包，充當晚餐，然後在教堂附近的街上邊走邊吃。逛夠了，才鑽進教堂的圖書室，半念書半玩耍地待一個晚上。

教堂附近有一家電器用品店，裡面擺滿了各式各樣的電視。我們倆都是武俠迷，當時正在上演港星梁家仁主演的《笑傲江湖》，每一部電視都同步播放。我們便趴在人家店外的玻璃牆上，津津有味地看免費的電視，一看就是一小時。

那個樣子說來可笑，兩個人都在臺北市土生土長，卻都像是沒見過世面的鄉巴佬，淨幹些不著調的事兒。大概兩個人身上都有些說不清的土氣，也有點兒不太講究細節、不太注重文明的癖性，老在街上無目的地亂逛。

有時兩人買了兩筒冰淇淋，居然就坐在路邊紅磚道上舔著吃，邊吃邊胡扯。那模樣之狼狽，現在想來，不免慚愧。但跟他在一塊兒，似乎做什麼都不覺荒唐，總有一種天寬地闊的自由感，還帶點兒髒兮兮的土味兒。

我在成功嶺當兵的時候，進了部隊，第一次過這種團體生活，做好了出家修行般的心理準備。除了寫寫信，沒想過和外界聯絡。

有一個星期天，連上突然有人在門口吆喝：「么兩六！外找！」「么兩六」是我在連上的編號。

我十分納悶，這種時候怎麼有人找我？走到外頭一看，居然是他。

他一身深綠色的軍裝，趣青的頭皮上戴著一頂軍帽，打扮跟我一模一樣，他也上了成功嶺。放了假，他不肯安生在營裡待著，卻按著番號找到了我的部隊，說要來看看我。

生活是很奇妙的，在已經決定好好度過呆板生活的時刻，突然有個老友來瞧自己。那種怎麼都想像不到的重逢，會讓人驚喜得說不出話來。

後來我讀阿城寫的《棋王》，說文革時知青下鄉，棋呆子王一生走了好幾個村，千里迢迢地，就來看看他，卻沒什麼要緊事。讀到這一段，那情景靈活如見，令我大起共鳴。

退伍後，他還在東勢教書，一個人在學校附近租房。因租金便宜，一租就是整棟透天厝，空間極其開闊。我去的時候，時常可以看見單身男子獨宿的「壯觀」景象。

他的房間比一般客廳大得多，屋裡有一個高及胸口的巨大垃圾桶，裡面裝滿了垃圾，把桶蓋蓋上以後，垃圾繼續疊上去，煙盒、襪子、衣服、褲子……啥都有。他一個人在堆滿垃圾的屋裡徜徉，住得不亦樂乎。

後來他當上了學校的衛生組長，聽到消息，我笑得前仰後合。沒等我奚落他，他先調侃了自己：「我知道，全校最不衛生的人，當上了衛生組長，哈哈哈！」聽他這麼一說，我忍不住又捧腹大笑。

東勢是鄉下地方，到哪兒都得開車，於是他弄了一部法國雷諾的二手舊車，車裡全是汽油味兒。我嫌車裡沒有冷氣，他理直氣壯地說，車窗搖下來，「自然風」比什麼都好。說是這麼說，車窗搖下來也不那麼容易，搖的時候嘎吱嘎吱，還得使點勁兒。就算使勁兒，還是拉不到底，車裡能壞的全壞了。

他的車門會在轉彎時自動打開，我若坐在鄰座，還可以幫他抓住車門。若他自己一個人開車，轉彎時他就得使上獨門絕技：一邊抓著駕駛座的方向盤，一邊伸長了手抓住自動打開的副駕駛座車門，這種絕技，堪稱天下罕見。

最厲害的是他的駕駛座椅背，會突然鬆開，無預警地向後倒，這在車子行進中發生時，實在太刺激了。

有一次他夜裡開山路，遠遠的就看到前方有車，快要會車時，駕駛座的椅背突然無預警地倒下，在會車那一剎那，他只好仰躺著開過去，然後用腰力掙扎起來，挺直腰桿繼續往前開。

就在這一剎那，他看到剛剛和他錯車而過的駕駛驚嚇得兩眼發直，張大了嘴巴，臉色慘白，魂飛魄散。

因為，對方看見的畫面，是一部無人駕駛的車子和他錯身而過，而黑暗的駕駛座裡突然伸出一顆頭來。黑夜的山路裡看到這樣的景象，大概沒有人能承受這樣的驚嚇。

我坐在他的車裡，老覺得又是好笑，又是歡喜。我說：「你買這什麼古董，賺了錢不花，怎麼不買好一點的？」

他得意洋洋地說：「這你就不懂了，我開這車，沒事就得修，修得久了，現在變成專家了，沒人比我更懂車。這車還隨便丟，沒人偷，多好。」

我聽著他似是而非的歪理，總是忍不住哈哈大笑。

他說的其實真有幾分道理。這車子的外表和內裝都不起眼，但引擎卻是真不錯。他愛飆車，時速動輒飆到一百二十以上，超車之頻繁老辣，簡直就是個嬉皮飆仔，和這車「老古董」的外表全不相稱。

他又熟知何處有照相，何處有警察，一到王法所及之處，便將時速開到四十以下，狀若良民。各種狡獪滑稽，真是無奇不有，令人莞爾。

不過，也有凸槌的時候。有一次他一路狂飆，飆到過癮處，血行加速，一路超車，一路上超遍了無數的車子，卻沒發現其中一輛是警車。警察大怒，一路瘋狂追上，將他「憋」到路邊，痛罵一頓。他只好乖乖吃了紅單，還得乖乖認錯賠不是。

面對這樣的「化外之民」，我總是一邊吃驚，一邊忍笑，跟他在一起，有一種說不出的暢快。

我到東勢去找他，有時他會帶我去唱歌。他的嗓子天生渾厚，高一合唱比賽時，我站在他的旁邊，時常為他的歌聲驚嘆不止，那是老天爺給的天賦。

但我們去KTV唱歌，我發現他的嗓子已經壞了。他長年擔任訓育組長，國中理化課又多，他從來不用麥克風，每天對付那些調皮搗蛋的國中生，嗓子吼多了，終於壞了。每首歌的高音都上不去，而且老是破音。但他照樣哇啦哇啦亂唱一通，好聽難聽，渾不在意。當然，哥兒倆拿著麥克風亂吼，倒也其樂無窮。

有一次，快到KTV門口時，他突然神色警戒：「欸，留點神，等等可能要動手。」

「動手？」我身上的血液興奮得一陣發熱：「跟誰？」

「我以前的學生。調皮得很，他們犯錯，我都往死裡打，現在畢業了，得防著點。」

「在哪？」

「就在門口。」

我細看了一下，幾個年輕人坐在店門口的機車上，樣子是有點剽悍不馴，但不像黑道的樣子。如果沒有槍，其實不用太擔心。

我們走過去，那些孩子看到他，卻拉開了嗓門，大喊：「老師好！」

他鬆了一口氣，卻擺出威嚴鎮定的神色，微微點點頭，「嗯」了一聲。

我們進了屋，我忍不住大笑起來：「什麼嘛！被你說成那樣。你們鄉下地方，真有人味兒！」

他訕訕地一笑：「這倒是，這些小孩真的不壞。」

有一次，我交了女朋友，開車下去找他玩。

他說：「東勢林場不錯，可是還要收票，我帶你們走小路，不用票。」順帶說一句：「你們不要開車，坐我的車就行。」

我當時的女朋友在高中教書，是個性極嚴謹的英文老師，聽到他說出「逃票」的話，吃驚無比，但客隨主便，只好把滿肚子的話都嚥了下去。

我們一上車，還是那部雷諾。我說：「哇，這車真能撐，現在還活著。」

「沒，那車已經不能動了，開到山裡面解體了。換了一部雷諾，還是二手老車。」

我看那車連斑駁的樣子都跟前一部幾乎一模一樣，忍不住哈哈大笑。我們於是坐上遍歷風霜的老邁雷諾，由地頭蛇老司機帶著，向著不知名的小路進發。

車子向野外開去，路上越來越是荒涼，樹卻越來越密。他毫不猶豫，開著老雷諾一路向山深林密處奔馳。

但樹木離車子越來越近，一陣陣淅瀝嘩啦，兩旁的樹葉開始在車皮車窗上不斷掃過。我們心驚肉跳，不知所措，他卻泰然自若，一路前行。

根據傳說和古老的信仰，前人總說：「柳暗花明又一村」，我們只能相信：等一會兒就會看到開闊的道路，東勢林場一定會在眼前赫然出現。

但兩旁的樹葉掃過聲越來越響，最後車速越來越慢，在一連串匡啷聲後，車子終於停了下來。

「奇怪，前面沒有路了。」

我們還在驚疑不定，他卻又哈哈大笑，說：「太久沒來，這路怎麼都長滿了樹，回頭吧。」

我們還在忐忑不安，思考著應該如何是好，他的「戰車」已經重新啟動。一陣驚天動地的匡啷聲響過，老雷諾已經從密林中脫困，開始倒車。車子飛快地後退，漸漸脫離了這片密林，回到大路，繼續飛駛。

那天晚上，我們經歷了許多冒險刺激的旅程之後，心力俱疲，終於回到他住的地方。他要安排房間，讓驚魂甫定的我們好好休息。

他問我的女朋友：「欸，你今天晚上要跟世奇睡還是……？」

我的女朋友素來不苟言笑，覺得他簡直胡來，當場柳眉倒豎，沉下臉來：「當然不可以！」

他有點訕訕的，卻隨即面不改色地接口：「我是說，你是要跟世奇睡還是跟我睡？」

女友怒容未斂，過了一會兒才意識到他是在「開玩笑」，勉強微微一笑，仍然正經八百地回答：「我要自己睡！」

我在旁邊啼笑皆非，又忍不住莞爾，卻拿他無可奈何。

除了一兩次帶朋友去找他，多數的時候，我們都是哥兒倆作伴，到處亂跑。還沒有老雷諾之前，他騎的是野狼一二五，跟我一樣。我抓著他的腰，跟著他滿山裡亂騎。

有一次來到苗栗的大湖，他說：「我們下去採草莓。現摘現吃。」

「欸，不對，上面寫的是採完秤了買，不是現吃。」

「不用管他。他們沒說不能吃。」

我滿心忐忑地跟著他來到一家草莓園門口，老闆把採草莓要用的東西都備好，很客氣地說：「採了以後來這裡秤，帶回去一定要洗乾淨再吃。」他彷彿意有所指地加了一句：「上面都還是會有農藥殘留，最好不要直接吃喔！」

我聽得一陣不安，跟著他一起下了草莓園，悄悄地說：「欸，你有聽到老闆說嗎？上面有農藥，不要現吃。」

「有啊！大家都這樣吃，老闆小氣，故意這樣說。不管，照吃。」

我心驚膽跳，跟著他越走越遠，摘了一顆草莓，向著老闆所在的方向，看了又看，總覺得老闆會突然從旁邊的土裡冒出來，採下的草莓，怎麼樣都不敢放進嘴裡。

我只好彎著腰一顆一顆採下來，放在籃子裡。

最後我們回到園門口，他已經吃了一肚子的農……不，是草莓，又拿著裝滿草莓的籃子，跟我一起結帳。然後理所當然地，把我的帳也結了。

事實上，我們在一塊兒，我幾乎從來沒有掏過錢，什麼帳都是他付。他大方得很，並不貪小便宜，就是喜歡冒險刺激，圖個趣味。

跟他在一塊兒，這個世界好像沒了王法，也沒了規條，卻有一肚子的怪主意。我在高中階段認識了他，像是打開了一扇窗，探入了一個異想世界，與平常習見的世界都不相同。

我在都市的生活裡喘不過氣來時，便想到東勢那兒還有一片山林，一個化外的世界。

用大陸習用的話來說，我的「情商」大概不太好，在感情生活裡，時常把自己弄得遍體鱗傷。弄到找不著地方說話時，便想起他來。

有一次，我又受了一場慘烈的情傷，情況前所未有。對方男朋友不只我一個，有一個夜晚，我苦候她良久，她卻在前男友處過夜。我得知時晴天霹靂。

我暈暈乎乎，迷迷蹬蹬，不知如何是好。就像溺水的人亂抓稻草似的，突然想起了他。

他並不具有什麼輔導特質，也不擅長什麼心理分析。我並不信服他，多數的時候，我都不大同意他的看法，我們時常互相吐槽。尤其是男女關係上，他的經驗值近於零，實在沒什麼資格對我的情傷發言。

但這個時候我卻莫名奇妙地想起了他，那簡直是人類文明的精緻世界以外，僅有的一片洪荒。我找到了他，稀里糊塗、毫無條理地把垃圾通通倒了出來。

他只冷冷地說了一句：「她沒做錯什麼，那是她的選擇，她有權利，用不著譴責。你也可以不要這段關係。你要選她，就要玩得起。」

我愣了好一會兒，無法回神。

「只可惜，你玩不起。玩不起你就退出。」

我在那一剎那突然從哀怨的角色扮演裡退出來，一下子明白了什麼。我好像失去了傷心悲憤的立場，只剩下自己的真實意志，要或不要而已。

我打電話給她的時候，沒了受害者的情緒，只是平平淡淡地表達了祝福。然後成功地從容退出。那是我第一次那麼自然地從情傷裡走出，靠的居然不是論語孟子，也不是道德南華，或者金剛般若，居然是他的一番非典型的「胡言亂語」。

不是經典沒有作用，而是我們需要一點契悟的靈光。而在被心智鋪滿的生活裡，那些無言的靈光往往被理智擠到角落，擠到沒有地方容身。

心裡那塊理性和規則以外的角落，特別是被自認清明的心智覆蓋淨盡以後，那種渾然一片的荒稠，已經罕見難得。那裡混雜著是與非，黑與白，理性和非理性，清晰和混濁，文明和洪荒。或許那正是心靈的聖地。

就像波斯詩人魯米的詩句：「在對與錯之外，還有一方土地，我們將在那裡相遇。」那些機關算盡的心智，有時讓我們活得更迷亂。而那片洪荒渾沌的世界裡，反倒像一面鏡子，有時在裡面可以照出一點清明的契機，學會修補自己，特別是自己該死的聰明。

這樣的朋友，一輩子只要有一個，也就值了。

看魚

我的父母都是工人，都只有小學畢業，他們的生活環境一直非常艱困，身上又帶著強烈的企圖心，總是充滿上進的意志，拼了命的力爭上游。

爸爸除了積極努力地掙錢，也拼了命地讀書，他每天晚上到洲尾名儒「阿茹伯」的書房裡去學習四書，刻苦力學，然後在同儕之間分享。他平常談起大道理，總能引經據典，說得頭頭是道。此外，他又努力學習近體詩的格律，練成作詩的捷才，把詩作的規則摸得滾瓜爛熟。日常生活裡，他時時鑲嵌對句，寫成對聯，或口占一絕，即席祝賀，速度極快，作品亦佳，只要他一出手，必定贏得滿堂驚嘆。他又時常參加全國詩人大會，多次奪冠，這使得他志得意滿，也深深以此為榮。

吟詩作對本是風雅之事，但用來比賽競爭，乃至應酬顯才，這事似乎就有點走味了。我那時年紀尚輕，還弄不太明白這中間的得失，只是隱隱排斥著某種「上進」的價值態度，卻說不清那應該是什麼。

高中真的是很重要的階段，我們的各種價值觀在這個時候成形。

在那個年代，許多同學對整齊畫一的卡其制服感到膩味，嫌它不夠鮮亮，便花了錢到中華路去訂做。那些訂做的衣服，布料顏色白得發亮，又挺又炫。我心裡隱隱羨慕，又覺得有些迷惘，彷彿覺得那樣的念頭太過庸俗。於是，在那些看不見的心念角落裡，各種價值觀總有著莫名的糾結。

後來我漸漸發現，「腹有詩書氣自華」好像是真的。同儕裡有些人氣質迥異，他們身上散發著奇異的光彩，衣著卻十分平常。

升高二時，班上有一個同學，他全身所有的行頭，都是學校合作社賣的基本款，毫不起眼，平常到了極點，但我的眼光卻不知不覺地總是被他吸引。他身上無意間流露的氣味、教養、生命情調，都和我完全不同，不斷啟發著我對生活的各種想像。

他看起來整齊乾淨，氣質淳厚，神情裡面隱約有著凝重挺拔的剛氣，但又融在一種溫厚的氣味裡。因為他的存在，我第一次強烈又清楚地覺得「粗服亂頭，不掩國色」是可能的，那些老在衣著外表花心思耗力氣的人，相較之下黯然失色。

平常沒有事的時候，我總忍不住想跟他說說話。不知道為什麼，一親近他，覺得整個人就舒展了，開闊了，我從來沒有特意找過什麼話題，但好像自然而然有說不完的話。

可要說真的說了多少話，也未必。因為他總是含笑傾聽，容忍著我漫無邊際地狂想，或血勇任性的胡扯，還居然時常點頭，表示贊同。我們一個聽，一個說，老不厭倦。在那樣青澀的歲月裡，我們天天說話，也不斷地開展著對這個世界的各種想像。

我在一種「艱苦卓絕」的氛圍裡長大，總是下意識地焦慮著成績不佳，焦慮著平庸無能，焦慮著自己不夠強大，焦慮著不能出人頭地。青春時期存在感的需求，和那樣不間歇的焦慮時時混在一起，幾乎是不自覺地，每天渴望著更確定的價值目標。我每天待在一個被稱為名校的地方，而其實滿腦子問號，總是滿腹狐疑地思索著生命的去向。

可是他從不焦慮，看起來總是穩重平和，還似乎帶著微微的，幾乎看不出來的喜悅感。

有一天，他突然問我：「平常放學，你都會去哪裡？」

我覺得很疑惑，放學，還能去哪？不就是回家嗎？學校每天的放學時間是下午三點五十分，非常早。但即使那麼早放學，我也不知道要去哪兒。我是一個非常無趣的人，不會安排生活，每天除了積極上進，就是消極罵娘；除了讀書，就是打架。裡面沒有中間值。

但我還是好奇地問他：「那你放學都幹嘛去了？」

他說：「我都去中正紀念堂。」

「中正……紀念堂？去幹嘛？」

「看魚。」

「……看……魚？」

我心裡浮現了無數的問號，不知道要說什麼。魚有什麼好看？為什麼要看魚？看魚能幹嘛？我心裡那點兒「積極上進」，讓我拼命想找到看魚的「意義」和「理由」，卻一無所獲。欸，不是，人到底為啥要「看魚」呢？

我畢竟不算太蠢，很識趣地按捺了這樣的疑問。但又忍不住好奇地問：「那……我可以跟你一起去嗎？」

「好啊！」

我們於是一起搭車，一起去了中正紀念堂，一起來到魚池邊。魚池邊有幾個大型的魚飼料販賣機，外型做成一條大鯉魚的形狀，一望而知。我們投了幣，取了魚飼料，找到了地形合適的石頭，坐下來開始餵魚。

我們在池邊出現時，那些魚像被磁鐵吸住似地瞬間聚攏，張大著嘴巴朝天拱擫爭搶，尾巴亂甩，打出劈啪四響的水花。牠們游來時，那頗有份量的流線身驅雄健地鼓盪著，掃出許多優雅的水紋，倏然而來，又一下子無聲地潛入水底。

那樣的下午，我們幾乎沒有什麼語言的交談，剩下的只是眼前這一片光影，和魚兒一起相處的奇異時光。我一直記得，當時午後金黃色的陽光，灑落在魚池的水面，也灑落在我和同學的身上，眼前的景物融成了一片金黃的色澤，時光似乎完全停住了。

那一幕畫面停在心底，明明我從未經歷，卻又覺得似曾相識。

我的心裡被裝得滿滿的，可是又說不清那是什麼，或應該是什麼。我發現我的語言能力如此拙劣，我無法複述我究竟經歷、感覺了些什麼，我能說出來的，居然只有「餵魚」。「餵魚」，真沒有什麼可談的。我的語言表達，在這事上成了一片空白。奇怪的是，我卻莫名所以地眷戀低迴著那樣美好的時光，那居然是我高中生活裡，最快樂的時光。

他身上的特殊氣質，一直讓我充滿好奇。他待在那兒，總不焦慮，偶爾會靜靜地拿一本書坐在那兒看著。我時常想知道他在做什麼，看什麼書。

有一天，下課時間，我又忍不住伸長了脖子，問他：「欸，你在看什麼？借我看？」

「喔，好。」他便把書遞過來。

「這什麼？……老子？」

「嗯。」

「好看嗎？」

「不好看。」

我笑了：「不好看你還看？」

「嗯，看看他到底想說什麼。」

我突然就語塞了。我從來沒有因為「看看他到底想說什麼」而看書。我總是為了「充實自己」、「累積學識」、「力爭上游」、「學會知識技能」、「得到更高的分數」而看書。

「看看他到底想說什麼」？這是什麼理由？什麼想法？

同樣的情況時常發生。有時候是《老子》，有時候是《黑格爾》，或者《海德格》，後來又多了赫胥黎的《美麗新世界》。我總問他「好不好看」，他總說「不好看」，然後一直看，繼續看，又說：「看看他到底想說什麼。」

我心裡總是有一種莫名的詫異和狐疑，覺得他很奇特，又覺得和他在一起說不出的歡喜。而他每天見到我，也總是報以滿臉笑容。我絮絮叨叨的話太多，不是憤怒就是仇恨，不是悲慨就是抱負，總之是一個渾身血氣、氣質粗暴的土鱉，可他看到我時，總是十分歡喜，毫不嫌惡。

他還居然很喜歡我寫的字，時常不吝稱讚。出於不自覺的賣弄，我說：「我每年都在饒河街幫我爸賣春聯，用金粉金油調色，寫出來可漂亮了。」

「哇！那你寫一副對聯，送給我？」

「沒問題！來，你要給我句子，還是我幫你想？」

我發現我在說這話的時候，幾乎是下意識地立刻想到爸爸獨門的本事：鑲嵌工整對聯，而且一揮而就。這種時候，我似乎可以賣弄一下爸爸的本事？我突地驚覺，我天天挑剔著父親的愛現，自己卻又習慣性地沾光，我覺得自己好糟糕。

「啊，不用，我給你句子就好。」

「好。」我拿起了筆，準備把他要的句子抄下來。

「魚兒魚兒水中游，游來游去樂悠悠。」

「……不是，這不是對子，你這不是對聯，對聯不是這樣的……」

「沒關係啦，我就喜歡這兩句，不是對聯有什麼關係？哈哈。這樣可以嗎？」

「……是……可以啦。」

我回家跟爸爸要了紅紙，請爸爸調好了金色顏料，按我同學的要求，裁好了袖珍型的紅紙條。然後關起門來，偷偷寫。這麼「笨」的句子，要是讓爸爸看到了，那還不得好好訓斥一番，給我上一堂課，講究一下什麼叫做「真正的對聯」？

雖然如此，不知怎地，我心底還是隱隱覺得開心。我卯足了氣力，把那幾個字寫得四平八穩，工整俊秀，晾乾，然後送給他。

過年的時候，我去他家玩。客廳裡有一個大魚缸，一進門就能看見，非常顯眼，上面貼著醒目的「春聯」：「魚兒魚兒水中游，游來游去樂悠悠。」

我突然覺得害羞，可又莫名所以的歡喜，好像又隱隱約約懂了什麼。

高三那一年，遇到學校強迫學生購買簿本事件，我的心緒盪入谷底。

班上的數學老師，知道我向聯合報舉發合作社改版簿本、強迫購買的事情，他既是註冊組長，也是合作社理事，受到檢舉，對我自然沒有好感。於是他的課堂上總是穿插著酸言酸語，像是一場巧妙的報復。

我對這個世界，大人的世界，完全絕望了。在那樣最絕望的時刻裡，我心裡還是會想著，我要找他訴苦，要說說話，不然活不下去。

他總是靜聽，總是點頭，總是嘆息，然後，偶爾會寫一兩封短信，或抄幾句話送給我。其中我印象最深的，是鄭板橋的〈遠浦歸帆〉：

遠水靜無波／蘆荻花多／暮帆千層傍山坡／望裡欲行還不動／紅日西挫／名利竟如何／歲月蹉跎／幾番風雨風晴和／愁水愁風愁不盡／總是南柯

我似懂非懂，仍然覺得悲傷，覺得絕望，但他抄的句子裡，又隱隱給我一點什麼，讓我在半懂不懂之間，依稀朦朧地搜尋著生命可能的答案。

我第一次讀到關漢卿的作品，也是他抄給我的。那是關漢卿的〈閒適〉：

適意行，安心坐。渴時飲，飢時餐，醉時歌，困來時就向莎茵臥。日月長，天地闊，閑快活。

後來我教書，每次教到關漢卿的作品，都覺得心裡一陣微顫，說不清那是怎麼回事。我和這樣的心境，一直都距離太遠。幸好，和這樣的句子相遇，不是在苦讀的過程裡記誦，而是從我好友的手裡輕輕接過。不然，它永遠只能是考題裡的一道答案。事實上，他寫給我的那些句子，通常在課本裡也都讀不到。因為它們都太淡了，淡到沒有足夠的「文學表現力」，不是那些聰明的大人想教給學生的東西。

那樣的句子，在我的心頭若有似無地來回飄過，我覺得似乎看懂了一點什麼，又覺得那樣的滋味終究太遠太淡，老是品不透。

在我最痛苦的那一段時間，他沒有勸我什麼，也沒有改變任何態度，他只是靜靜陪著，一如既往。

升大學那一年，他和多數同學一樣，都進了臺大，而我進了文化。我的痛苦越來越劇烈，而他則迎來了全新的大學生活：白天上經濟系的課，晚上去天德黌舍裡聽毓老師講課。那時高中同學去黌舍聽課的人不少，最早是李卓穎、何英傑，接著就是他。他很誠懇地邀我，說我們一起去上課，聽聽「老先生講四書」。

我在家裡受夠了「長幼尊卑」這一套，對儒家牴觸已極，完全無法理解為什麼要聽「四書」。但既是他領著我去，總覺得有點道理，於是我雖然莫名所以，還是一頭霧水地去了。

其實，我那時心思滯澀，不太懂老師在說什麼，也不知道要怎麼看待那些東西。但是為了要跟他一起上課，為了下課後一起去新生南路的「台一」喝飲料吃豆花，我硬著頭皮繼續聽課。

我還沒聽出滋味來，已經失去了耐性。家裡的經濟狀況陷入困境，我不願意一直跟家裡要額外的學費，於是我決定退出，不再去黌舍了。

有一天傍晚，他打電話來，說：「欸，阿奇，快來上課，我們等你。」

「不要了，我沒有錢交學費。」

「不用，學費我們都幫你付了，來吧！快點，在懷恩堂前面等你。」

原來，幾個高中同班的哥兒們知道我的情況，聚在一起把錢湊齊，堅決要我去上課。學費已付，我沒有理由不去了，於是，我趺趺撞撞地趕去。幾乎是在那場對友情的眷戀裡，把黌舍的課程勉強繼續了下去。

沒有想到，這一上就是六年。我一直持續待在黌舍裡，從四書、易經、春秋、韓非子、潛夫論、孫子兵法……各種課接著上下去。我終於嚐出了裡頭的滋味，到後來，成了自己安身立命之本。

漸漸長大以後，我們見面的機會也漸漸減少，但偶爾見面時，我總還是那麼歡喜，儘管他還是那樣的平淡。

他平淡，但是溫熱。我們滿十八歲以後，他就開始找酒來喝，也邀我一起。他說，古書上都說燙酒，我們也試試。他買了日本清酒，隔水加熱，和我一起喝。偶爾我們也買冰鎮的臺灣啤酒，入口涼，身上熱，喝得滿臉紅通通的。然後兩個人都不大說話了，就只是傻笑。

跟他一起喝酒，我才知道，原來平常看到的「發酒瘋」都是假的。只有心裡失衡的人，才會在酒力的支持下，把平常壓住的惡念宣洩出來。那些心裡恬靜的人，喝了酒，只會傻笑，或者睡覺。

大學時期，我們對世界的想像來到一個新的高度。他發起了一個奇怪的運動，叫做「大家寫傻信」。所謂傻信，就是愛說什麼說什麼，所有心裡想的，作文裡不會寫的，也不會對一般人說的，都烏七八糟地把它寫在信裡，給我們幾個要好的高中同學看。

幾個同學都寫了，而且文情並茂，精采紛呈，遠遠超過我們平常寫的作文。他們的筆下，挖出許多自己幽微的心底世界，互相激發著對生命，對這個世界的想像和熱情。

我驚嘆又興奮，覺得自己也有一車子的話要說，但怎麼也無法落筆。於是，我交了白卷，什麼也沒寫，只能當個讀者。

「傻信」裡面什麼都有，還有新詩。我記得其中有一首詩的開頭，是他寫的句子：

下雪的寒夜／你提著兩壺酒來／一壺叫做清楚／一壺叫做乾淨

我讀著，覺得牙根酸軟，渾身酥麻，不知道那是什麼滋味，歡歡喜喜，又暈暈乎乎。

我們一起喝酒，寫傻信，也一起去露營，一起拿火把夜遊，還一起在他家裡打電動。有一次我們在他的電腦前玩遊戲，遊戲的內容居然是「空手道」的格鬥。我是空手道社長，以為自己專精無比，一定可以大展神威。

我聚精會神地按著遊戲機上的按鍵，越打越興奮，越打越疲累，也越打越憤怒。因為，我不是贏不了，就是贏了又想破紀錄，得到更高分。於是，越打越累越生氣，注意力渙散，也就輸得越慘。於是，我執拗無比，不斷要求重來，一直玩到天亮，以倦極慘輸做結尾。

天亮的時候，我才突然意識到，他其實沒有那麼大的興致，但居然也睜著惺忪的睡眼，一路陪我玩到天亮。我覺得羞恥慚愧，吶吶地說了「對不起」。

他還是那樣帶著恬靜的微笑，說沒關係。但是他笑著問了我一句：「我只是覺得奇怪，為什麼一定要贏，要『破紀錄』呢？『破紀錄』要幹嘛呢？」

我啞口無言，像是腦子裡被敲到了什麼，又模模糊糊，不能確定那是什麼。

他帶著我品嚐各種生活的滋味，包容著我的各種要命的毛病，然後，不斷開啟著我新的視野。

我一向喜歡讀中國的書，古老中國的文化積澱，一直是我思之無極，玩之不盡的領域，而對西方世界的學問，我既不懂，也不想懂，絲毫不感興趣。可是他不同，他會讀孔孟老莊，也會讀黑格爾、海德格。他的書架上，除了熊十力的《讀經示要》，也有《西方哲學史》，《西方美學史》。這一類西方的書，都是我想都沒想過要看的東西。

但他身上的氣質，強烈地吸引著我，為了跟上他的腳步，我也勉強自己讀一點，讀著讀著，似懂非懂，但想到他的樣子，便又試著勉強再讀一點。

直到我念了研究所，我才開始比較有系統地讀這些東西，讀得齜牙咧嘴，皺眉捧心。而這些東西，在那樣年輕的時光裡，卻在我同學的身上，以一種純粹的趣味出場，顯得那樣優游從容。

那些關於「活著」，尤其是「人究竟應該活成什麼樣子」的認知，我還在大道理裡面疑惑起伏，還在手忙腳亂地原地打轉時，我的高中同學很早已品出一點生命的滋味，活出了自己的樣子。

我後來漸漸覺得，人的求學歷程碰上什麼樣的人，非常要緊。如果沒有被引到適當的方向，人一輩子下的工夫，也可能都在原地打轉。

歷史上的蘇秦、李斯，出身起閭閻，聰明絕頂，也都確實下了大工夫，成就斐然。最後的結果卻很類似：蘇秦被反間以死，李斯腰斬夷族。這一類的人其實很常見，他們的本質都很像。

他們的形象鮮明，很戲劇化，彷佛巨星，但我們身邊其實也有許多這樣的人。他們出身普通，都聰明，都用功，都出鋒頭。雖然沒有蘇秦李斯那麼巨大的起伏，但骨子裡都一樣，像蘇秦一樣，拼了命地爭逐「位尊多金」、「勢位富厚」，或者像李斯一樣，拼了命地想從廁所爬進倉庫，要變成肥滋滋的大老鼠。無論學問再大，才情再多，本質都沒有區別。

毓老師還在的時候，我遇到過一個年輕的男孩。那個時候，他才情洋溢，活潑佻達，就是聰明外露，不免要時時展現，後來發現他想要表現的東西，我好像也都懂一點，於是總找我談話。

我沒有弟弟，很想有個弟弟，對於他的活潑熱情，其實非常歡喜。但對於他高度亢進的表現，卻又覺得有點不安。我想了一個自覺聰明的法子，就是把他帶去書院念書（毓老師的「天德黌舍」，解嚴後改名「奉元書院」），讓毓老師好好地調教他。

有一天，老師把我叫過去，要跟我談談這個人。我覺得不好多說什麼，有些遲疑。老師卻冷笑了一聲：「我告訴你，你這個朋友說了，他在學校裡，天天都跟你在競爭！」

我聞言大驚。「競爭」？在學校教書，是要競爭什麼？我帶著他來，想的是要幫助他學習，他跟著我來，想的卻是要「跟我競爭」？

我覺得自己難堪無比，無法回答。我識人不明，誤判情勢，還在其次，倒是一番情意，最後都變了味，令人傷心。那天回來，我心情糟到了極處。覺得整件事都走了樣，所有的事情，不管讀多好的書，跟多好的老師，因為這樣的念頭，都變得味如嚼蠟。

此後，我就不再介紹任何人去書院了。再到後來，我讀到蘇秦、李斯的故事，都會渾身打個激凌，我漸漸意識到，這樣的人不論得失成敗，或許一直都是社會的「主流」，從來沒有變過。

正如我所料，他很快地功成名就，把所有他想要的東西，都拿下了，而我們之間志趣懸絕，漸行漸遠，再也沒有共同的話題了。

不論是帝王之術，縱橫之學，還是奉元之道，不管學問的名目是什麼，歷史上的蘇秦、李斯，從來不曾消失。

我很幸運的，在年輕時就遇到那麼好的老師，手把手地教著，讓我慢慢活成了現在的模樣。更幸運的是，我在那麼年輕的時候，就遇到了那樣的同學，那樣恬淡如水地活著，以那樣乾淨清楚的姿態，引導著我從「積極上進」的主流價值中，悄悄解放出來，漸漸活成一種自己真正想要的樣子。

我時常會想起他寫的那幾句話：

下雪的寒夜／你提著兩壺酒來／一壺叫做清楚／一壺叫做乾淨

想著想著，便覺得歡喜，偶爾，還會神經兮兮地流下歡喜的淚水。慶幸著，自己有這樣的幸運，可以和這樣的人相遇。

唱歌

我從小就喜歡唱歌。

這有可能是媽媽的遺傳，因為媽媽很喜歡唱歌。還很小很小的時候，我坐在媽媽膝蓋上，媽媽唱歌時，我仰著頭看媽媽的嘴形，就一句一句跟著唱。

那時候還不識字，我已經會唱尤雅的〈往事只能回味〉，會唱日文的〈骨まで愛して〉、〈桃たろさん〉……儘管我完全不知道那是什麼意思，一樣唱得非常歡快。

再大一點，就跟著媽媽，把當時流行的黃梅調幾乎都唱了一遍，其中的《江山美人》、《梁山伯與祝英臺》更是唱得倒背如流。那時候對歌詞已經略有感覺，唱「遠山含笑」時，覺得蒼綠的山巒彷彿就在眼前隱隱約約浮現，春水綠波、小橋、行人、陽關道，還有隨風飄蕩的柳絲，在心裡都有了畫面。

對當時的我來說，唱歌已經是一件很「豐富」的事情，不只是聲音而已。

但很快地，我就發現唱歌這件事不一定會受到歡迎。我的哥哥們不像我那麼喜歡唱歌，也不喜歡我唱歌「吵」他們，我在家裡唱歌，時常遭到嚴厲的「制止」。

有一次，我唱歐陽菲菲的「夢鄉」，學習她那種獨特的抒情唱腔，自己搖頭擺尾，唱得渾然忘我，突然遭到哥哥厲聲喝止。

我正莫名所以，爸爸在旁邊沉下了臉，聲音裡頗有怒意：「你是要當歌星是不？」當時他們的觀念，是「萬般皆下品，惟有讀書高」，演藝工作是「下九流」，輕佻浮蕩。我們這一代的人很難想像，在他當時的語境裡，「歌星」跟特種行業相差不遠，竟是令人鄙視的對象。

可是我還是喜歡唱歌。我能在聲音裡聽見自己，在行腔運氣的過程裡，我能感覺到裡面有一個世界，只是我還說不清。

校園民歌流行的時候，我正好進入青春期，唱得如癡如醉。國中畢業那一年，流行了一首「雪歌」，印象中是邰肇玫主唱：

雪中有一首歌／有一首冷冷的歌／我唱著，獨自一人唱著／也許那將是個下雪的季節／在許多年以後／我們又相逢在異國的街頭／你握著我的手……

我唱著，唱著，便莫名所以地留下淚來。我其實一直弄不清楚，為什麼會這樣。

進了高中，我參加了空手道社。開始練拳以後，我身上的力量得到系統性的訓練，不管是在家裡還是外頭，都開始有了自主性。拳術可以捍衛基本自尊，它的迫切性壓倒了其他事物，於是吸引了我最多的心力，其他的事物都顯得次要了。

幸好我還是喜歡唱歌。當時學校的音樂風氣很盛，班際合唱比賽辦得如火如荼。我們班上的自選曲是「為著一粒米」，班上的伴奏、指揮卯足了全力，各部分開練習，又彼此配合，每一部的聲音在和聲的和諧裡共振合鳴，那種美妙的感覺前所未有。

比賽結果，我們在激烈的競爭中脫穎而出，獲得名次，大家都非常開心。得名的喜悅其實在其次，最重要的是，我們獲得了一種新的美感經驗，每一個個體的聲音融成一片，卻又在空中自由地飛翔，那種融合的美感太愉悅了。

升上高二，高一時擔任伴奏的同學鄭文欽和我一樣選了社會組，我們編在同一班，又坐在一起，天天嘰嘰咕咕聊個不停，成了無話不談的好朋友。我很少叫他名字，因為他是合唱練習時的第三部 leader，大家都習慣叫他 leader，我也是。

leader 的個性和我幾乎完全相反，我們待在一塊兒，簡直就是專門拿來凸顯反差的對照組。

我的個性暴烈，時常和別人起衝突；他個性隨和，總是避開各種衝突。我向來悲觀陰鬱，眉頭深鎖，少有笑容；他生性樂觀開朗，總往好處想，笑口常開。我天生喜歡胡思亂想，不切實際，天馬行空；他性格非常務實，做事認份有步驟，總是評估勝算多少，成本若干，步步切實。

最重要的是，我像個社會的邊緣人，天天指天罵地，髒話連篇；他卻像是社會的骨幹中堅，腳踏實地，而且天天逗人開心，笑話不斷。

有一個週末的午後，我在國父紀念館遇到了一個通靈的奇人，我們長聊數小時，他講了一堆非物質的神秘經驗，特別是「碟仙」，讓我聽得張目結舌。但他也提供了許多理性的解釋，其中讓我印象最深的是關於「陰德」這件事。我向來喜歡怪力亂神，聽了興味盎然，第二天到學校，就開始為大家講述關於「陰德」的各種神秘解釋，大放厥詞。

leader在旁邊睜著眼睛聽了老半天，臉上一副難以置信的神情。我講到一個段落，大家靜默不語，空氣裡彷彿還飄著幽秘的鬼神氣味，就在此時，他突然拿了一大疊他幫全班影印的樂譜，走到教室前面，大聲嚷嚷：「欸！快點，誰來幫我發樂譜！要比賽了，你們快點來積『陰德』啦！」

大家哄堂大笑，剛剛神秘的氣氛被他一掃而空，教室裡充滿了快活的空氣。

他就是這樣的一個人，我總是拿他沒有辦法。

當時學校的數學科有一種風氣，就是為了殺殺學生的銳氣，老師們喜歡把段考出得很難，此外，數學老師們還編了一本「學習資料」，讓那些覺得自己所向無敵的學生也受點挫折。

但這對我毫無意義。我對數學向來厭惡，上了高中，老師們對學生徹底「放牛吃草」，不會特別關注誰，像我這種從小就把數學冒口弄壞的邊緣小孩，成績自然是一路狂瀉。基本上，我很少聽懂數學老師在說什麼。

那時的我叛逆而刁鑽，所有說不清理由的東西，都拒絕接受。我根本不知道為什麼我要學數學，為什麼要寫作業。所以，我的「學習資料」，從來沒好好寫過。

他跟我相反，他覺得自己資質普通，一定要加倍用功，看到「學習資料」，他苦惱無比，找到一個非常會教數學的同學，到他家裡去徹徹底底問了一遍，然後一題一題練到會。

我們高二的時候坐在一起，時常天南地北地閒聊，但生活態度卻截然相反。

他自覺資質駑鈍，非用功不可；我自覺天才蓋世，無奈屈身沉淪。他努力讀書，我極度厭世；他天天唱歌，我天天練拳。我們既相得，又相反，既相反，又相得。

高二下學期的時候，有一次聊天，他突然問我：「欸，你要不要一起去唱歌？」

「唱……歌？唱什麼歌？為什麼要……唱歌？」

我突然發現唱歌這件美麗的事情，已經離我非常遙遠，我需要充分的理由、完整的說服，不然我已經不知道「為什麼」要唱歌了。

這何其荒謬。

連唱歌這樣的事情，都成了需要理由的活動，可以想見，我的生活乾枯到了什麼地步。也許不只是我，許多人也都和我一樣，不知不覺活得乾枯無比，卻不自覺。

可是我選擇相信他。無論何時，他總是笑嘻嘻，總是用功，總是快樂，總是逗得我合不攏嘴。既然是跟他一起玩，那麼，不管他幹什麼，應該都很有趣。於是，我就去了。

學校的合唱團在格物樓，我非常陌生的地方。我進了音樂教室，leader 帶我走到鋼琴旁邊，對合唱團的指揮說：「哈囉！這我們班的，我帶他來唱歌。麻煩你幫他測一下，他唱哪一部。」

我還記得，指揮的名字叫洪國鈞，長得眉清目秀，文質彬彬，他帶領合唱團參加省賽，拿下全臺冠軍，是風雲人物。他很客氣地說：「啊！歡迎歡迎，請問……」

「他叫林世奇，是空手道社的社長。」leader 替我說了。

洪國鈞一聽，手忙腳亂地站起身來，鞠躬哈腰，滿臉堆歡：「啊……社長好……那……那不用測了，您想唱哪一部就唱哪一部！您喜歡就好……」

全團哄堂大笑。

我也忍不住笑出來。這個團體怎麼回事？怎麼可以這麼歡樂？為什麼？

當然還是測了。我的最高音是升 fa，跟 leader 一樣，但我的低音共鳴遠不如他，他唱 bass，我只能唱 tenor。我們不同部，但我在那個團體裡跟大夥兒一起唱歌，一樣非常愉快。

合唱團裡有許多高手，我還記得第一部的 leader 叫做李愛先，他唱歌非常歡樂，時常痛快地狂飆高音，如九天迴翔，那聲音令人愛慕又敬畏。

我長大以後才知道，他不只會唱歌，而且很會念書，後來考上了臺大醫科，我岳父住院的時候，赫然發現主治醫師就是他。亞東醫院的副院長是我的好朋友，他告訴我，李愛先已經成了心臟科的權威，聽說是臺灣的第一把交椅。

聽到李愛先唱歌的人，如果是此道高手，一定會雄心頓起，躍躍欲試，就像leader。leader雖然唱低音，但我們都知道，優秀的孩子從來不肯自限，除了對自己的音域精熟以外，也會去練其他部的唱法，尤其是第一部，特別是聽過李愛先的歌喉以後。

有一次，我跟leader在格物樓亂逛，剛好裡面有一個班在練合唱，唱的是「遺忘」。

「遺忘」是一首難度很高的歌，尤其是其中一段獨唱，聲音拔得非常高：「迎接這痛苦吧！迎接這痛苦吧！生命如像一瓢清水，我寧飲下這盞苦杯……」那個「杯」字拔到了頂，然後降下來，才回到主旋律：「但是，若我不能遺忘，這纖小軀體，又怎載得起如許沉重憂傷……」。

那裡不是我的音域，我視為畏途，只敢偷唱，從不敢在外頭唱，就算唱也要降key。剛好那一天他們就練到這一段，leader一聽，雄心大起，一張口，從「迎接這痛苦吧」接過來，就一路唱下去，來到最難的高音：「生命如像一瓢清水，我寧飲下這盞苦杯……」

教室裡發現外面來了高手，人人屏息靜聽，享受這種偶遇的驚喜。我站在高手旁邊，一方面覺得與有榮焉，二方面又覺得高手這樣突然給人家來個「亂入」，既害羞，又刺激。

但就在他的「杯」字一路飆高，九天迴翔時，正要降下來，突然就破音了。

教室裡爆出一片哄堂大笑。

我們慌忙抱頭鼠竄，奪路而逃，從格物樓向一樓狂奔而去，到了操場，兩人相視哈哈大笑，笑得喘不過氣來，覺得又丟臉，又好玩。

其實沒什麼，對吧？是的，當然，就是好玩。

唱歌，太被當成一回事了，所以真要唱歌，必得表演，必得比賽，必得拿得到榮譽。這麼多年來，我們的腦子到底都是怎麼裝的，裝了一大堆烏七八糟的破爛觀念，連唱歌究竟是怎麼回事，都忘了。

人為什麼唱歌？「情動於中而形於言，言之不足，故嗟歎之，嗟歎之不足，故詠歌之。」這是多麼自然又美好的事情？

我後來才知道，「子與人歌而善，必使反之，然後和之。」人家唱得好聽，非得叫人再來一遍，他還來個和聲。原來，孔子居然是這樣的老頭。

孔子有時候也不唱，「里有殯，不巷歌。」人家辦喪事，出於同情共感，也出於尊重，老人家不唱。可倒回來看，如果孔子本來就不唱歌，學生會特別說他遇到喪事不唱歌嗎？這是不是意味著，如果不是碰上這樣的事，老夫子時常就哼哼地唱呢？

孔子的課程，以六藝為主，詩樂舞合一，其中的「詩」和「樂」都在這個領域，換句話說，孔老夫子也許有三分之一的課都要咿咿呀呀，哼哼唱唱。

可後代這些覺得自己是孔子信徒的，不知怎的，就不唱了。唱歌要不就是愛現，要不就是吵叫，要不就是下九流，唱歌變成一件需要理由的事情了。

劉勰說得最透：「人稟七情，應物斯感，感物吟志，莫非自然。」唱歌，那是天經地義的事情，再自然不過了。人為什麼不唱呢？

leader 帶著我唱著唱著，我慢慢就找回了裡面的豐富性，看見了裡面的大千世界。

再大一點，我就更明白了些，聲音，就是人的心。不管是唱歌還是說話，聲音裡都是我們生命的處境、情緒、意態，如果有這樣的自覺，每一次唱歌的時候，我們也都在處理自己、滌盪自己。

毓老師說：「『禮樂』的『樂』，不只包括音樂，連我們說話的調調，都是『樂』。」從我們體腔裡出來的每個聲音，都是生命意緒的顯現，那正好是我們做功課的地方。我們可以在聲音裡聽見自己，也可以在聲音裡善待別人。

古人說：「開談若含情，話終多餘響。」生命飽滿了，聲音也就飽滿了。毓老師的聲音，是我這輩子聽過最飽滿的聲音，他說話的聲音，等於是音樂。

我教書的時候，偶爾也唱歌，但不算常態，因為我知道，我們的社會上還是有種習慣，把唱歌看成什麼特別的事情，看成是表演。於是，我換了個方式，鼓勵學生上臺唱歌。

有一年，我帶了一個班級，叫做愛班。這一班裡的孩子很靈，一聽就明白了我的意思，有幾個孩子一接過麥克風，就毫不猶豫地開始唱。

同學都驚喜不已，接著，風氣一開，敢上臺唱歌的人就多了。

那兩年，我教的每個孩子都知道，只要我在，任何一堂國文課，任何一個孩子想唱歌，隨時可以舉手，老師會立刻停止講課、讓出講臺，請同學上來唱歌。

有人唱歌，也有人吹長笛，表演各種樂器。甚至，有任何特技或巧妙的表演，只要她們想要和同學同樂，隨時可以上臺。許多孩子都說，那是她們難以忘懷的兩年，課堂上的各種音樂，在她們的生命裡成了最美好的記憶。

不是每一屆的孩子都能這麼勇敢，有許多班級一直到畢業也沒人上臺唱過歌，但我也不勉強，順其自然。我還是偶爾吟詩，偶爾唱一唱，興致來時，唱得情深意遠，心魂皆酥，也自得其樂。

唱歌的時候，我時常想起，那帶我進合唱團唱歌的 leader，想起他唱歌時身心陶醉的樣子，想起他在格物樓忘情飆歌的浪漫，還有唱到破音時一起狼狽逃走的快樂。

往事

有時覺得，我們對於往事的記憶，不知道有多少的準確性，對同一件事情，每個人記得的樣子都不大一樣，像是一場彼此交錯的夢境，難以分辨。

昨天看了高中同學寫的一篇回憶文字，是關於我年輕時做的一件荒唐事——我把同班同學痛打了一頓。同學文筆極好，讀來完全像是一篇極短的武俠小說，虛實掩映，簡直是盪氣迴腸。

他描述的主要情節和我的印象基本一致，但細節的部分，多少有點出入。我不知道誰記得的比較準，因為畢竟過去三十幾年了，我對自己的記憶也不敢說有百分之百的把握。於是，我只能把自己記得的部分回想一下，略作梳理，一起向我們那段青澀的歲月致意。

我升高二那一年，選的是社會組。在那個年代，一開始就選社會組的男生少之又少，在全年級三十四個班裡，社會組只佔了兩個班，而且人數特別少，要到升入高三，轉組的同學暴增，才會把人數補滿。在這個過程裡，班上同學的素質就顯得非常「多元」了。

首先，體育保送生都集中到班上來了。那些同學身材高大，身手矯健，在球場上自然威武，但在班上既不聽課，也不愛念書，形成了特有的一種粗獷好動的圈子。

其次，是從自然組轉來的同學很多。轉組的同學裡不乏高人，但也不免也有被自然組功課壓力淘汰的同學。進得了名校，大概都算是聰明的孩子，但有的喜歡叛逆找刺激，也有的喜歡抽煙耍流氓，有些人的舉止氣味已顯得相當粗糙，和想像中的名校學生頗不相同。

這些人，要他們乖乖上課就難了，所以班上請假、曠課的時數，超過全校的總和，秩序也一向是全校墊底。

同學覺得老是這樣也不是辦法，就有人起鬨，說要選我擔任風紀，說因為我是空手道社長，出來壓一下，班上秩序可能會有點起色。不過我太孤僻，人緣不好，票選結果，我沒當上風紀股長，當了風紀幹事，就是現在的副風紀。

大家畢竟是一時興起，選完以後，班上一如往常，在朝會時還是一樣三三兩兩，愛來不來，出席的還是一樣喧譁吵鬧，排隊亂七八糟，站得不成模樣。

班上有一位才子，學問、文章都好，編輯校刊，也頗有文名。他曾站在講臺上，把班上的歷史課的報告都批了一頓，說我們知識太過匱乏，應該讀幾本他現場開列的書單，至少也要看看錢穆的《國史大綱》，不然我們程度太差，他受不了。

我的學問確實不夠，對他的主張無法評論，但我知道他聰明過人，平常測驗從來不寫，老師要我們自報成績時，他總是謊報。處理這些「小事」，他顯得十分靈活，而且毫無愧色。我想，我大概永遠都無法理解這樣的思維。

當時班上龍蛇雜處，特別是自覺和幫派有點關係的同學，總會有一種濃烈的社會化氣息。高三那一年，不知何故，這位才子從學問的神壇走了下來，和那些人天天混在一起，勾肩搭背，融入其中，說話的口氣、態度、神情都和他們漸趨一致。說起髒話絕不遲疑，口氣又重又狠，很有威嚇之感。何以如此，我怎麼也想不明白。

有一次在朝會時，同學又開始喧譁吵鬧。我那時年輕，一直有些自以為是的潔癖，總覺得那些同學講話的口氣、內容，都十分不善，聲量又高，對同學干擾很大。我「不在其位」的時候，當然「不謀其政」，可我既然接了風紀，就不能不管，於是，我回頭對著喧譁聲浪的中心喊了一句：「不要講話！」

才子的學問文章雖好，每天和那麼多幫派氣味的人相處，多少也得了一些習染，於是他雙眼緊緊盯住了我，毫不示弱地喊出一聲俐落的臺語：「姦！」

這個字被稱為「國罵」，言簡意賅，聲音響亮，自然深具震懾威迫之力。

我轉過身去，看了他一眼，壓低了語氣，淡淡地說：「你再說一次。」

這句話的不友善程度，其實和他沒有區別。那意思是說，你如果閉上嘴，剛剛對我的冒犯就算了。但反過來看，意思是：如果你再說一次，一定會付出代價，悔不當初。

從這些對話裡就可以想見，在那種狂飆的青春年歲裡，這些男孩們都活得何其不安。最可怕的是，我的同學正當意氣飛揚，睥睨當世，完全不知道他面對的是什麼人，處在何種狀態。我的青春苦悶已極，不管是家庭、課業、自我安頓、價值定位，都處在極度的衝突裡。我唯一的出路是練拳，每天在社團裡苦練，對打時硬打硬架，從不留力，手臂上滿是瘀青，渴望戰鬥，而且習以為常。那時的我，整個人就像一張拉滿的弓。

更重要的是，我找不到出路，非常厭世，對這個世界不甚留戀。那種厭世的程度，和現在流行的「嘴砲厭世法」完全不同，隨時可以讓自己走到生命的邊緣去。

才子雖然博學，對當時情勢的掌控卻不免失準，他大約判定：我只是耍耍嘴皮子，絕不敢有所動作。何況，有那麼多人和他稱兄道弟，總能護他安全無虞。因此，這位同學毫不猶豫地盯著我，清脆響亮的吐出五個字：「姦你媽膣屄！」

我聽完，就不說話了。

我現在想想，還是覺得害怕，對我自己當時的意念。俗話說，會叫的狗不咬人，那真咬人的狗，就不叫了。決定不叫的時候，腦子裡就是最可怕的意念。

我們回到教室，他絲毫不知大禍臨頭，兀自大剌剌地回到座位，毫無戒心。我下手的時候，略略猶豫了一下，因為他坐在椅子上，我們坐的木椅，是有椅背的，椅背擋住了大半的身體，下手甚是不便——這正是我和同學的記憶不同的地方。同學記得我搥了他的背，但我的印象裡，我那時充滿了可怕的意念，並不打算輕輕摑一下洩憤。我對準的是他的頭。

當時他坐我站，不利於出直拳，我用的是空手道的「裏拳」，也就是用拳頭背部。那時腦子已被憤怒塞滿，不及考慮後果，所以對準的是後腦勺。從下手的位置來看，我確有不惜一命的決心。但空手道講求的是速度和準確性，快出快回，尚不致危及生命。如果當時我已能使用武術的發勁，那就糟了。

我事後想想，止不住的後怕。妻聽我說起這件事，也忍不住感嘆，「諸天菩薩庇佑，那時你只學了空手道，真的是阿彌陀佛。」我說對，真的，年輕人不知道怕，太大膽了。

出手後，我站在旁邊等待後續。他因腦部受到重擊，站起來的時候有點搖搖晃晃，滿臉血紅，但本能地想要反擊，雙手便向我身前抓來。

這是習武與否的最大差別。一般人打架，都是兩手前伸，或抓衣領搖晃，或伸手推向對方胸前，最後都是揪成一團，抱在一起。我們看《臥虎藏龍》裡面，羅小虎和玉嬌龍打架，兩人打來打去，最後揪成一團，居然變成一場激烈的做愛，就可以依稀想像了。一般人沒有練過武，打架時肯定要抱在一起的。

我的同學本能的反應，正是如此。他兩手前伸，不斷向前走來，本能地只想抱住我。我天天對打，反應自然不同，下意識地把對方伸來的手一一撥開。撥了又來，就用拳頭架開。等到他雙手再伸來的時候，我突然發現：他的胸口有一個灰撲撲的腳印。

在那一剎那，我心念電轉，突然明白了什麼，一陣氣餒。因為，我發現那個腳印是我的。

原來，出於天天對打的熟練反應，為了架開距離，我連想都沒想，就已經飛起一腳，在對方胸口踏出了一個印子。

對付一個不會功夫的人，不論他如何高壯，彼此畢竟不在同一個位階上。這種情況，怎麼還能跟他動手？若是以強欺弱，我和自己所討厭的人有什麼分別？

我的腦子一轉過來，那股血勇退下去，先前殘忍的意念在瞬間消失了。

他當然不知道，這一剎那間我轉過了多少念頭，出於本能，雙手仍不住伸向我的衣領。但我的憤怒已經消失，再也不敢起腳出拳，只好將他的手一一拍開，邊拍邊退，一路退到了講臺上。

旁邊的同學都聰明得緊，大夥兒看出了門道，沒有人來碰我，卻紛紛出手架住了他。他奮力地掙扎了一陣，表示了他的勇敢，似乎是說：「不行，我還要打！」大家也紛紛盡力壓制，由得他掙扎了一陣。

我退開人群，心裡面沒有戰勝的快慰，卻湧起了一股微微的愧疚感。我回到座位，再也不發一語。

後來，我每次再看到他，多少都有點不好意思。進入大學以後，有一次在臺大校園碰了面，我正覺得尷尬，猶豫著該怎麼打招呼的時候。他卻笑瞇瞇跟我打了招呼，非常自然，彷彿渾然忘了過去發生的種種。

那次的事情，讓我第一次發現，會武和不會武的差別，原來如此巨大。那也是我第一次意識到，用武不能沒有節制，古人說的「勝之不武」，原來是這個意思。

同學後來追憶的描述，和我的記憶頗有出入。在他的回憶文章裡，我出手之前，騰空而起，在數張書桌輕點而過，足印若有若無，宛如輕功。當場出手之精準，又輕重適度，恰到好處，簡直不差分毫。

我不確定究竟是我的記憶比較可靠，還是我的同學記的比較清楚，無論如何，年輕的時候，我確實做了這麼一件荒唐事。當年旁觀的同學沒有深責於我，還把這一段寫成了精采的武俠小說，那文字裡處處都是包容與善意。

在青春狂飆的歲月裡，人人都在尋覓生命的答案，在還沒有找到自己的位置之前，大家的不安與焦慮，都只能各以自己的方式尋求出路。有時，我們會用語言的暴力來覆蓋內心的軟弱；有時，我們會用肢體的暴力來遮掩那些無以名之的不安。

原來，在還沒有找到答案之前，每個人的處境都是那樣的類似。

現代啟示錄

生活好奇妙，有一些已經飄到遠處的記憶，不知怎地飄著飄著又飄回來了。那些褪色的記憶，明明已經遙遠得不像真的，卻忽然飄回眼前，千真萬確地，見證著曾經有過的青春歲月。

譬如，高中時期的同學，已經是三十幾年前的記憶了，如果突然在生活裡冒出來，彷彿是舊課本裡已經壓平的書籤，突然就站起來活蹦亂跳，不免讓人半信半疑。

我念的是社會組，高三那一年，有許多同學從自然組轉進來。轉組的同學和我們之間，會有一種微妙的關係。跟老社會組比起來，似乎陌生得多，但大家要一路一起走到畢業，又是如假包換的同窗。這半生半熟的關係，總會讓彼此微感好奇，頗覺新鮮。

轉組的同學有很多種，有些確是不適應自然組的功課，但也有許多潛藏的「異人」，是平常難以接觸，無法想像的存在。這些厲害的同學，大大開啟了我的眼界，讓我對這個世界有了許多不同的想像。

有一位同學，極為沉默低調，在班上完全聽不到他的聲音，甚至也看不清他的臉龐。

他膚色不明亮，五官也不特別鮮明，印象中似乎面孔黝黑。我老想不起他的五官模樣，卻對他隱隱有著難以言宣的好奇。

也許因為他總是和人群保持距離，一個人慢慢地散著步，身邊散發著一種寂靜優雅的氣息。他待在那裡，總覺得好像周邊的空氣都安靜下來了。

我雖然好奇，卻從來不找他搭話。

我在高中時性格孤僻激烈，兇猛剽悍，自謂獨行之客，除了幾個座位旁邊的同學，我很少跟別人說話。對他儘管好奇，也只放在心裡，什麼也不說。

也許是因為原班和轉組同學之間的微妙好奇，也許因為彼此身上有著那樣迥然相異又隱隱相通的特質，有一天，不知怎麼回事，我們突然就聊上了幾句。

那天的話題，在毫無心理準備的情況下提到了「看電影」。

那是我極陌生的話題。由於自幼家境困窘，「看電影」這種高消費的娛樂經驗，生活中向來罕有。因為少有經驗，也就談不上品味，我真正看過的電影，只有「一對傻鳥」、「追趕跑跳碰」這類趣味淺近的作品，歐美的片子一部也沒看過。

上高中以後，跟著同學趕流行，到中山堂看了一部「法國中尉的女人」，當時對洋片太陌生，眼睛盯著字幕，追得心慌意亂，看得一頭霧水，完全不知道電影在演什麼。

這個同學帶的話題來到了我極陌生的領域，我忐忑不安，又不甘「示弱」，只好挑著話縫兒勉強應答。

接著，他突然提議：「這樣好了，我們一起去看《現代啟示錄》，好嗎？」

我猝不及防，不知如何拒絕，又對這個陌生而刺激的活動充滿好奇，於是硬著頭皮一口答應。

我們從校門走出來，搭車去了西門町。那種熙來攘往熱鬧非凡的消費場所，讓我這種沒見過世面的男孩倍覺不安。我幾乎是在耳畔的一片轟轟作響裡走進戲院，開始了一場艱困的挑戰：又是外國片，又得辛苦追著字幕閱讀，然後還是一個我非常陌生的主題——越戰。

我的同學恬然自若地坐在我身邊，臉上帶著安靜的微笑，身上仍然是一派淡定的優雅。他靜靜看著電影，什麼話也不說。而看得一頭霧水的我，只能在眼前直升機、叢林、軍人、火光和一片爆炸聲裡，默默地忍耐著，勉強試著理解那一幕幕影像的意義。

事實上，我什麼也理解不了。我只記得有一幕是越南的叢林，眼前一片黑色的污泥，遠處都是火光，反襯著這一片幽暗陰森。突然之間，有個美國軍人從污泥裡冒了出來，一下把我嚇得心驚膽跳，差點兒魂靈出竅。

除了這一幕，其他段落究竟演了什麼，我一點也不記得了。

電影散場，我和同學走出戲院。他知道我是路癡，陪我一起搭車回學校。我們在植物園下了車，一路穿過各種不同的植物生長區，安安靜靜地走著。

那一晚，不知為什麼，覺得植物園的椰子樹變得特別高，植物園也變得特別空曠，特別安靜。我們一路靜靜地走著，幾乎什麼話也沒有說。一路上，我始終鼓不起勇氣問他，這電影究竟在演什麼。

事實上，我從來沒有跟朋友一起走路時什麼話也不說、甚至不急著說話的經驗。

這對我來說實在太新奇了。

我出生在一個貧困的家庭裡，談笑只有白丁，往來向無鴻儒，很少接觸到那種書香門第、氣質高雅的人物。我們的語言使用，向來急躁不堪，每個人說話，都是急著要填滿所有時間的空白，或者凸顯自己的確實存在，或者掩飾自己的空虛不安。

像這樣安安靜靜的共處，一路上恬然靜默地散步，這種彷彿完全不需急著填滿空白的相處方式，對我來說，是一場全新的經驗。

方才《現代啟示錄》影片裡的爆炸聲和煙硝味，還在腦海裡一次次衝擊著我新奇的迷惘。此刻寧靜無比的植物園，還有身邊這個面帶微笑總不吭氣的同學，又持續帶來著陌生的共處經驗。

這樣的夜晚，我像是被撞了一下，打開了什麼，重新感覺「生活」這件事。

高中生活裡，其實我的心裡一直被接連不斷的各種聲音充滿，沒有停過。

剛進高中，發現操場中並無綠草，風起時黃沙滿天，煙塵滾滾，竟將對面的校舍完全遮蔽。可以想見，每天早上來學校時，教室裡會累積多少塵沙。但到了打掃時間，班上絕大多數的「好學生」都用輕慢的態度敷衍了事，滿是灰塵的教室，在灑了水以後變得更加汙穢，卻無人清理。最後，我把所有的同學趕出教室，一個人拿起拖把將教室的灰塵髒汙拖了一遍。

那天，教室是乾淨了，我心裡留下來的，卻都是再也清不掉的灰塵。

高二時，當上了空手道社長，練拳多少也能紓壓，但對未來的焦慮絲毫沒有減輕。我瘋狂地閱讀著課外書，想像著世界的各種可能，每天既渴欲長大，卻又充滿不安。

升上高三，學校的行政人員強迫購買簿本費事件，讓我對這個學校的信心徹底崩盤。高三轉進來的那些渾身菸味的同學，更讓我心生牴觸，羞與為伍。

我的心裡老是有聲音，老是在下判斷，急著站邊，急著譴責，也急著憤怒。那些心裡的聲音轟轟作響，讓我一直忙碌不堪，沒有時間停下來，從來不曾安安靜靜跟自己或別人相處。

而這個陌生又古怪的同學，卻沒頭沒腦地邀了我去看電影，這場邀約，似乎用那樣陌生的場面，硬生生隔斷了我對這個世界的感覺模式。不知不覺地，我開始想像著這個世界的其他可能。

我們走到植物園門口，過了馬路，回到學校，他還是一派恬靜自若地微笑，舉起手對我揮一揮：「掰掰！」

我憋悶了一個晚上，什麼話也說不出，只能跟著揮揮手，也跟著道別，心裡面有種難以言宣的奇妙滋味。

我們的接觸很短，很少，看完電影後，他又飄出了我的生活圈，慢慢地在我眼角處隱去。我們在學校遇見，只是淡淡地打招呼，沒有再多說什麼，就匆匆畢業了。

開始教書以後，每次跟學生談到交友，我總要想起這個古怪又安靜的同學，想起我們一起看電影的那個古怪的夜晚。

我實在想不起我們聊了什麼，卻不可遏抑地總是想起他，想起那個靜默空曠的植物園。

有一天，有一個高中同學來信問候，說：「你知道嗎？我們同學的史學研究得獎了！他在清大教書，他的論述被認為極有創見，『竺可楨科學史獎』在史學界非常珍貴。同學如此優秀，真是與有榮焉！」

我一看得獎人的名字，李卓穎？就是這個人——帶我去看《現代啟示錄》，既不跟我解釋劇情，也不跟我聊聊八卦的古怪傢伙！我正要埋怨，不知怎地，對他的想念突然像潮水一樣的在心底奔騰洶湧起來。我急急忙忙地發信去問：「請問有他的聯絡方式嗎？我要跟他聯繫！」

我很快得到了他的郵箱地址，立刻寫了一封長長的信，對這個同學「抱怨」起來：「我想，你一定不記得了，高三那一年，你帶我看了一場多麼難懂的電影。回來的一路上，又多麼該死的一直不張嘴，老是不跟我聊天，害我憋了一肚子納悶回家。」寫完以後，我吁了一口氣。空氣裡，卻都是想念的味道。

如此這般，我寄出了一篇莫名奇妙的「問候」。

那樣的經驗，在我生命中絕無僅有，其實瑣碎到很難複述，感覺也很難說清，但我還是把信寫完發出了。因為，在我長大以後，回味起來，居然覺得那是我高中生活裡罕有的美好片刻。

我立刻收到了回信。他說，我所寫的每一件事，他都記得，而且記得跟我一樣清楚。最妙的是，那部電影他看了三次，他跟我一樣，其實也根本看不懂。

我在電腦螢幕前看完信，忍不住仰天大笑，久久不能自已。這傢伙，原來，他也看不懂！看不懂還不跟我討論，還一直看，還看了三次！這個神經病！

我很久沒有那樣暢快地大笑了，那天我笑了很久很久，然後，忽然意識到我們的不同。

看不懂，就再看一次？連看……三次？這個人……怎麼會有這個耐心？

我突然意識到，自己似乎很少這樣學習。我總是高度專注，積極有效，絕不「浪費時間」。這種不計成本、安靜沉澱、反覆玩味的學習經驗，我很少有過。

我的同學，不斷引發我對這個世界的各種感覺方式。我想到這樣的人，便一陣微微的歡喜。

我們來回通了幾次書信以後，漸漸又失去了音訊。他是大學教授，我是高中老師，他在新竹忙著研究，我在臺北忙著教書。若沒有特別的因由，我們要重逢敘舊，似乎還是太難。

五六年過去了。昨天夜裡，我卻突然收到了他的信。

他受邀上臺北，開一整天的會，主辦單位提供前一天在臺北的住宿。他得了這個空檔，特地來信相約，想來看看我。

我驚喜得幾乎失眠。我們整整三十三年沒有見面了，我以為我們能寫上幾通電子郵件，已經是難得的緣分，我沒有想到，他還一直記掛著我。

我打開我們的郵件紀錄，赫然發現：五年前的信裡他就已經說過，如果有機會上臺北，能找到空檔，他一定要來看看我。那些話不是應酬，他得了空檔，立刻實踐相約的諾言。我其實已經忘了，但他還記得。

我歡喜得手舞足蹈，覺得慚愧，又覺得佩服，有這樣的同學，又覺得開心。

我好奇地上網一查，才發現他已經當了五六年的所長，在學術界位高望崇。這些年來，他是確實忙得抽不開身。而他一閒下來，居然就記起了老友之約。

他進屋時，我幾乎覺得有點暈眩了。他的樣子沒有變，簡直長得和高中時期一模一樣，這場重逢不太像是真的，像是騙人的，編出來的，不可能的。

杜甫說：「今夕是何夕，共此燈燭光。」那樣的時刻，真的是如夢似幻。我在一種微微暈眩的歡喜裡，終於和我的青春歲月重逢，和我那已經褪色殆盡的高中記憶重逢。

他還是一樣穩重恬然，一派士大夫的模樣，只是話變多了。

我們連續聊了三個小時，完全停不下來。滿滿的歡喜在屋裡鼓盪著，迴旋著。

我想，我們應該是可以不說話的，可以只是靜靜地對坐喝茶，就像當年在植物園一樣。但我們真有說不盡的話，無論如何停不下來，也捨不得停下來。

原來我們三十幾年沒有見面，談文學、論史學、講生命，居然比從前更加契合，有那麼多說不盡的生命感悟，迫不及待要分享。

我們唯一停下來的時刻，就是小寶插話。小寶顯然非常喜歡這個阿伯，我們聊天時，他多數時候都靜靜地在旁邊看著、聽著，完全不吵鬧。但有時卻跑去拉著阿伯的手，跟他說東道西，一句接一句。

小寶不到兩歲，咿咿呀呀地，阿伯當然完全聽不懂他在說什麼，但總是滿臉歡容，喜樂慈藹地逗著他，在他急切的呼喚中停下我們的話題，唸幾句英文書給他聽，陪著他看巧虎的寶寶書。最後，小寶堅持要阿伯把他抱起來，一次又一次……

「你這個兒子，都不怕生耶！」

「是不怕生，不過，會這麼喜歡一個陌生客人，還很少見。他非常喜歡你。」

「真的呀？我還一直以為我是沒有孩子緣的那種人。他在我懷裡居然沒有哭，我覺得好有面子啊！」

我們都哈哈大笑。

武俠夢

武俠小說家金庸辭世。那天，我的手機裡一直叮咚作響，好友們紛紛傳來訊息，表示哀悼。好像大家都覺得應該跟我說一下，說他走了。

這麼多年下來，大概朋友們都覺得我是武俠迷，練拳又教拳，開武俠課又寫武俠書，典型的金庸迷，好像這事應該跟我說一聲。可我又是誰呢？我什麼也不是，根本沒有什麼資格說什麼。

但我確乎覺得悲傷。

網路上許多評論、追悼都有，還有大家最愛說的「一個時代的結束」云云，都一一出現了。這個年代，別的不敢說，話語一定是平權的，每個人總有自己的話可說。

可是，我才不要評論他，我一點資格也沒有。真要算起來，他幾乎是我那黯弱靈魂的救命恩人。對恩人，要評價什麼？

我是在生命最痛苦的時候，認識金庸小說的。

那一年我高三，苦不堪言，學校強迫購買簿本的事件，把我對大人所有的信任都打破了。我並不知道生命還有什麼前景可以去，每天都覺得大人噁心。不但大人噁心，同學也讓我失望。一個這麼「好」的學校，每天都有那麼多的人作弊，天啊，明星學校怎麼會是這樣？

可班上還是有可愛的人。譬如我座位的右後方有個同學，叫做陳庶元。每次看到他時，總能感覺到一片溫潤的氣息，好像有一層微微的光輝，在他的周身悄悄散溢，暖融融的，永遠不受污染的樣子。我那憤世嫉俗的眼睛如果對上了他，就會突然一軟，變得柔和。

後來有同學告訴我，他是大企業家的兒子，他爹不得了，是超級大廠牌羽球拍的老闆，他是長子，也就是小老板了。

我對世務極度隔膜，並不知道小老板是怎麼回事，意味著什麼，只知道他笑起來溫溫熱熱的，可愛極了。不知是什麼因緣，剛好同學邀我一起去他家裡玩。我傻里傻氣地就去了。

他家裡裝修得很漂亮，但我是一個缺乏生活常識的書呆子，看了再豪華的屋子，也看不出好來。我唯一有印象的，是他的書房。

他的書架貼的是白色的木皮，抬頭看去一片是乾淨的雪白。裡面躺著兩本很特別的書——遠景出版的《笑傲江湖》，白色封皮，上面幾筆水墨，畫的是魚兒優游，寥寥幾筆，用色淡到了極處，神態卻十分生動。

我那時候並不知道，那封面就是明末的大畫家「八大山人」朱耷的作品，金庸藉此表現書中的主題：江湖間自在游蕩的氣息。一般書籍的封面總是要「抓住讀者的眼球」，但它設計得如此淡雅，令我更覺好奇。

他帶我進了房間，指著書架，笑瞇瞇地說：「欸，你要不要看這個，很好看耶！」

「咦，怎麼是三四冊，啊一二冊咧？」

「我也不知道，不知道被誰借走了，找來找去找不到。只看三四冊也很好看啦，真的。你要不要看？」

「喔，那借我。」

我就把那《笑傲江湖》殘本帶回家了。

那是我第一次接觸武俠小說，一看，簡直是魂飛魄散。這世上怎麼能有這麼好看的書？我瘋狂地讀，一下就把兩冊讀完了。

讀完了以後，又找他問了一次，還是找不到前兩冊，我心癢難搔，只好把三四冊又讀一遍。

讀完了，還是不過癮，又讀一遍。一遍又一遍，每次都是從令狐沖被囚禁在西湖孤山梅莊的地牢開始，一讀，整個人就泡進去了。

那本書的一開始是這樣的：

令狐沖也不知昏迷了多少時候，終於醒轉，腦袋痛得猶如已裂了開來，耳中仍如雷霆大作，轟轟聲不絕。睜眼漆黑一團，不知身在何處，支撐著想要站起，渾身更無半點力氣，心想：「我定是死了，給埋在墳墓中了。」一陣傷心，一陣焦急，又暈了過去。第二次醒轉時仍頭腦劇痛，耳中響聲卻輕了許多，只覺得身下又涼又硬，似是臥在鋼鐵之上，伸手去摸，果覺草蓆下是塊鐵板，右手這麼一動，竟發出一聲嗆啷輕響，同時覺得手上有甚麼冰冷的東西縛住，伸左手去摸時，也發出嗆啷一響，左手竟也有物縛住。他又驚又喜，又是害怕，自已顯然沒死，身子卻已為鐵鏈所繫，左手再摸，察覺手上所繫的是根細鐵鏈，雙足微一動彈，立覺足脛上也繫了鐵鏈。他睜眼出力凝視，眼前更沒半分微光……

那是令狐沖遭到暗算而昏迷，於是被掉了包，代替任我行被囚在西湖畔的孤山梅莊。僅僅這一段，就一下觸動了我年輕的魂魄，不知不覺產生了強烈的「帶入感」。那種生命受困的感覺，在小說裡成了寓言，和實際生活裡左衝右突掙扎不出的苦悶息息相應，鮮活如見。

我沉入書中，像是在夢境裡暫時地從生命受困的處境游離出去，下意識地想像著各種脫困的可能。

從令狐沖被囚梅莊，誤練吸星大法，然後功力大進，掙脫銬鐐逃出去，從此一場新的旅程……，這些故事一遍又一遍，我反反覆覆讀了幾十遍，卻一點也不膩味。

回到學校，我找到陳庶元，問他，這到底是什麼東西，怎麼這麼好看。

他還是笑瞇瞇的：「好看吧？我就說好看啊！」

「好像……是另外一個世界，在那個世界裡，人的……什麼東西……好像就整個都不一樣了，就整個天空整個世界整個什麼感覺都不一樣了……唉呀我不會講……那是什麼？」

「對對對對對對，就是那樣……」他很興奮地點頭，眼睛發亮，覺得好像抓到了什麼。

「我什麼都沒說你還對對對。」

「對啊，就是那樣啊，我也不會說，就是你說的那樣……」

「吼，都說不清楚。書再借我繼續看啦。」

「好啦你慢慢看。」

確實說不清楚，我從來沒有那樣的閱讀經驗，此後，每到夜裡，我就拿起《笑傲江湖》，一頁一頁重讀，反覆讀，讀到熟極而流，幾乎完全沒有新鮮感了，才把書放下。等到過了一陣子，新鮮感回復了一點點，就又拿起來重讀。

升大學那一年，正是我生命中最痛苦最徬徨的時候，我找不到任何一個可以信賴的人求助，我的心靈無處可去，金庸小說竟然是唯一能伴我入睡的東西。

我每天晚上看著哭，哭了看，反反覆覆，累到極處，才抱著小說入眠。

後來，二哥上班掙了錢，聽人家說金庸小說好，買了一整套，放在書架上。

再往後，在「憤青」年歲裡每一個不安的夜晚，我就不再寂寞了。我又開始看了哭，哭了看，看看哭哭，把每一本金庸小說，都看了最少二十遍，有的超過了三四十遍。

在那些歲月裡，真實世界裡從來就沒有出口，除了毓老師，鮮少有人說的話能進入心底。但金庸小說的世界裡，卻處處起著共鳴。我幾乎每一句都要拿起來咬一咬、啃一啃，推敲推敲那裡面是什麼意思，什麼滋味。然後躺在那兒傻想，想到半夜，想到睡著為止。

我的靈魂，大約也被囚禁在西湖的孤山梅莊地牢裡，一直出不去。只好摸著金庸小說一字一字讀，就像令狐沖摸著鐵板上的字跡，一字一字摸，慢慢一路摸去。

《笑傲江湖》裡，令狐沖摸到的字跡是：「當令丹田常如空箱，恆似深谷，空箱可貯物，深谷可容水。若有內息，散之於任脈諸穴。……」雖然那些字跡「都是教人如何散功，如何化去自身內力」，而且「任何練功的法門都不會如此」，卻把令狐沖體內積蓄的異種真氣逐步化去，散之於任督諸脈，使重傷難癒的他居然因此重生。

我後來發現，自己好像也在不知不覺之中跟著書中人物的腳步，下意識地尋找「吸星大法」或任何其他的奇妙功夫，讓我體內左衝右突的青春苦悶，可以消解融化，就像小說裡一樣，最後全部散之於任督諸脈，成為深厚的「內力」。

世上自然沒有什麼「吸星大法」。但我一直在強烈的問題意識驅動下，尋找可能的安頓之道，而我所尋找的每一項可能的答案，都和金庸的書有關。除了中醫針灸、陽宅風水、面相武術，又研究書法繪畫、藝術理論，最後弄道家思想、道教學術，研究內家與內丹，乃至寫成了博士論文。這三十年來，我所做的種種嘗試，說到底，幾乎都來自金庸小說的啟蒙。

他無疑是我的啟蒙老師，儘管我們素未謀面。

後來，金庸小說改版了，我不大喜歡。他在附註裡面對各種評論者做了反駁，引證，補充，我也不喜歡。

他似乎老了，那種通天徹地的靈氣不見了，文字裡似乎變得有些乾巴。當然，他還是用功而博學的，看得出他處處考證，功夫紮實，但是生命的創造力顯然沒有那麼暢旺了，說話的思路帶著痕跡，沒有了壯年時那種渾然天成的高妙。

我看了戒慎恐懼，連這樣厲害的人物都會「老」，我覺得害怕。

可我又對他充滿了感激，對於自己這樣的批判，似乎覺得歉疚不安，覺得過意不去。人都會老，不會永遠都在那個震古鑠今的高度，這也許是他給我們上的一課。換作是我們，不要說老了，即使方當壯年的此刻，我們也絕沒有這麼大的能耐和修為，為我們的社會留下這麼好的東西。

特別是在那一個個年輕生命們痛苦糾結的夜晚，他手底下那千千萬萬的文字，就像千軍萬馬，像滔滔河流，湧進那些年輕的生命裡，一個個慰撫和救贖，讓他們在黑暗無光的地穴裡看見華夏文明的光亮，一步步走出來，邁向雄奇瑰麗的無限可能。

光是這一點，就是無量無邊的功德。

我真沒資格說什麼，謹以心香一炷，向查老先生致敬，磕頭。

同學少年

有個同事說，我筆下的人物都好奇特，我們生活裡面要是遇到一個，就算是罕見的了，可是我居然寫了一個又一個，層出不窮，好像奇特的人都集中在我身邊似的。

我聽了哈哈大笑。是不是這樣，我也不知道。大概我的名字叫「世奇」，所以身邊奇特的人多一點？也或者我太奇怪，老是看見人家奇特的地方？其實，我的好友也有很正常的，正常到簡直不知道怎麼寫他，也許我應該來寫寫看。

我在想，是不是我們生命裡的病痛都太多了，所以曲折起伏，悲哭歡笑，自然就會有很多故事。有些人看起來平淡溫厚，沒有什麼特別出采的地方，但在我們呼天搶地、聲嘶力竭地走過青春以後，卻發現他還是那樣和煦寬容，溫和樸實，一如往常，彷彿沒有什麼故事可說，譬如陳庶元。

這沒有故事可說的人，跟我們都不太一樣，但就這樣老老實實、平平穩穩地長大。

我的高中同學大概多半都是才氣縱橫的，但在我們雄辯滔滔、縱逸奔恣地談論生命、辯駁價值的時刻，他總是安安靜靜地坐在旁邊看書，彷彿聽著，又像不甚在意。他看到鄰座的同學晚上都留下來念書，覺得人家那麼聰明都還這麼用功，我不用功怎麼行，於是每天跟著一起留下來念書，一直念到夜補校放學，學校關門為止。

在大家暗戀這個、喜歡那個的高中時代，這個「傻瓜」卻覺得高中生應該專心課業，看到漂亮女生，連頭也不敢抬。大學四年，大家各有情史，展示著生命力的蓬勃旺盛，各自印證著靈魂的聰明和人性的複雜，而他四年之間就老老實實交了一個女朋友，用盡了心力和感情，一直到兩人為了學業各奔一方，才終於斷線。

他其實跟我們這些胡思亂想的男孩一樣，對這個還不熟悉的世界也有許多光怪陸離的想像，甚至，也跟我一樣做著武俠夢。我讀的第一本武俠小說《笑傲江湖》，就是他借給我的。我看得血脈賁張，頻發議論，他也跟著我頻頻點頭，不斷附和。我們高中畢業以後，甚至一起去拜師學藝，練了兩個月的八卦掌。

我們的武術課程其實枯燥，很多人接觸不了幾次就放棄了。但我很驚訝地發現，像他這樣文弱得有點羞怯的人，居然老老實實地一趟一趟練下去。每個禮拜有三個晚上，我們都一起待在公園，把一身衣服練到濕透，才換衣服回家。那大概是他的成長生涯裡，最「不切實際」的一場夢想的追逐。

然後我們就分開了，這一別就是三十四年。

我的生命起伏跌宕，歷經了許多波折，他的身影在我記憶裡漸漸淡去。我只記得，我的後面坐的是何英傑，他就坐在何英傑右邊，每次我回頭，他不是老實念書，就是找何英傑討論功課。我還記得，他笑起來有一種可愛的靦腆憨態，特別柔軟溫存，一點都不像我這樣，聲震屋瓦。他的聲音渾厚內斂，像是從靠近鼻腔的某個區域發出來的，有一種嗡嗡的共鳴，沉厚甜潤。我後來才知道，那是一種貴相。

我性格古怪，好惡鮮明，總是看這個不順眼，看那個不對頭。但每次我心裡浮起他的樣子，都會有一種軟呼呼的溫暖。他那軟呼呼的聲音、靦腆的笑容也跟著在心頭浮現。

我一年一年地長大，然後變老，不斷遇到各種不同的人。大概我慣於卯足全力活著，於是生活裡碰到的，也多半都是努力的聰明人。聰明人見得多了，身邊這樣溫軟憨厚的人越來越少，幾乎是絕無僅有。

於是，時間越久，我就越想念他。

三十四年來，我們一直沒有機會重逢，只有一次，我很偶然地在網路上看到他的近照。那種靦腆的樣子看不太出來了，已經完全是大企業家的模樣，和我們這些同學相較，簡直是兩個世界的人。天庭地閣的飽滿方圓不必說了，那顴骨鼻準的豐隆厚重，真有一種不怒自威的儀態。

我腦子居然浮起了杜甫的句子：「同學少年多不賤，五陵衣馬自輕肥。」杜詩當然另有深意，但僅從字面上看，也饒有趣味，令人深思。杜甫五十五歲的時候寫這首詩，只比我大了兩歲，人生在這個時間點，最能感受到生命際遇的變化，特別是時空對照下的戲劇性變化，那些紅樓歲月、灰青記憶和眼前的社會賢達、富貴名流一重疊，真有一種人間如夢之感。

正因為人間離合變化太大了，如果見面，情景會是什麼樣子，我實在沒有把握。我們在網路上恢復了聯繫，但見面的日子總是敲不定，直到昨天，他在百忙之中勻出了三個小時，敲定了約會，我們終於重逢。

我居然有點緊張。只看一張照片，實在想像不出他現在會變成什麼模樣，那些慘綠的青春歲月、荒唐夢想，他究竟還記得多少？我一邊忐忑，一邊想像，一邊走路，在約定的街角一轉彎，就看到一個高大的身影對我招手——他用了不到一秒就認出了我。

三十四年過去了，但時間好像不存在，他對我一點陌生和遲疑都沒有。

然後我才發現，我的記憶其實錯了，他一點都不文弱。他身材高大無比，握住我的手既厚實又巨大，而且身上的肌肉十分強健。我的記憶一定是哪裡出了問題，我怎麼一直都記得，他是一個極其柔軟、靦腆、害羞、文弱的人？怎麼他會這麼「大隻」？

直到他一開口，那熟悉的聲音回來了，還是那樣嗡嗡的共鳴，還是那樣柔軟溫厚的聲音，還是那樣憨憨地靦腆地笑。是了，這是我同學，我沒有記錯，我記得他的聲音，還有他的靈魂，留在記憶裡的形象都還是對的。

我的興奮很快蓋過了原來的忐忑，那麼多年過去，終於可以坐下來，好好聽聽他說話了。我要好好聽聽這個比誰都「正常」的同學，看看他的故事是如何的平淡無奇，也許平淡到我一點故事都找不到。但我還是想聽，就是想聽。

他跟班上多數優秀的同學一樣，考上了最好的學校。但學商其實並不是他的興趣，可他的興趣是什麼，似乎也沒有太多思考空間。身為家中老大，家裡的事業毫無懸念地指望著他來承接，他不能想太多，也沒有太多的選擇，只能做一個乖孩子，盡他該盡的責任。

當完兵回來，他認分地繼承了家業，開始了他的第一份工作，也是他唯一的工作，進了家裡的公司。他從基層做起，一路上來，坐上高位時，正好碰上了大陸市場蓬勃發展的時機，他考量全局，幾經權衡，做了一個頗有風險的投資決策，家裡的企業每年因此多出四百萬美金的負擔。

事實證明，他的眼光是對的，他在正確的時間做了正確的事，成功地打開了市場，把家業翻了好幾翻，成了這個領域的龍頭。

但他的性格溫吞渾厚，和商場上的殺伐決斷幾乎有一種天然的對反。

商場千變萬化，戰略思維勢必時時更新。許多過去勞苦功高的部屬，後來成了公司的負擔甚至累贅，他想不起要斥責，卻老記得當年的好處。面對業績連連衰退的主管，別的老總不到一年就會斷然換人，可他想起當年並肩努力、一起創造榮光的記憶，怎麼樣也捨不得。

他說，他其實不喜歡從商。在競爭激烈的市場上，他看到那些商人的做法心狠手辣、又狠又準，他知道他們會獲利，會勝出，他們的做法是「對的」，但是，他無論如何做不下去。他說，他其實不適合從商。

我們一邊談這些，一邊在熙來攘往的人潮裡穿行。聽到他這樣說的時候，我忍俊不禁，差點就站在街頭放聲大笑。他已經是著名的企業老總，在商場上呼風喚雨，獨霸一方，也是我們的同學裡最「成功」的企業家，但是他卻說自己「不適合從商」，那種搖頭苦惱的模樣，實在可愛極了。

在大家都已經五十多歲，開始回顧自己半生得失起伏的時候，他還是那樣溫厚可親，甚至帶著點微微的憨態，還是那樣沒有精采的故事可說。不過，他的精采本不在商場上的呼風喚雨，也不在企業的精準眼光、驚人獲利。他最精采的，是身上那種絲毫不失的初心。

雖然站在最巔峰的位置，但他一直都把自己看成平常人。名利場中難免爭逐激鬥，但他並不以此為樂，處置總是不為已甚。親人關係密切，他會盡力表達己見，但在企業裡做事，他總是顧全大局，盡力包容。看起來是厚此薄彼，其實是溫存厚道。

家人一起投入商場，也難免會有意見齟齬，有的家人甚至會因此反目，不相往來。這些現象，我們其實見得很多。但他卻不然，他不知道人生有那麼重要的事情可以計較，可以計較到親人不相往來，那對他來說，是絕對不能想像的。他自己是老大，卻總是習於退讓，能夠不計較的，他總是退一步解決。

我們談話的過程裡，他的手機不斷地亮起，大概有成千上百的訊息，但他放著不看，只是專心跟我說話。他說，他最快樂的時候，可能就是公司這些事情不來纏他的時候。他做這些，都是為了家人，為了身邊那些需要倚靠他的人，對事業本身，他其實沒有什麼太大的樂趣。

但我還是怕耽誤他，電話響起，我還是要他接。他接起電話，我一聽那談話的內容，差點噴飯。這明顯是銀行來拉業務，他早已有了合作的對象，根本沒有需求，但他的拒絕如此溫吞，好像對人家非常過意不去，最後還再三表明，一旦需要的時候一定給對方機會。從頭到尾，他的聲音裡都是略帶靦腆的歉意。

我笑吟吟地看著他，覺得他一點都沒有變，還是當年那個他。

我們那些當年的同學們，其實個性都很鮮明。大家都年過五十，但都還各自做著瑰麗的夢想。有個同學身在央行，位高祿厚，卻剛剛考上了音樂研究所，他說前半生為別人活，後半生要多為自己想一點，他要去開始練聲樂了。有的同學飛到南半球去，做了一點事業之後退下來，一邊寫書，一邊教課，居然還出了詩集，繼續活在青春時期的夢想裡。有的同學念了哈佛，多年用功，已成了有名的教授，一邊當系主任，還一邊寫著小說般的散文，情味醇厚，直如名家。

三十四年過去了，青春的夢想還在大家的生命裡沸騰，似乎都沒有熄滅的跡象。我為他逐一介紹同學的現況，他睜大了眼睛，彷彿不敢置信。在他眼裡，每個同學都如此才情縱橫，每個都厲害得掉渣，都比他厲害得多。

我的嘴角卻有一股忍不住的笑意，一直不斷浮起。我一直忍著笑，直到我們握手道別。走到臨別處，我說，你最厲害的地方，就是明明已經站到了巔峰的位置，卻能平淡自處，不失初心。

他彎下腰，仔細聽完，臉上都是憨厚的笑：

「真的嗎？是恭維我？不是笑我？」

「不是，是真心的。」

「好好好，我很開心。」

他笑瞇瞇地走進捷運站。看著他高大的背影，我忍不住哈哈大笑起來。

當然是真的，你這個傻瓜。

選擇

年輕的實習老師問我，老師，你為什麼從法律系跑到中文系呢？這兩個領域不重疊，換跑道應該很辛苦。問的時候又猜測著：「這，一定是很長的故事吧？」

確實很長。那些悠長的歲月裡，有許多瑣碎的故事，都是無數選擇和衝突的心路歷程。

我身邊有些孩子很早就說要當醫生、要當律師、要當法官，似乎志趣明確，於是其他的孩子羨慕非常，覺得他們有了目標，能夠安心讀書，而自己目標不明，所以無法用功。

這些話像是有道理，其實似是而非。要找到自己明確的志趣，遠比我們想像的困難，而且情況複雜多變，定局未成，如果非要把人生目標都找到定清楚了才能用功，或許一輩子都別想用功了。

選組、選系、選工作，都是年輕人不能迴避的課題。對性向和興趣本來就鮮明的人而言，選擇或許相對容易。但多數人並不那麼鮮明，多半是又猜又算，像是在押寶下注。但即使下了賭注，最後想想不甘心，還是可能翻盤來過。

相對於一般人來說，我的興趣鮮明，照理說好選得多，但我仍然「選錯」了，不得不翻盤重來。為了翻回來，我耗去十年的時間，代價實在不菲。可見這樣的選擇何其不易。

我從很小的時候，就對語言、語音很敏感，不久就發現自己對文學這個領域，確有天生的偏好。小學一年級時，學校辦注音符號聽寫比賽，我拿了第一名，後來代表學校去參加市賽，也拿了第一名。對語文的敏感，可能來自父母的遺傳，而又比他們鮮明一些。

我還記得，幼時學的第一首中文歌，是尤雅唱的〈往事只能回味〉。當時爸爸總把「春風又吹紅了花蕊」，唱成「春風又吹了紅花蕊」，順序錯了一個字。我年紀雖小，識字不多，卻對這樣的錯誤非常生氣，糾正了爸爸好幾次，居然氣得飯都吃不下。那時對語言的執著，簡直近乎「強迫症」，但話說回來，那似乎也是語感敏銳的徵兆。

後來認字漸多，對書本如饑似渴，不耐煩等每個字都認識，拿起家裡的書就讀。看到生字就先跳過，只看整句是什麼意思，囫圇吞棗，總之非看書不可。家裡有很厚的一大本《佛教故事大全》，小學中年級已全部讀完，裡面的故事都能說出大意。

印象最深的是，那時學校可以借書，我借到了一本《三國演義》，興奮得心頭怦怦亂跳。那天，全家人在客廳看電視，我卻坐在電視機旁邊興奮莫名地看書。因為那個畫面反差很大，有點突兀，所以印象最深。對我來說，閱讀《三國演義》，確實比看電視節目要有趣得多。

閱讀習慣養成以後，造成的影響會直接反映在作文上。

小學六年級時，有一次課堂上寫作文，老師出了一個題目，叫做「論交友」。我寫著寫著，很自然地就引了一句「與善人居，如入芝蘭之室，久而不聞其香，即與之化矣；與不善人居，如入鮑魚之肆，久而不聞其臭，亦與之化矣。」

交卷後，老師把我叫到前面去，問我「是你自己想的嗎？」「你為什麼會用這樣的句子？」我無法解釋，只說「以前看過，覺得好，就記住了。這次題目不是論交友嗎？這樣用對嗎？」

老師滿臉狐疑地說：「對，但是沒有學生這樣用過。還好你這篇作文是在我眼前寫好交來的，不然我一定懷疑你是拿回家請爸爸寫的。」

那天，我有點啼笑皆非，不知道該高興還是該難過。因為，老師的話像是質疑，又像讚美。

無論如何，我的性向、興趣在小學就已經顯現，而且相當明確。我的作文當然不曾讓爸爸代寫，但他對我在文學上的興趣，確實影響深遠。

爸爸年輕時在私人興學的「書房」裡上過課，又隨北投詩詞名家李春榮學習作詩。他對文學興趣濃厚，隨口賦詩，極有捷才，創作慾又極旺盛，時常參加具有比賽性質的「詩人大會」。他參賽時，只寫一首不過癮，往往連作數首，拿四個兒子的名字分別投稿。說也奇怪，他拿別的兒子名字去參賽，都沒有下文；拿我的名字去投，卻都得獎。他心裡就有點特別的想頭，覺得這個兒子不太一樣。

這自然是他的小迷信，不足憑信。但他確乎發現，在文學的領域裡，這個兒子的表現有點超乎期待。比如說，他在家偶爾隨口吟詩，我聽一聽，自然就會跟著吟哦，而且字字準確。對於語文的聲情、韻律、節奏，我的反應確實敏銳一些。

爸爸又驚又喜，家裡開詩會時，便請我上臺吟詩。我那時才小學三年級，突然看到一大群叔叔伯伯，緊張又害怕，「詩興」全消，一句也吟不出來。

也許爸爸先前把我形容成了神童，當天的突然怯場，讓爸爸尷尬無比，下不了臺。我覺得又糗又抱歉，那種難堪的感覺，到現在都還記得。

吟詩是出糗了，但爸爸仍覺得我潛力無窮，不可限量，對我充滿期待。那時家裡很窮，不論買什麼東西都嚴格限制，唯有買書例外，總能拿出錢來。閱讀資源的不斷提供，對我那時的學習起了很大的作用。

語文的學習，除了讀，寫也很重要。我寫的日記、作文，爸爸每篇都看，看完就在這一句那一句上加加減減，表示意見。有一次，爸爸看到我寫的一篇文字裡有一句「豆大的汗珠」，連連大聲讚嘆，認為傳神之至。這讓我面紅過耳，非常尷尬，因為那一句實在平常，而且是當時小學生寫文章很流行的用法，只是爸爸並不知道。

但無論如何，他老用讚嘆的口氣稱許我的文章，不能不說是一種很大的鼓勵。

升上國中，除了《三國演義》和《西遊記》，我把爸爸書架上的《水滸傳》和《紅樓夢》也都看完了。我對《水滸傳》很著迷，讀得很細，而且反覆讀。我時常複述裡面的故事給別人聽，自己還津津有味。後來的武俠夢，大約是從此時開始發端。

像《紅樓夢》這種鉅作，國中時當然看不懂，一直要到大學以後才看出味道。但當時覺得，看不懂沒關係，至少要看看它說了什麼，所以幾乎是硬著頭皮一路讀完，即使對箇中滋味難以了然。

除了爸爸，國中的國文老師對我影響也很大。國一時的國文老師是賴阿淑老師，她剛剛大學畢業，教書非常認真，常用油印的方式做講義，帶我們讀許多古文和詩詞。

那些雖是「課外讀物」，但她講解時極較真，要求我們字字細讀，而且規定我們要用各種顏色的筆分類筆記，沒做到的同學會被嚴厲斥責。

這樣細讀，自然又和先前自己亂看大不相同。我還記得其中有一篇是李白的〈春夜宴桃李園序〉，到現在記憶猶新。那時讀得似懂非懂，卻覺得雄奇瑰麗，美得不得了，對那個文學的世界充滿嚮往。

印象中，媽媽總對人說，這個兒子很怪，從小在書桌前看書，一坐就是五六個小時，屁股像黏住了似的，叫吃飯都叫不動。對閱讀的饑渴積極，大概從小生成，非常自然。其實，我並不是什麼書都讀，只愛故事書、文學類的書，非常偏食。自然科學的書，印象中只看了一點《少年科學》，對數學則像看天書，課堂上學得勉強，課後也毫無探究的興趣。

這種明顯的志趣傾向，也表現在國語文的各種競賽，這方面幾乎無役不與，獲獎不可勝數。考高中的時候，數學總分一百二十，我只拿了八十三分。國文測驗題總分也是一百二十，我卻考了一百一十九分，加上作文六十點五，老師說，我是那一年仁愛國中的國文榜首。

這些事當然沒什麼可得意的，進高中以後，就發現這樣的人很多，一點也不稀奇。不過，從這些表現來看，我的性向非常鮮明，最適合的是中國文學的領域，這一點無庸置疑。

志趣既然鮮明，我的「中文」人生理應完全確定，因為我的特質如此清晰明確，根本沒有其他讓我動搖的選項，我的「人生方向」比別人清楚得多，「選擇」肯定比別人容易。照理說，我的生涯選項應該比許多志向不明、興趣模糊的人都單純，也是一種幸福。

但，人生卻不是這樣。

從來沒有一個選擇是這麼容易的。沒有人會知道我們做了這個選擇以後，可能會錯過多少其他的風景，放棄多大的發展可能。就像張曉風說的：「青春太好，好到你無論怎麼過都覺浪擲，回頭一看，都要生悔。」

尤其弔詭的是，我們走過來以後才會發現，生命裡有很多歧路在那兒等著，人的自由程度可能遠不如想像中那麼大。

高一下學期，父親被人跳票三百多萬，他所謂的好友江文仁高飛遠走，為我們留下鉅額的債務，家裡的經濟陷入絕境。高三那一年，我又遇上了學校的「簿本費事件」，被大人欺騙、剝削和羞辱的感覺，都疊在了一起，在我的腦海裡鼓盪膨脹，左衝右突，掙扎不出。

不論是家庭，還是學校，我怎麼都找不到那種陽光明亮的想像，也找不到奮鬥的目標和動力。為了逃離那種被欺騙算計的處境，在無可如何的心境裡，最後選擇了我毫無興趣，也沒有概念的法律系。

我的生命從此轉向。

那是一場人生的巨大岔路，法律系裡本來沒有我的夢想，但我終於在想像中的生存威脅裡走了進去，和我真正喜歡的文學世界黯然揮別。

那些年裡，我不能說不努力，但摸索進程始終緩慢，直到十年過去，回頭尋找自己的舊路，才終於看到山青水綠的世界，找回自己的位置。

生命方向的選擇，從來就沒有那麼容易。那些把選擇說得太輕鬆的大人們，也許是因為他們沒有經歷過這些，也沒有細想過，人的存在情境裡究竟有多少真正的自由。

就在我高中畢業的同一年（一九八五），大陸的作家劉索拉剛好出了一本小說，書名就叫「你別無選擇」。書裡描寫了一群音樂學院的學生，那些人物形象荒誕又詼諧，非常鮮活。很多人說，書裡反映了八〇年代那種迷惘、騷動、執著與追求，呈現著一種永不滿足的探索。

這本書可以說是劉索拉的代表作，出版後她接受訪談，感慨地說，人生是很無奈的，哪怕這件事情再不容易也要做，因為你註定要做這件事情。並不是情況特別為難的時候就可以不做，如果命裏註定要做，轉不了向，你還得回來。

從她自己的詮釋來看，「你別無選擇」，多少帶著一點存在主義的氣味。那些傳統、規律、既成事實或必然性，就像音樂世界的「功能圈」一樣，擺在那兒，向來不以我們的意志為轉移。但藝術又本能地需要創新、要求個性，我們能做的，只是在這個制約下窮其所能而已，所謂「無限的可能性」其實並不存在。

我於是想起那個令人神傷的希臘神話。

薛西弗斯（英語：Sisyphus）與諸神鬥法失敗，被懲罰將一塊巨石推上陡峭的高山。但每當他快到山頂時，巨石就會從他的手中滑脫，滾回原處。但他沒有選擇，只能永遠重複著推石上山的行為，這場勞動永無止境，有如中國神話裡的吳剛伐桂。

不過，吳剛受罰，是因為「學道不專」，更像一場言之成理的處罰。薛西弗斯受罰，起因卻是「與諸神鬥法」，悲劇色彩濃烈得多。從他的角度來看，即使明知推石頭上山已經了無意義，仍必須堅持著推下去，以此作為對諸神和命運的反抗。這樣的悲壯，使人對於存在的處境更加悚懼。

人活著究竟要活成什麼樣子，本來就很難有最好（更別說是最標準）的答案。人生的際遇，算不了也選不準，生命裡本來就有太多不可預知的元素。我們的選擇，未必真的那麼自由，也未必有想像中那麼大的空間。

真正的選擇，或許不在命運的走向，而在我們面對命運的態度。我們所能擁有的自由，不在外境的安排與決定，其實只存在一念之間——就是當下的面對和迎接，有如薛西弗斯。

轉向

我高中時就讀的是名校，許多人畢生引以為榮，彷彿那裡就是天下第一。但對我來說，那卻是求學歲月裡傷害最深的地方，不堪回首。人生實在弔詭。

高三那一年，學校突然將所有作業簿改版、加價，從九十塊變成一百二十塊，並且要求同學「必須」購買。升上高三，同學手邊沒用完的簿本早已累積成堆，並沒有添購的需求。但改版耗費更高成本，學校為了確保合作社迅速回收成本，要求高三學生不得拒買，每個班級「至少要買四十套，否則全班不准註冊。」

這事要放在現在，在社會上早就炸了鍋。但在那個年代，學生表達的空間有限，多數同學只有咬牙認命，買下一堆用不上的改版簿本，勉強當計算紙來用。一個班上得湊上四十套，這個班的「註冊」手續才算完成。

可班上如果都沒人買，怎麼辦呢？很簡單，學校不蓋註冊章，讓全班的學生證都空白。註冊沒過，這就扼了學生的死穴。

負責的幹部到了教務處，一看傻了眼，不知所措。為了讓全班在當天順利註冊，幹部只好自掏腰包墊錢，先讓全班都買，事後再跟大家收錢，以求「公平」。這樣一來，等於全班強迫購買，新簿本的「售出率」就更高了。

這種行政措施，現在看來當然是匪夷所思，當時的掌權者卻做得理所當然。

我當時滿腔錯愕和憤怒，怎麼樣也嚥不下這口氣，首先跟導師反映。導師年紀已老，就等著退休，他一臉滄桑，充滿同情地回答我：「這要是在我年輕的時候，我一定到教務處去拍桌子！」我眼神熱切地看著他，問他：「那現在呢？」他苦笑著搖搖頭。

我無可奈何，只好向班上的輔導老師反映。輔導老師聽完了事情的始末，無計可施，只能把這件事轉給了主任。主任是個妝很濃、臉很圓，每天臉上堆滿笑容的女老師。她聽聞此事，每天堆滿的笑容忽然消失，只淡淡地說了一句：「有本事你就告，沒本事你就少開口。」

我從輔導室出來，提筆寫了一篇文章，投書聯合報。

聯合報為謹慎起見，並沒有刊登我的投書，卻把投書轉給了臺北市教育局。教育局收到案子，行文學校，讓學校查清後回報。而負責查辦的單位，就是教務處。

教務處就是強迫學生購買、以確保合作社獲利的機關，怎麼可能查辦自己？於是真正查辦的對象，就成了「到底是誰投書檢舉」。

輔導室主任知道投書的人是我，再次「提醒」我，叫我趕快去向教務主任「自首」，否則公文上附著我的投書影本，「你們的筆跡學校都有，很容易對照。要是查出來，大家不好看。」她是輔導專業，沒忘了補上一句婉轉的話收尾：「解決事情嘛，總是要當面說開才好！」

我於是親赴教務處，當面承認投書是我寫的，並且要求學校承認錯誤，退還款項。教務主任是此案的源頭，不出所料地擺起了臉，以「帳目做成，無法更改」為由，悍然拒絕。

我們不歡而散，我什麼也沒有改變，又被理所當然地列為眼中釘。

冤家路窄，教務處的教學組長，也是合作社的理事，正是我們高三的數學老師。我既「意圖破壞校譽」，又擦撞了他的工作飯碗，他的反應不難想像。他在課堂上不時提起此事：

「有些人為了自己的一點私利，不惜向報社檢舉學校，破壞我們百年的校譽。我們的校譽是你能破壞的嗎？你不買簿本？我不知道你有什麼理由不買，用不到？那就趁高三多用啊！高一高二到現在已經存了很多？那你要問你自己為什麼沒用完啊！不然，你先買了，假使畢業的時候沒用完，我再跟你買回來就好了嘛！」

這樣的數學課，持續到畢業。同學當然都知道他在說誰，聯考在即，對於閒話不斷的數學課，大家雖然沒有好感，但當務之謂急，大家更在乎的是自己即將考上什麼學校，這才是實際問題。被學校坑一點錢，或者那裏面的是非對錯，相較之下已不值一提。

我於是成為徹底的孤狼。當我發現自己拒絕學校的「勒索」後，被解釋為「不顧大局」、「貪圖一己的私利」時，第一次覺得大人的世界那麼醜陋。那樣深度的絕望感，使我對於讀書求學完全失去了動力，再也找不到理由說服自己。

我開始極度頹廢，每天早上到了學校，就趴下去睡覺，睡到中午，起來吃便當，吃完繼續睡，睡到放學。睡不著時，就趴著發呆，塗鴉，等候下一次的睡意。

我還是參加了聯考，但不知道我為什麼來考，我像行屍走肉一樣的飄進了考場。第一節考的是國文，我拿著筆發呆，呆了半個小時。最後決定，想到什麼寫什麼，信筆所之，一路寫到考完。

成績單收到，我的分數三五二點五，居然有學校可以念，似乎這就沒有了不去的理由。填志願時，我只剩下一個念頭：這麼醜陋的世界，我能填什麼？還有什麼可以念的？那，法律不是「公平正義」嗎？除了法律，有什麼可期待的嗎？我就把法律系從頭填到尾了。

我的分數落點大約是在東吳中文，沒填中文，只填法律，就進了文化法律。就這樣，開始了我的大學生活，在迷惘中重新尋找救贖。

我曾回頭找過國中老師，請教此事。沒想到老師們的反應都一樣，說「你太嫩了！社會上本來就是這樣，你有什麼辦法！」大人的反應，讓我非常迷惘。

等我後來讀了《紅樓夢》，卻看到這一段：

當下秦氏引了一簇人來至上房內間，寶玉抬頭看見是一幅畫貼在上面，人物固好，其故事乃是「燃藜圖」，心中便有些不快。又有一副對聯，寫的是：「世事洞明皆學問，人情練達即文章。」及看了這兩句，縱然室宇精美，鋪陳華麗，亦斷斷不肯在這裡了，忙說：「快出去！快出去！」

看到賈寶玉對「世事洞明，人情練達」那兩句話如此反感，我憬然若有所悟。對他這樣的人來說，乾淨的眼睛裡揉了沙子，已是要命的事情，何況把這種老練視為通達？

多年之後，我甚至想過，如果我有「哆啦A夢」的時光機，回到那個時候，幫年輕的自己付掉那筆錢，是不是就可以免去那一場連綿不盡的苦難？但我轉念一想，錢我能幫他付，可是，對大人們、對這個世界的信賴，我要怎麼樣幫他重建呢？

我的大學生活，過得其實非常零碎，非常拼湊，也非常忙碌，生活裡有各種不同的面向。

有一種生活，是跑到臺大去聽法學緒論、民法總則、刑法總則、憲法、刑法分則，滿腦子想著，我要插班，考進臺大。

有一種生活，是練拳、學針灸、湯劑、診斷、面相、陽宅風水、紫微斗數，重構對這個世界的想像，要找出理解這個世界的方式。

有一種生活，是每天晚上去黌舍聽課，聽四書、人物志、韓非子、潛夫論、孫子兵法、易經、春秋……這些課程，重新想想，應該怎麼活。

但是，生活才不會都這麼光明、這麼有秩序，還有一種生活，卻是夜晚的時候抽煙、喝酒、看小說、拿了毛筆在紙上揮，哭，然後入睡。這樣的生活，時時在我「憤發向上」的生活裡飄進來穿插。

我對未來的想像，在光明和黑暗中交錯，在紊亂和秩序中摸索，我還是不知道自己能做什麼、該做什麼、適合做什麼，但我試著盡量努力地告訴自己：「我有正義感，我應該會是一個法官或律師，這是我未來的生活。」

大三那一年，我對未來有了比較具體的想像。法律系從三年級開始，會修一些民事特別法，如公司、票據、海商、保險。特別法著重在細則的設定，目的都是防弊，裡面除了瑣碎的規條，已沒有任何關於人文的想像和滋味，也沒有了關於法理或精神的思辨。總之，我讀不出任何趣味了。

既升上大三，轉學考的念頭已經放棄，沒有了考試的強烈驅迫，我的腦子在此時突然靈醒過來：「這些乾澀無味的東西，就要伴我度過這輩子嗎？我真的能夠這樣活下去嗎？」

對法律系的多數學生來說，這可能都不是問題，因為他們可能早已經做了承擔這些的打算，只等著實現理想，成為法官或律師，這些過程並不算什麼。姑母家裡，有兩個表姊和表姊夫都是法律系出身。表姊跟我說：「法律是一個目的性很強的科系，大部分的人都是要藉由它來達成什麼目標，或做成什麼事情。至於興趣，老實講，很難說裡面有什麼趣味。」

我徬徨不安，覺得自己是異類，在這樣的科系裡說自己「沒有興趣」，好像是癡人說夢的臆想。我於是跑到毓老師那裡，對老師盡情訴苦，說我念法律感覺不到趣味，不知如何是好。

毓老師勃然作色，把我大罵了一頓，說法律是最能做事的科系，有這麼好的機會，不肯善加珍惜，我是在給自己找藉口，不知進取。

老師的責備，到現在我仍覺得有理。他們為國家民族奉獻一生，只問該不該做，從來沒想過自己有沒有興趣。他呈現了十足的生命力和純粹性，到現在我依然佩服。

但我不是毓老師那樣的人物，我無法向老師解釋我自己，那樣脆弱易感、平凡庸俗的自己。

在求學的路上，毓老師是我最信賴的對象，他給了我無數次的指引，但即使如此，這一回，他還是給不了現成的答案，生命太複雜、太多樣，我的生命問題，得自己去找到答案。我明白這件事有多困難，但我必須自己面對，別人代替不了。

生命的轉向，有時像是偶然，有時又像不可抗拒的必然。高三那一年，我像一艘小船，被時光之流推進了風口浪尖，那個漩渦令人如此暈眩，天生脆弱易感和熱血潔癖的性格，讓這艘船翻覆滾轉，突然轉向了一條陌生的路，開始浮沈漂流。

轉向，就是重新抉擇，重新認識自己。在每一次重新抉擇的時刻，都無人可替，只能更深沉地面對自己，找出自己真正想要的東西。因為，在這個世界上，只有自己能明白完整的自己。

幸而，我在黌舍裡得到各種啟蒙和刺激，靈光時隱時現，生命在起伏中不斷蛻變。大三這一年，我重新找到自己的舵盤，面對更內在的自己，尋找生命的安頓，這才確定了自己要的路，重新出發。

我不由得想起《道士下山》那部電影。電影裡有一幕師徒的對話，讓人印象特別深刻。曾經做過道士的崔道寧還了俗，娶妻安家，過上了世俗的日子，並且夜夜春宵，盡意享受。偶然新收的徒弟何安下也是個道士，曾在別處練過「小周天」的功夫，聽說這門功夫能「斷慾」，於是熱切地想把功夫教給崔師父。

師父卻變了臉色，說：「不學。不斷慾。」他的態度明確，寧可做鴛鴦，也不做神仙。這種價值選擇的巨大落差，把何安下弄懵了。最後他自己糊塗起來，反而問道：「師父，那我該怎麼活呢？」師父卻又轉過笑臉，笑嘻嘻地說：「這個，可沒人能告訴你。」

真的，這是生命重新認識自己的時刻，要走哪一條，得自己來，沒人能告訴自己。

找自己

有一位國立大學的教授發文登在報端，說學生們一進名校就轉系，可見他們還沒找到自己的興趣，「我們的中學教育沒有提供讓年輕人了解自己、探索性向的環境與機會。訓練出一批讀書考試的機器人，卻妄想擠進大學之後，再藉由大學教育來喚醒他們內心的渴望，不啻緣木求魚。」換句話說，他覺得這些高中老師們沒有善盡職守，好好幫助學生「認識自己」。

這話也不算錯，但恐怕把事情看得太簡單了。

教師若站在中學教育的前線，一定會知道，並不是每個學生都那麼容易、那麼早顯現出他擅長的學習傾向。一個不到十八歲的孩子，既要把基礎學科學到一定程度（「國英數理化生地」或「國英數史地公」），又要進行各種課外活動和競賽，培養協調人際關係和處理事務的能力，同時要完成性向的探索，在他十八歲那一年就要抬頭挺胸意興風發明明白白地說他要念什麼系？真的有這麼輕易嗎？

「認識自己」當然是很難的事，遠不像那些名作家寫的那樣簡單。孟子說「盡心知性」，「盡」這個字，得用去多少力量？「知性」怎麼會是一件容易的事？生命是多複雜的東西，要說在高中短短兩三年內，就能探究出自己的興趣志向所在，會不會篤定得有些空虛？

陶喆有一首歌，叫作《找自己》，裡面有一句話一直重複：「回到那個美麗世界裡，找自己。」他說的是美麗世界，但我一聽到這首歌，就覺得心裡糾結，覺得痛，一點也沒有悠然如歌的意緒。對我來說，那個美麗世界實在太遠，太模糊。

大三那一年，我開始反覆詰問自己：如果我不適合從事法律，那麼，究竟適合什麼？生命何其複雜，當然沒有人可以幫我回答。我只能自己找，努力找自己。這事沒有捷徑，於是，開始埋頭「寫」自己，把自己重新理過。

我把自己對生命、對這個世界有過的所有想像，試著一一都撿回來，放進日記裡。我拿著筆跟自己說話，不斷追問，我要的究竟是什麼？我能做到、而且做得最好的又是什麼？活成什麼樣子，我才覺得自己是「真正活著」的？

我如遊魂一般繼續念著法律課程，晚上又在黌舍的課程裡東尋西找。沒課的夜晚，常到國父紀念館練拳，練到深夜，在夜空裡帶著一身汗水漫步回家，然後在深夜裡、書桌前，拿著筆敲自己，問自己。

我寫完兩本日記的時候，開始逐漸明白：小時候在語文上的那些表現，其實就是天賦的傾向，每個人的才具各有所偏，我可能偏得更嚴重一些。

我是情感豐富、性格軟弱、敏銳易感的人，教《楚辭》的彭毅老師跟我說，這叫「文人」性格。在毓老師「爨舍」的課堂裡，那可不是好話。我在爨舍待了那麼多年，要承認自己是「文人」性格，心理上很難接受。

但我後來想，「文人」沒關係，好好練拳，或許就能撐住自己。總之，我不要做法律工作了，我不適合。我往那個矇矓隱約的、更屬於自己的方向找去，總能找到。

不久，我大學畢業。除了半調子的法律，我沒有一技之長，從報紙上找到的工作，全部都是業務。在麥當勞上班，一小時只有四十五元，七折八扣，連飯錢都不夠。為了餬口，我找到了小學的才藝班「國語週刊語文中心」，在那裡教書法，教作文。

但那是兼差性質，找不到正職，就活不下去，勉強撐了一陣子，實在沒有辦法，只好回到本業，在律師事務所上班。此時的心境，早已沒有了成為法律人的企圖，在事務所上班，不過是且戰且走，內心仍充滿徬徨。

所裡的核心人物，是裡面最資深的律師，也是我們系上「法理學」課程的老師，學養品格都讓人非常尊敬。但法庭裡的其他人則未必如此，許多法律人的言行舉止，倒能增加我對公平正義的許多疑惑。

我在事務所上了半年班，略增加了一點生命閱歷，卻終究沒有喚起對法律的熱情。日復一日，我漸漸覺得，這行業裡可能真的沒有我的嚮往。於是我在半年後辭職，重新就業。

不久，我在報紙上看到一份工作，說是文化事業，「大學畢業可，不限科系。」我趕緊寫了一篇自傳投遞，而且很快就收到面試通知。面試當天，老闆問了我幾個問題，聽完回答之後，點點頭，然後指著桌上厚厚的一疊文件，說：「你看，這一疊都是應徵者的自傳。但我看完你的自傳，就用紅筆在上面標記了一個『一』。你這樣的人才不好找，要優先錄取。」

我從此離開了法律的圈子，走向另一個未知的領域。

那是一家傳播公司，專門幫電視臺做節目。當時公司做的節目非常有名，叫做「女人女人」，是臺灣第一個談話型節目，由趙寧和崔麗心主持，拿過兩次金鐘獎。老闆是中文系出身，對生命頗有一點浪漫的想像，他覺得這些年嘔心瀝血做了許多好節目，應該把成果整理出來，寫成文字，編一套書籍出版。所以，我的職稱是「出版部執行主編」。

同時，老闆也帶著我跑攝影棚，跟著大家一起學習怎麼做節目。從攝影棚回到公司，我就加入團隊討論，開始試著撰寫節目的劇本。為了多學一點，晚上我留在公司，自己主動加班，常跟老闆一起看著電視聊天，老闆就順便教我一點剪接的概念和技巧，或者他的生命哲學。

電視圈裡的傳播界，是一個充滿活力的環境。上至老闆（製作人），下至所有的執行製作，每一個人都很靈活，好像身上都安著「消息兒」，輕輕一按渾身就動起來，絕大多數的同事都妙語如珠，個性鮮明，辦公室裡，時常擠滿了微妙的創造衝動，生氣勃勃。

我工作勤奮，又頗受老闆禮遇，為了激勵我更加投入，沒事就幫我加薪，加了薪還貼公告，讓大家向我看齊。我嚇得兢兢業業，卯足了全力學習。相對於那麼多年的沉悶和孤寂，此刻，我所有的細胞似乎都活起來了，躍躍欲試。我覺得，我的人生好像找到方向了。

幾個月後，我卻突然收到一通來自一所私立學校的電話，說要我去試教、面試。

原來，我大學畢業後，找不到工作，就瘋狂地到處投履歷自傳。公立學校要有證照才進得去，我就把履歷投遍了我所知的私立學校。自傳寄出去後，一直石沉大海，沒有下文，我幾乎已經忘了此事，沒想到學校在此時回覆，教書的機會突然來臨。

但此時，我已在傳播界做得有聲有色，簡直是風生水起。這讓我非常掙扎，我必須在這兩者之間作出選擇：做節目，或教書。

生命的際遇，有時像是造物精心設計的一場捉弄。就在我以為自己終於找到方向的時刻，又被迫重新做出選擇。

我沉澱數日，重新面對自己。因考慮到電視圈裡複雜的人事結構，反覆省察自己的性格特質，心裡不無猶豫。思來想去，找到一位親近的老師，促膝長談了一夜。

他說，這個圈子做到底，就是製作人，真正成就的畢竟少，許多人都成了炮灰，中途轉行。你這性格看起來是文人，骨子裡是火爆霹靂，想事情卻是一條筋，在這圈子打滾一陣還行，將來和人家有利害衝突，真正鬥爭起來，結果肯定好不了。

他話說得重，我一下子驚醒過來，決定辭職，應命前去試教。學校的試教和面試都很順利，倒是老闆捨不得放人。我再三懇辭，終於放棄了做節目，走向了教書這條路。

為了走好這條路，我需要證照。於是，我白天教書、備課，晚上去東吳大學選讀中文系課程。選讀和旁聽不同，要繳學費，有學生證，可以參加考試，有正式成績單。於是，我終於和中文系的學生一起上課，考試，拿學分。我一口氣選修了大二、大三、大四的所有重要課程，修到滿，廿五學分。

這段時期，我的工作份量雖然不輕，但在精神上卻覺得十分悠游。每晚到大學上課，就像調劑身心，非常愉悅。學期結束時，東吳中文系的公布欄會先公布成績，再寄出成績單。我好奇地去現場看了一下，發現我每一科都是全班第一，沒有例外。

至於教書的工作，更不用多說，在教與學的互動中，每天都有新的快樂。所學既有所用，就不甘心滿足現狀，還想再念得深一點，第二年，我順利地考上了中文研究所。接下來一路念到博士，漸漸成了現在的模樣。

我後來終於明白，我不是不能念法律，但因為天賦和特質的緣故，當我在法律裡浮沉掙扎時，再怎麼耗神費力，究竟還是一個很普通的法律人。如果我轉個身，進入中國文學的領域，就算悠游涵泳，也可以做得更加稱職出色。那是老天爺給的天賦，只有自己能找到它。

「自己究竟應該放在什麼位置，才能夠發揮極大值？」這是生命裡最重要的功課，當然要慎重以待，可惜的是，就算有再多師友環繞，這份功課，也沒法叫別人代做。

人的內在世界本來就複雜，而越是刁鑽古怪毛病多的，就越需要自己卯起來找自己，把那些生命裡的古怪都弄清楚，讓自己再糟糕的性格都能找到位置。這是每個人自己的功課，無法迴避。

幸好我生命中遇到許多好老師，引動我高度自覺地去思考和解決它，總算是走過去了。但回想起來，那些高一升高二的選組，高三升大學的選填志願，這裡面的不確定因素千頭萬緒，哪裡是那麼容易的事情？

我最後選擇教書，其中還有一個最重要的原因，就是——我很想跟那個年輕的自己說說話。

人生的選擇那麼難，在那些青澀無比的歲月裡，我多麼希望有人可以聽懂那些迷惑，體諒那些矛盾，好好地陪我說說話，把思路理一理。或許是彌補心切，或許是一廂情願，長大以後，我特別想扮演那樣的角色，彷彿可以補償一點什麼。

於是，課堂上面對那些年輕的孩子，我時常有一種錯覺，覺得年輕的自己也坐在下面，仰著脖子看著現在的我，聽我娓娓道來。

至於那些做錯的決定、選錯的科系、做錯了的工作、白走的冤枉路，還有浪費了的青春，要怎麼辦呢？

其實，人只要找到了自己，一但坐穩了觀看的位置，那些錯誤的路都會在清澈的觀照中瞬間轉化，成為生命的插曲、意外的風景、獨到的趣味，甚至成為一個個風輕雲淡的故事。

有時候，那些故事比什麼理論都有效，只是說著說著，就能撫慰那躁動不安的青春，梳理那千頭萬緒的迷惘。

輯三・師友

周老師

最近在微信裡看到大陸朋友分享文章，剛好看到周志文老師的一篇文字。拉到底下的留言，發現好多人看了老師的文字，都深受感動。我讀著讀著，便不斷想起和老師時常互動的那些歲月，還有老師對我的疼愛。

周老師在課堂，是生氣淋漓、變化萬端的。但我們剛進研究所，印象最深的，卻是他的嚴厲。

念碩士班時，我修了周老師的課，叫作「近三百年學術史」。這門課研究明末以來學術思想的發展，那正好是中國現代化之前最關鍵的一段時期，學術思想精采紛呈，令人期待，我對這個時代興趣濃厚，選課時毫不猶豫。

老師授課，一開始就提出要求，認為研究生必須大量閱讀，打好基礎，希望我們將《百部叢刊》逐一點讀。光是多讀當然不夠，還必須徹底消化，所以他要求每兩週交一次報告，範圍是明清兩代的思想，主題可以自由挑選，但必須準時交稿，不得拖延。

這些都還不要緊，最刺激的是課堂報告，他當場評點，那讓人如臨大敵。

有一位學長和我們一起修課，因家中事務繁忙，準備時間不足，他報告的主題「李贄」因而出現了許多錯誤。他一下臺，老師臉如寒霜，沉著聲音說：「這是一次非常不成功的報告。」接著逐一挑出錯誤。

我印象最深的是，李贄的「童心說」被學長不慎說成了「童心論」。這種錯誤，一般人多半覺得只是一個錯字，毋須在意。我聽到時覺得不妥，但也說不上哪裡嚴重。沒想到老師當場厲聲質問，毫不留情。我驚疑之餘，隱約地意識到，那不在錯字多少，老師在乎的是態度，對他來說，那不是枝微末節，而是基本的起點。

老師批評完後，告訴學長：「家裡有事，我可以理解，但研究所並不是國民教育，也不是每一個學生所必需，如果你沒有辦法投注心力，就不要念這個研究所。那是你自己應該做好的選擇，選擇以後，就要承擔。」

那一次，全場震驚，鴉雀無聲，我們見識了老師在課堂上的威勢，心中無不慄懼忐忑。

念博士班時，我又選修了周老師的學術史課程。有一位同學做報告，要印書面資料給大家。她從網路上抓了資料，因為複製貼上，未及校對，在講義裡有許多簡體字還留著，沒有轉過來。

不知是否因為對博士生要求更高的緣故，那天，老師在評論時毫不留情，震撼之甚，比之碩士班時尤有過之。我們被震懾得戒懼不安，一動也不敢動。整個課堂上，除了老師的責備，就是同學的啜泣聲。

我們就在他的震撼教育下，走過那些研究生的歲月。

當研究生時，我的論文選了別人沒弄過的大題目——形上美學，但因為學力和經驗都不足，怎麼也寫不出來，總是要「躲指導教授」，一躲就是三四年。周老師後來給我的新書《洲尾紀事》寫序，曾經開玩笑地寫了一段話，讓我尷尬無比，他說：「我想他修博士學位的最後幾年，花的最大工夫不是收資料、寫論文，而是設計一條迂迴的路線，想盡辦法在學校避開熟悉的老師，以免場面尷尬。」看完這些話，又令人忍俊不禁。

我的指導教授高老師一向非常「道家」，他知道我腦子裡喜歡胡思亂想，老是自找麻煩，所以向來不會給我壓力，總讓我自己「悠游玩索」，順乎自然。我享受著高老師給我的自由，卻又覺得不安，渴望著再多一點點的關切。

出乎意料之外，嚴厲異常的周老師，居然扮演了這個溫暖關注的角色。在學時，每過一段時間，他總要主動找我一次，問我近況。在我的碩士、博士生涯裡，這麼多年來，一直如此對待，從未改變。周老師總是很誠懇地說：「你不要誤會，我可沒有要跟高老師搶學生的意思，我就是想關心一下你的情況。」又說：「你兩週一次的報告，師母說你寫得特別好，每篇她都讀的。」

我聽了他的話，覺得又是開心，又是慚愧。

博士班畢業後，有一次班上同學相約，一起去看他。在他客廳的桌上，壓著一幅他的書法，蕭疏閒散，極有樸拙之趣。我們這一屆的同學年紀都比較大，涉世也深，每個都比我敢說話，有位年長的同學一見書法，便說：「哇！老師的字，跟某某老師的字好像呀！」某某老師是名教授，其字眾所稱頌，確實妍媚柔美，這話自然是讚美。但我心裡卻想：那種字美則美矣，柔媚入骨，和周老師蕭疏樸拙的字相比，簡直是兩個世界，怎麼會像？周老師聽了同學的讚美，未置可否，卻轉頭對著我：「世奇是懂書法的，你覺得呢？」

我尷尬非常，只能勉強擠出傻笑，支支吾吾。

我心裡想，奇怪，老師怎麼會記得我寫書法？我腦子轉來轉去，搜索多年記憶，最後只想到一件事：我在碩士班做報告時，研究主題是「顧炎武」，因一時興起，用毛筆在封面題上了「顧炎武」三個字。此外，我實在不記得我跟老師提過和書法相關的事情。

這麼小的一件事，隔了這麼多年，老師居然記得。原來，他的鼓勵與慰勉，從來不是一時興起。對於他教過的學生，他其實心細如髮，一直惦記掛心。

過了幾年，周老師出了一本書，叫作《時光倒影》，寫信告訴我。我接信以後，很恭敬地回覆了，然後趕緊去買來拜讀。那本書裡全是古人古事的評論，紮紮實實，犀利獨到，令人耳目一新，幾乎每篇都有驚喜。

我還記得，那時我剛買了房子，在新裝潢好的屋子裡，我和妻人手一本，泡了茶，就坐在客廳裡靜靜地讀。我們在茶香書味裡神馳想像，反覆玩味，那些夜晚，覺得快活極了。

後來見面時，他開口便問：「那書你讀了嗎？」

我說：「讀了！讀了！謝謝老師。」

「欸，怎麼沒寫信告訴我你的想法呢？」

「我……好的好的……」

「我對其他博士生，都沒有提起出書的事情，因為他們看了也未必明白。但是我知道你能看懂，所以跟你提。你應該要回應我呀！」

「啊，好的好的，老師，我馬上寫。」

我回到家裡，立刻提筆寫了一篇長文，把老師著作裡的觀點做了一個整體分析，當作讀書心得，回信給老師。

老師看了信，似乎頗為滿意，他的回信裡，字字懇切：「我就知道，果然如此。這種書，一般人不太容易看，還是只有你能看進去。一般人看《時光倒影》與《同學少年》，會覺得《同學》一書好看些，因為有故事，而《時光》一書，談的是古書，中間又引述古文，一看就卻步，所以對這本書的回應一向少。但你究竟與人不同，似獨鍾情於此，其中往往見證我的認識與觀點。一方面可見你國學學養深厚，一方面有鼓勵老夫之意，十分感謝。」

面對他赤忱一片的文字，我熱血上湧，情難自已。既不勝慚愧，又充滿感激。

我其實有點孤僻，在團體裡時常都是邊緣的角色，當研究生時也是。在那些不知所措的歲月裡，周老師總是直視著我，盯著不放，一直豎著耳朵，等著聽我說話，然後給我許多鼓勵。

周老師的出現，像雷霆鼓盪，嚴厲懾人，餘威不散。但我後來才發現，在我生命的旅程裡，特別是躓踣困頓、迷茫懵懂的時候，那就是一雙適時出現的大手，既溫暖，又厚實，其實一點也不可怕。

研究所

從法律轉入中文，是一場生命的大轉折，其間受過許多人的幫助，除了毓老師，影響最大的就是研究所的老師。我在淡江遇到的老師，幾乎都身懷絕藝。他們對學生的恩義情份，無形中深入學生的生命，使他們的影響力不斷擴散和延續。

譬如說，教文學理論的李正治老師，第一堂課就發下手繪的「淡江大學周邊全圖」，教我們怎麼深度認識這個環境。開學第二週，他帶我們全班去海邊的「琉璃情」喝咖啡。我們在海畔的咖啡香裡，開始了研究生的生活，覺得胸懷激盪，對學問之路充滿了無限憧憬。

他開的課是文學理論，但無所不講。講文學理論的流派，講論文的基本架構，講中國庭園裡的道家，講生命美學的新視域……。他教我們的東西，浪漫得讓人情思悠遠，壯志飛揚。有趣的是，他總是眉頭深鎖，像是總在深思沉吟，那渾身上下透出來的氣質，像憂鬱詩人，生命似乎就是詩，有許多耐人尋味處。

譬如說，後來新任的所長周彥文老師。我在碩士畢業前夕，使性子放棄論文，不肯再寫。當時他到處找人聯繫我，找到以後，對我曉以大義，反覆勸誡，他的態度既溫存，又堅定，無論如何，一定要我畢業。他提醒我：「生命裡要解決的最大問題，不用放在碩士階段處理，我們一步一步來。我最想處理的其實是中國學術史，但是我當研究生時，先弄版本、目錄、文獻，一步一步，準備工夫做足了，到現在五十幾歲，開始弄學術史，剛好。」我在他的鼓勵裡重新啟動論文，終於及時畢業。

當然還有嚴厲又親切的周志文老師，一般研究生背後稱他「大周老師」，以和周彥文老師做區別。大周老師對我極其疼愛，先前已用專文寫他，這裡暫且不贅。

研究所，應該算是高等教育的深造階段，但是對我來說，卻等於全新的開始，簡直是一種懵懂待發的階段。主要的原因是，大學時主修的法律並非我的興趣，研究所回到中國文學和思想的探究，那才是我深心所託的世界，這一段學習的歷程，更像是我真正的大學生活。

我得承認，研究所的訓練，一開始的感覺並不怎麼舒服。在那個環境氛圍裡，我似乎老是被迫要一直去檢視我說話的習慣：這話是什麼意思？是在什麼樣的脈絡裡說的？如果它成立，是在什麼樣的前提下成立？這裡面的邏輯合理嗎？這樣的表達有效嗎？

因為不斷被這樣提醒，而我想要做的研究，又偏偏是一種近乎直觀的想像，比較屬於體驗性的課題，這時常讓我有一肚子想說的話，但在方法論的嚴厲檢視下，好像越說就越膽怯了。我不斷地去推翻自己那些直觀直覺的表述衝動，到後來，別說論文，連一般文章也寫不出來了。

好比說，我對中國武術感興趣，我就忍不住想：這樣的東西，它的內在指導思想是什麼？它是怎樣構建的？這樣的活動，裡面的靈魂或內核應該是什麼樣子的？它和道家思想可能有怎樣的關連？它和生命的自我完成又有什麼樣的關係？……諸如此類抽象模糊的問題，我都想問，問得來勁，但我完全找不到適當的路徑去回答。只要一答，就會被自己的檢驗機制推翻。

我在實踐感受中引發了探索的動機，但那些感受都非常直觀，需要有效的分析。而對於操作它的學術規範，我卻十分陌生。不但陌生，而且由於文化上的某些差異和衝突，在心理上簡直是隱隱地排拒。

最苦惱的是，等到我一點一滴稍微克服了那種排拒感，終於對學術規範稍微有了一點熟悉感之後，我那原來的創造和探索的衝動卻又消失無蹤。拿著筆，我時常一句也寫不出來。我在研究所的學業，因此拖了六年，裡面有三四年的時間幾乎都在逃避、困頓的狀態裡，痛苦莫名。對我來說，這個「學術訓練」的過程毋寧是不太愉快、不甚舒服的。

但等我走過了這一段路，回頭看時，對研究所的老師卻充滿了深深的感激。他們對我說的，做的，都大大滋養了我的生命。

我的指導教授高柏園老師，是一個非常有魅力的人。他的態度和悅、舉止從容瀟灑，思路清晰明快，整個人充滿了無以名之的吸引力，學生無論男女，沒有不喜歡他的。他不是中文系出身，來自哲學系、哲研所，對於論述的方法非常講求。我和他說話時，時常被帶到一種很陌生的情境裡，條分縷析，而又抽象嚴密，那是一種新鮮的學習經驗，和一般中文系的課程確有些不同。

他待人非常熱情，照顧非常周到，而且幽默風趣，令人如沐春風。但和同僚、學生似乎又時時刻刻保持著微妙的距離。那種距離感，微妙得難以言傳。

博士班的授課老師裡，有一位故宮退休的副院長，名字極特殊，叫做昌彼得。他開課有個特別的要求，就是每週五的晚上都要聚餐，而且都是老師請客。那種餐會很有趣，許多老師們都會趁這個場合，來向齒德俱尊的昌老師致意、敬酒。高老師是所長，自然要來，但他每次敬酒，都是三杯，絕不多喝。

我記得有一次聚餐，另一位年輕的教授和他十分相熟，故意用話激他，逼他非要多喝幾杯。也許因為交情夠，言詞之激烈，我們都有點坐立不安。高老師舉杯一飲而盡，連盡三杯，然後哈哈大笑，笑容滿臉的轉身離去，對激將法恍如不聞。他的底線是三杯，說什麼都沒用，無論聽了什麼，也不動氣。

我那時對他充滿了驚嘆，覺得這樣的人真了不起。人情分寸的拿捏，怎麼能這樣精準。

我渴望著親近老師，卻又覺得似近實遠，似乎無門可入。我常想跟老師說幾句「體己話」，但因自己沒有準備足夠的問題，說著說著，話題也就結束了，似乎總說不到裡面去。可「裡面」應該是什麼，我又說不清。

讀到《莊子》的時候，裡面說：「藐姑射之山，有神人居焉，肌膚若冰雪，淖（綽）約若處子。不食五穀，吸風飲露。乘雲氣，御飛龍，而游乎四海之外。」我那時候覺得，老師就是那個姑射神人，吸風飲露，不食五穀，而且邈遠難及。

事實上，高老師對我非常疼愛。我後來念博士班時，系上的思想史、韓非子，學校的通識科目「古典文學賞析」都曾經找我去開課。開南管理學院成立時，他也介紹我去授課，為我增加了許多在大學裡講課的歷練。

我很多年之後才明白過來，他培養學生，自有獨到的思路。像我這樣的學生，腦袋瓜裡什麼都想，最擅長的就是折磨自己。他要給的不是「話桑麻」、「道家常」，而是用方法、給磨練。他覺得我想得已經太多了，不必再談得更遠，只要給出方法就夠了。

他曾經慨嘆，我們這些孩子都聰明，但念起書來，火力、效率都不夠。悠游玩索當然好，但學術訓練不能不講求效率。他從研究所開始，嚴格要求自己，全力以赴，一路過關斬將，到三十五歲那一年，就拿到了教授的資格。我偶爾發發牢騷，說自己蠟燭多頭燒，又上班、又念學位、又這又那，他便笑了，說：「人到了一定年紀，總要同時扮演各種角色，承擔各種責任。你還奢望著生活裡只做一件事？那種日子，早就過去了，不會回來了。」事實上，在那些「只做一件事」的年代裡，我們往往正在胡思亂想，覺得生活太單調，滿腦子想給自己找點麻煩。

他當所長、系主任、副校長多年，各種人事上的紛繁未必沒有，但我從來沒有在他那裡聽過一句人情的感傷、世事的喟嘆，那些感嘆有點像騷人墨客的印記，不可或缺的文人標章，卻和他完全無關。每次問起他的近況，他總是笑容滿面、一派輕鬆的模樣，笑嘻嘻地說：「事情總是那麼多，處理就是了。」

我後來結婚的時候，想起老師待我的恩義，又因妻也是他的學生，於是鼓起勇氣，請老師證婚。他不但一口答應了，而且當天穿梭全場，主動幫我招呼客人，處理各種瑣事，宛如總招待，絲毫大學教授的架子也沒有。如果不說，沒有人知道他是研究所的所長、大學的副校長。

這就是我在淡江中文所遇到的指導老師。他聘來許多一流的教授，為我們打開心目視野，迎向一片陌生燦爛的新世界。而他自己則像個「姑射神人」，老是乘雲氣，御飛龍，輕快地在四海之外游來游去，出入俗世，渾無沾滯。

對我這種多愁善感、老愛自尋煩惱的學生來說，也許，那就是最好的身教。

美學

高老師擔任淡江中文所的所長，延聘了許多不同專長不同領域的優秀教授，其中包括另一位哲研所的教授，蕭振邦老師。蕭老師在所裡開的課，是「美學研究」。帶著無盡浪漫的憧憬，我毫不猶豫地選了他的課。從此之後，我的學習進入了新階段。

初入研究所，其實什麼領域都覺得好奇，但蕭老師引領的美學世界，強烈地撞擊著我對這個世界的渴望和衝動，我總覺得，也許美學可以給出我要的答案，關於生命的答案。

蕭老師和高老師一樣是哲學系出身，但性格完全不同，他既溫暖，又嚴厲，給了我們極大的壓力，又激發了我們極大的學術熱忱。我情不自禁地追逐他的腳步，明明是天生的大路癡，卻總是冒著迷路的風險，「千里迢迢」地到中壢的中央大學去找他。

各種對學術的好奇不斷從心底冒上來，我壓抑著各種緊張和不安，不斷地向他請教各種問題，從學術到生命的各種胡思亂想，無所不問。即使他是如此嚴厲已極、不苟言笑的老師，但不知為什麼，那些我不敢對高老師說，或者不知道怎麼說的話，在蕭老師這裡竟然能夠直言無忌，暢所欲言。我覺得什麼都可以問，而且一聊就是一整天。

當我拿著論文草稿去找他的時候，他不厭其詳，逐一細改，從結構、思路到研究方法，他一邊細改，一邊說明，我的整篇大綱被他改得幾乎體無完膚，重新修改以後，卻層層相扣，緊密到了極處。

高老師給我的，是人格風範、觀念方法，還有幾乎無邊無際的高度自由。蕭老師給我的，則是手把手的精心指點，我在他那裡得到嚴厲無比的震撼教育，卻同時享受著親近溫暖的師徒情分，對他總是又仰慕，又害怕，又眷戀。

我去找他時，時常跟著他到中央大學哲研所的辦公室，在一筒一筒的書堆裡說話。他時常隨手一指：「你看這本，就叫《孤獨》。孤獨，現在是一門顯學了。孤獨，不是寂寞，你知道嗎？寂寞是情緒，孤獨不是。」諸如此類，信手拈來，他隨時提點，時常都有驚喜。

有一次我們一邊上樓梯，他突然轉頭問我：「你做美學，是為了這篇碩士論文，還是打算以此為職志，終身研究？」

「啊？我是想……終身……研究……」我有點手足無措，回答得有點不安。

「嗯，好，很好。」他於是又叼起煙斗，很滿意的表情，一路帶著我走進他的辦公室。

他抽的煙斗很講究。對煙草的品級，其實我一無所知，但他煙斗上的味道，不論是否點著，都是一種淡雅的香氣，從來不會讓人反感。和這樣的味道相比，像紙菸那樣的味道，簡直就臭不可聞了。

我從小在物質上受著嚴格的限制，節儉已成了深入骨髓的本能反應，但制約反應太深，在物質上的態度不免有些極端，會下意識地過度壓迫自己，以致對物質失去基本的探索動力。譬如喝茶，好茶反正買不起，那便不要講究茶味。若喝到了好茶，喝過便算，絕不講究茶具好壞，以免自找麻煩。

有一次我到老師那裡去喝茶，談到茶具，老師很理所當然地說：「你喜歡喝茶，家裡至少也有幾把壺吧？這壺……」老師話沒說完，便察覺我表情古怪：「怎麼了？」

「老師，我只有一把茶壺。」

他驚異莫名：「一把？綠茶、紅茶、普洱茶都是同一把？」

「是……」

「這怎麼可以？你怎麼可以這樣對待茶葉？什麼茶葉都丟到同一把壺裡，那味道不是都弄壞了？這不是糟蹋茶葉嗎？」

我吃了一驚。我還以為自己經年的節儉，是最惜物的作為。我從來沒有想過這種做法會是「糟蹋」。

「萬物都有物性，都有它最好的對待方式。《大學》不是說『格物』嗎？你不了解物性，怎麼對待？不好好對待，怎麼叫做惜物？」

我訥訥無語，只好默然記下。不但茶如此，咖啡如此，煙草也如此，他的品味之講究，讓我大開眼界，開始用新的眼光，重新看待身邊所面對的每件事物。這種品味，和奢侈一點關係也沒有。事實上，蕭老師看起來極度樸素，永遠是一件襯衫，搭配西裝吊帶褲，一桿煙斗，還有那最不起眼，卻又獨特的平頭。

他不上理髮院，頭髮一向自己剪。他說，正面很好剪，後面雖然難一點，也沒什麼，他練過很多次，早就抓到規律。只要把右手繞著後腦勺，一路剪到手伸不過去的地方，就停。左手的剪法也一樣。這樣兩邊剪出來的頭髮，會是對稱的，頭髮這種東西，只要整齊對稱，就不失禮。

我大為驚嘆，佩服無比。我曾經東施效顰，自己剪過多次，一直沒有成功，後腦勺的髮型，用媽媽的話來說，就像「被狗啃過」一般，令人發噱。

我因敬慕老師，不遠千里，多次拜訪。老師卻也不憚其煩，每次都極其所能的端出最好的東西招待我。我在那裡喝過好茶，好酒，好咖啡，都是我品嚐過的極品，但在他的客廳裡讓我最難忘的，卻是角落裡一尊無聲無息的雕像。那明顯是個外國人的模樣，我第一次進屋，便忍不住問，那是誰。

「斯巴達。」老師淡然回答，但眸子裡精光閃閃。

我大吃一驚，斯巴達？那是我印象中的斯巴達嗎？記得那是軍國主義的獨裁，要求的是生活簡單，步兵的訓練紮實，作戰能力極強。我們最常用的詞語是「斯巴達教育」，指一種嚴格的教育和培訓制度，強調團體價值勝過個人興趣，目標是培養出身體、德行都極其強健的男子，鼓勵他們互相搏鬥，以求其強壯，為軍隊效力。在「後現代」氛圍裡成長的我們，一想到這個詞彙，總覺得多少有點貶義。

見我滿腹狐疑，老師含著煙斗，似笑非笑，然後口裡吐出了四個字：「絕對理性。」

對照蕭老師的舉止行誼，像有一道閃光在腦海裡閃過，我恍惚覺得，好像有點明白了什麼。

我在博士班上課時，對老師上課的內容其實頗感苦惱。因為所謂「美學」，事實上是哲學，課堂總是有大量的抽象尋繹和嚴密推論。極度抽象也許使理路更加精確，卻也使感受的媒介消失。我是極憑藉感受在理解世界的人，在研究所上「美學」，時常覺得苦不堪言，一點也不「美」。

但有一次他講魏晉人物，氣氛頗不相同，人物的形象和故事性，使得課程內容變得大大豐滿起來，我那一堂課上得如癡如醉，快活極了。那天一下課，我便衝到講臺前去，熱情無比地回饋，告訴老師我在這堂課有多麼享受，多麼快樂。

我話還沒說完，已經覺得不對，對照我的興奮，老師冷靜得嚇人。他似乎絲毫不覺得受到學生稱讚有何可喜，只是神色冷冷地看著我，然後說：「這是你的缺點。你老是在具體的感受中學習，一旦進入了抽象符號的推演，就覺得排斥，這對學術研究不利。你應該改掉這種依賴感受的習慣，而不是堅持它、延續它。」

老師的「絕對理性」，既是言教，也是身教，時常讓我有如夢初醒之感。

我的碩論歷經許多波折，並不順利，在那許多困頓的情境裡，總覺得愧對老師，一直不敢煩他。等到六年期滿，好不容易把碩論擠出來，稿子一交出去，心裡一鬆，我便恢復了和蕭老師的聯繫。蕭老師讓我到中壢去看他，又是好茶，又是好咖啡，我又品嚐到那些絕妙的滋味，開心極了。

我對老師感激之情難以言宣，堅持要請老師吃飯。老師說：「沒有這樣的事，我要恭喜你，當然是我請客，走。對了，今天我兒子也會一起去。」

我和老師的大公子很驚喜地相遇了。他大約小學三年級，長得肌肉飽滿，十分厚實，臉上的神情，也是極溫良忠厚的模樣，我一見就很喜歡。

蕭老師去開車時，我和他的公子一起在門口等候。我正想法子跟他搭著話，他突然緊張兮兮地說：「叔叔，等一下……我……可不可以坐在前……」他遲疑囁嚅了一會兒，突然覺得自己說錯了什麼，十分不安，又急急忙忙雙手連擺，說：「啊……沒有沒有，叔叔不用了，對不起。」

我還正狐疑著，老師的車已經停在門前，他搖下車窗，溫和地對我招手，請我坐在旁邊的副駕駛座。然後轉向他的孩子，很篤定嚴肅地說：「坐後面。」

他的孩子幾乎是魂不附體地慌忙喊了聲「是」，立刻鑽進了後座，乖乖坐好。我想到剛剛他鼓起了不知多大的勇氣，說他想要坐在前座，但父親一出現，那念頭又瞬間被嚇得消失無蹤，忍不住莞爾。

到了餐廳，老師照慣例為我點了素食，給兒子點了炒飯，然後開動。大概我們都是男生，肚子也都餓了，如風捲殘雲，他很快就把飯吃完了。老師轉頭問兒子：「你有吃飽嗎？」

他遲疑了一會兒，摸著肚子，想了一下，「唔……還好……」

我聽這話音，大概就是七分飽的意思，感覺上還可以再吃點兒，我拿過菜單，猜想老師應該會再點個什麼。不料，老師點點頭，便說：「不要吃太飽，吃太飽，會影響思考。知道嗎？」

「知道。」他怯生生地回答。

我愣了一下，忍俊不禁。若不是懾於老師素日的威嚴，我一定會放聲大笑，滿地打滾。對一個小學三年級的孩子說「不要吃太飽，會影響思考」，老師一定是在開玩笑。

但老師臉上毫無笑意。我忍著笑，心裡想，老師的家庭教育，真的與眾不同。我於是又想起他對我的嚴厲指正，特別是想起他說的「絕對理性」。

「絕對理性」雖然美好，但在畢業口試的時候，卻使他成了學生心目中的「殺手」。

有一次他擔任口試委員，對學生的碩士論文很不滿意，將所有論文的錯誤逐一挑出，至於使用他人資料而未註明出處的，也全部找出來，一一指陳。他將整篇論文的問題全部指出以後，決定「不予通過」。當時其他委員都十分震驚，尤其是那位研究生的指導教授，畢竟有師徒情誼，特別為他說情。

蕭老師說：「不不不，你們不要誤會了，我絕對不是要找學生麻煩。只是這樣的論文，我覺得還不到碩士論文的標準。我既簽了名，就要負責，必須確保論文符合標準。你們可以給他過，沒有問題，只是口試委員名單上，不要簽上我的名字，你們怎麼安排都可以，我不會有意見的。」

那個研究生，後來沒有畢業，退學了。

原來，在學術論文面前，他真的可以六親不認。我震懾無語，再一次見識了「絕對理性」的威力，同時也醒悟到一件事：「君子愛人以德」，不論是高老師或蕭老師，對我的疼愛其實都無微不至。他們的方法不同，但都是針對我的性格特點，想辦法給我磨練和引導，要讓我得到最大的進步。

兩位老師都是哲學系出身，學術性格也和中文系頗有不同。我後來進入職場，發現自己的特質和中文系同僚有些微妙的差異。我回想自己的學習歷程，總覺得這和哲學系出身的兩位老師多少有些關係。

妻時常聽我說起研究所的老師，每次都聽得津津有味。聽完還要追問細節，反覆多次，樂此不疲。她也是淡江畢業的，但有些老師只在研究所開課，她沒碰上，便又加倍好奇，譬如蕭老師。

有一次我說，我想蕭老師了，我們一起去看看他吧。她大聲叫好，滿心雀躍，我們於是聯絡妥當，立刻出發。

這回再去中壢，老師已經從教職員宿舍遷出，搬到了自己買的房子，仍在中央大學附近。仍然有好茶、好咖啡，仍然讓我們品嚐得如癡如醉。

不過，我們沒有想到，聊天的話題很快就轉到一個「嚴肅」的問題：孩子。我有點不好意思，只說「還沒有，順其自然」。

他卻拉下臉來，沉聲問道：「順其自然？你都幾歲了？等你哪天想要，還來得及嗎？那時候你要與天爭嗎？」

我們愣在那兒，一時不知怎麼接話。他接著又說：「人為什麼要有小孩？因為你在三四歲以前沒有記憶，你根本不會知道自己是怎麼長大過來的。這一段記憶的空白，只有在為人父母之後，你才有機會填補起來。如果你要當頂客族，另當別論；如果不是，就要全力以赴！哪有什麼順其自然？」

我們面面相覷，好一會兒說不出話來。

那之後，我們才開始認真面對這件事情，直到有了小寶。

小寶出生以後，手忙腳亂了好一陣子，突然又想起蕭老師。我想到整件事情的開始，居然是從他那場責備而起，趕緊把小寶的照片寄給老師，衷心感謝老師當時的提醒和督促。

我立刻就收到了老師的回信：「可喜可賀！再看父子合照，果真只能讚嘆——君子之道，造端乎夫婦！請珍惜努力了。禮讚小生命！」語氣還是那樣，那麼親密又嚴厲，還是那麼「蕭老師」。在我畢業那麼多年之後，我的老師仍然像初相識那般相待，直截了當，毫不見外。

蕭老師的美學，就是哲學，在理性中展開，是生命實踐體證之學。他筆下寫的，身上做的，都打成一片，既是學術，也是生命，言教和身教渾然一體，不再有任何區別。在他的美學世界裡，沒有浪漫的吟哦，無邊的遐想，只有純一不雜的精思力踐。這樣的美學，和那些流行討喜的美感導覽完全異趣。

這是我的老師，我的研究所，我的求學之路。成長的過程裡，我跌跌撞撞地摸索著長大，老是懵懵懂懂，不知用了多少力氣，去嘗試著各種可能的錯誤和冤枉路。幸好老師們在我的研究生涯裡陸續出現，時時提點，處處提攜，讓我們的生命圓滿豐富起來，終於活出一點夢想，活成自己想要的模樣。

我在碩士班跌跌撞撞地念了六年，博士班又慢吞吞地念了八年，那些當研究生的日子，其實都是在老師嚴如雷霆、暖如春風的照拂中走過來。等到我猛然驚覺，自己已經五十歲了。想起老師們的許多照顧，忍不住眷戀起當學生的幸福。

這些年，正是老師們為我打開了宗廟之美，百官之富，讓我學會安身立命，慎獨自誠，終於在求學之路上揚鞭縱馬，指劃山河，那是生命的再造重塑，我永遠不會忘記。

學長

我們有十六年沒見面了，卻因為實習學生的一場「教學演示」而重逢。人間的遇合，真是怎麼想都想不到。

我的實習學生跟了我半年，到了期末，自然要通過「教學演示」檢視實習成果。她在政大的指導教授，居然就是我當年在淡江的學長。知道學長要來，我驚喜得手舞足蹈，簡直像喝醉了酒。

看到學長，那許多青春時代的記憶都回來了。

那是我意氣風發的年輕歲月，在觀音靜臥、淡水長流的淡江，和那許多老師、友朋一起論學同遊的地方，那裡，有許多我生命裡重要的記憶。看到學長，我又活回了那一段美好的時空。

我剛開始教書時，雖然私校聘僱的自由度比較大，但從法律轉中文，還是要拿到中文系本科的學分，對學校也有好處。因此，我很快修滿了教育部規定的廿五個學分，完成了基本要求。

跨科教書的資格有了，本不一定要再去念研究所拿文憑。但是，我想著淡江社團裡那些練拳的師兄弟，想著在淡江集訓的種種美好時光，想著宮燈下練拳論道的癡迷，我抱著浪漫的憧憬，還是去考了淡江的中文所。

那一年，我廿六歲，順利進入淡江。淡江雖是私立學校，中文系卻聘到了許多學界拔尖的老師，整個系裡的風氣開放自由，活潑蓬勃，充滿朝氣。

系上沒有什麼派別系統的分別，倒是每年召開思想、文學與美學研討會，許多中生代的才學之士聚在這裡，議論風生，或激辯，或歡談，笑聲與論述交錯如潮。

窗外是五虎崗、淡水河、寬闊的海景和天空，走出去就是海口、渡船、小鎮、古廟，參差錯落，嵌在綿延的觀音山腳下，空氣裡似乎瀰漫著海的味道，山的氣息，還有一種毫無包袱的年輕活力，洋溢在論學的氣氛裡。

海畔小鎮的風情，滋潤著岡巒起伏的校園，雄心勃勃的師生，似乎儼然要把這裡發展成美學發展的重地。李正治老師一篇小論文「開出生命美學的領域」，震動激盪著年輕的靈魂，讓我們激動不已，慶幸自己來到此地。

淡江的環境，像一個家庭似的，把大家的情感認同自然地聚攏在一起。師生論學，有時浪漫得像詩像畫，進研究所的第一年，我們的文學理論課，有時是在餐廳，有時是在咖啡館，一開學，老師就畫了淡水地形，把全班同學帶去海邊，指點老街，細說古城，整個走了一遍。念中文研究所，居然是在老師的實地導覽中開始，我覺得幸福得有點迷茫。

有一次，我遇到詩學的問題，想請教陳文華老師，跑到系館去。那天一群教授正好吃了飯、喝了酒回來，我在系館門口和他們相遇。

我的指導教授是高柏園老師，當時擔任所長，正帶著他們一起回來。他看到我纏住陳老師，一開口就要問問題，指著我哈哈大笑，對陳老師說：「欸，不要理他，這個人又不吃肉，也不會喝酒，跟他說話多沒意思，不要回答他啦！」

他是山東大漢，一貫地瀟灑豪邁，聽他開我的玩笑，我和陳老師都忍不住莞爾。陳老師把我帶到旁邊：「來，什麼問題，你說。」

那天陳老師剛喝完酒，整個臉紅通通的，醉意甚濃，但是我一提問，他立刻抓到重點，應聲回答，精準扼要，而且引用詩句倒背如流，毫無失語。我當場大為驚嘆，那感覺到現在都記憶猶新。

當時高老師眼光精準，氣度宏遠，所裡請來了好多非常好的老師，除了他自己開的哲學，還有陳文華老師的詩學，施淑女老師的現代文學，大周老師（周志文）的學術史，小周老師（周彥文）的文獻學，蕭振邦老師的美學，李正治老師的文學理論……每一門都讓人終身難忘。

我們在課堂上聽老師縱論蘇州園林，無不悠然神往，心目為之一開。聽中西美學的專題分析，老師雖然嚴厲非常，他的學術精到處，卻讓我們熱血沸騰。上現代小說理論時，老師將臺灣和大陸的作品兩學期對開，細究各種不同的小說情味，那種享受實在近乎奢侈。還有人物鮮活、情態具現的學術史，老師除了講課精采之外，雷霆一般的霹靂手段又把我們嚇得心膽俱裂，不敢不提著魂兒做報告。

而不管是什麼課程，師生關係幾乎都非常緊密親和，當學生被論文壓垮，想要放棄時，有許多老師會追著學生，又哄又說，把他拎回來寫論文。「生命美學」不是牆上的題字、論文的術語，倒像是空氣裡漂浮的氣息。系所上的學長姊，沒有那些生澀疏離、交際酬酢，一碰面就能說話，一說話就像真正的哥哥、姊姊，明明是初相識，卻像是久已熟悉。那種相處的氛圍，會給人強烈的歸屬感。

有一位學長已經到師大去了，碩士博士一路念上去，在外面活得風生水起，卻老是回來淡江，和我們一起聽課，一起談論各種學習的內容，細說那些生命裡的價值判斷。

印象最深的是，有一次開學術研討會，學長舉手發言，神態穩重謙和，非常斯文，他字字清晰地自報姓名：「淡江大學曾守正發言。」一聽起來，就像他只是個淡江大學部的學生。那一剎那，我們的心裡都湧起一股溫柔。他去了師大那麼多年，說自己是淡江的學生時，還是那麼理所當然，溫和篤定。

他博士畢業後回來淡江教課，仍然像當年一樣，風度翩翩，溫和穩重，跟大家像兄弟姊妹一樣說話，親切溫暖，毫無隔閡。

那一年，北京大學的袁行霈老師來訪。臨行前，淡江許多老師、學長去渡船頭一家燒烤店為袁老師餞行，我也去了。學長坐到我身邊，和我談天說地，就像兄長，又像同學，無話不談，如沐春風。我心裡想，啊，讀書就是要讀成這樣，所讀的書都化成了風度韻致，這樣多好。

那一年，他進了政大當教授，我進了博士班。當日一別，我們就沒有再見到面了。一眨眼，十六年過去，那些研究生的溫度氣味、風華歲月，似乎就這樣漸漸離我遠去了。

當我的實習學生來學校報到時，說起自己的指導教授，學長的名字突然出現，那一剎那，那許多淡江的美好記憶都回來了。

我們在教學演示的教室裡重逢，結束後的「議課」，話匣子打開了便關不住，就像壞掉的水龍頭，簡直有說不完的話。時鐘不知被誰撥快了，兩個小時一下子就過去了。

學長還是斯文如昔，風度翩翩，我則回復了研究生時代的模樣，放言高論，縱聲大笑，淡江的種種褪去的記憶，在那個教室裡被我們一一喚回。我的實習學生在旁邊聽著兩個老男人痛快地敘舊，一邊吃驚，一邊忍笑。

學長還有事情要忙，我們談到一個段落，不能不先打住，我於是親送學長出去。

走出莊敬大樓，天空已是夕色微暈，青綠的草皮上泛著土壤的氣味。我們橫越操場，仍是絮語不休。實習的學生跟在後面，忍不住舉起了手機，默默拍下了我們倆的背影。

她說，看著那個畫面，心裡說不出的溫暖和喜樂。人間的遇合，原來可以這樣美好。

杜甫的詩說得太好：「人生不相見，動如參與商。今夕是何夕，共此燈燭光。」這樣的重逢，真是歡喜，歡喜得如真似幻啊。

我是這裡畢業的

我大概是諸事皆晚，學業晚，結婚、生子都晚，也不知道這是什麼命，總之曲折特別多，無法與別人同步。等我想要學點日文時，我已經四十五歲了。

在初階日文的課堂上，我遇到了一個很好的老師。她六十歲了，沒有結婚，還保養得很漂亮，身體、精神都比一般人好得多。從系主任退下來以後，仍然是系上的臺柱，不分日夜，什麼時段的課都接，一週上七天的課，照樣體力充沛，毫無疲態。看到她，時常會讓人興起一股力量，不管做什麼，都覺得應該要卯起來做，全心全意。

有一次在課堂上，她忽然來了興致，跟我們聊天。她說她有個遺憾，她是高雄女中畢業，本來是第一志願的學校，不知怎麼回事卻考上了文化大學日文系，她覺得丟臉極了，心裡一直有個疙瘩，揮之不去。

聽到這裡，我旁邊的同學忍不住哈哈大笑，舉手說，老師，這裡有一個明星學校畢業的，他也考上文化。

老師聞言大驚，「真的假的？誰？」

我坦然舉手，卻忍不住嘴角的莞爾。

老師不敢置信地走過來，「真的呀？你是哪所學校畢業的？念文化？」我笑嘻嘻地回答了。

這個時候，老師竟激動地伸出了手，和我緊緊相握。那肢體語言裡，「同是天涯淪落人」的意思不言可喻，班上的同學見了這一幕，都忍不住哈哈大笑。

我完全明白她的心情，走過這一條路，那心裡的衝突、煎熬，不是一言可盡的。

高中時，經歷了學校強索簿本費事件之後，我心灰意冷，對那樣的名校簡直全無好感。我沒有想到的是，彷彿受著命運的捉弄，我偏又考進了文化，開始了另一種痛苦。

大約我對人的要求太苛刻，總是看見別人的缺點。同學們喜歡穿西裝上學，談論名牌服飾和配件，我覺得虛榮愚蠢。同學們開會不明流程，說要直接表決再慢慢討論，我白眼翻到後腦勺。同學用流裡流氣的語氣搭訕，我簡直不知道把眼睛耳朵放在哪裡才好。

我老是看見別人的缺點，把自己弄得氣惱又怨怒，覺得鶴立雞群，虎落平陽，苦悶已極。班上有幾個同學明白我的心情，對我卻很友善，鼓勵我參加轉學考，而且充滿祝福。

有一天，我收到她們送的禮物，卡片上寫著：「祝福你，能進入真正屬於你的地方，快快樂樂。」我看了百感交集，居然有一種隱然的慚愧。

我在跌跌撞撞之中辦了休學，還是沒能調整好自己，轉學考兩度失敗，終於死了心，無可奈何地接受了現實，老老實實復了學。

大學「五」年，當然也沒有白過。文化的課翹得兇，大約一半的課程都沒去上，但也去了別的地方。前幾年，我在臺大聽法律系的課，後幾年，我也在臺大聽中文系的課。多數的晚上，我都在爨舍聽毓老師的課，大三以後，多數的晚上都在練拳。時間倒也不算浪費，但那種高度的苦悶，使人靈氣全失，學是學、練是練，總是進步緩慢。

困在苦悶裡的那種不甘心，固然也能成為一種激勵，但它對人的心理傷害太大，整個人會有一種揮之不去的陰鬱，烏雲難散。

在這個過程裡，天天都能看見，我們身邊的人是多麼依賴學歷這個標籤。

有一年，經由老友介紹，臺大的教育學程來了幾個學生，到我班上來練習「試教」。有個孩子大概覺得高中學生還小，應該喜歡聽老師閒扯，一上台，就開始聊吃吃喝喝、生活瑣事，幾分鐘過去，始終進入不了正題。就在她開闢新主題，準備講講她家的蛋糕盒如何使用時，我終於忍無可忍，當場請她下臺，結束「試教」。

事後和同事提起此事，語多抱怨。同事說：「臺大的還不好，那誰好？」我一下卡住了，愣在那兒，無言以對。原來，他們對人的評價標準都是如此「簡便」的。

這個現象，當然不是特例，教師甄試時，有人會把臺大的放一邊，其他捨棄；也有人會把碩博士放前面，其他不考慮。這種評價之不妥，不問可知，但很顯然地，許多人都習以為常。

我和一位長輩說話時，有一次提到一件我們共同經歷的事情，我說我沒有印象，他指著我說：「難怪你會考上文化。」我發現，那天讓我感到不快的原因，除了不喜歡這種無禮的玩笑，也包括這種價值觀的僵硬和錯亂。

我雖不喜歡這種判斷，卻隱隱察覺，自己也一樣受著這些標籤的制約，並未自由。如果我已經自由，就不會那樣不快。

我一直以為，自己對於標籤名相的破除，像是做得還不錯的，但其實沒有。標籤無處不在，除了別人對自己的評價，還有自我的認知定位，儘管我們都知道那只是個標籤，卻總是缺乏足夠的信心，把這些標籤全部撕卻。

因為當我們把標籤撕卻的剎那，鬆泛的自由感也只有那一會兒，但緊接著湧上來的往往是其他的標籤。等我們撕到一定地步，就是一片茫然。當所有的標籤都沒有了，我還是誰？

我們往往自謂獨具洞見，不同流俗，不受名相的制約羈絆。其實拆解能力有限，拆去一層，又是一層，總是拆不到底。因為害怕拆著拆著，「自己」就這麼不見了。

我們所認知的「自己」，無非是掛在這些東西上面：財產、工作、社會地位、認可、知識和教育、外貌、特殊能力、關係、個人和家族史、信念系統，有時候還要掛在一些集體身份上面，政治的、國家的、種族的、宗教的，幾乎人人都不可免。

等這些都拆完了，我們就被脫光了，害怕得瑟瑟發抖，因為不知道自己是誰了。我所鄙視的那些人，他們的害怕和我的害怕，其實沒有什麼兩樣。

一直要到很多很多年之後，我才慢慢察覺自己的陷溺，驚覺自己和他人原來沒有不同。

我偶爾會想起那個被我厭棄排斥的文化大學，想到那些年裡我錯過了多少東西。文化大學就在陽明山的山腰上，那些山上的白雲、陽光、和風、山嵐……我居然比誰都陌生。文化人所獨享的那些美景和歲月，我一直都是忽忽奔過，從未品嚐。

這個週末，我在妻的慫恿下，第一次開車帶小寶進了位在山仔后的校園。開進去時，我連母校的路也不認識，總要不斷左顧右盼，再三確認，妻在後座忍不住直笑。

我終於找了個地方，把車停好。我們下了車，穿過法律系所在的大成館、網球場、曉峰紀念館，最後來到了籃球場。空地上有個比小寶稍大一點的女孩兒，和一條柴犬在追逐嬉戲，那氣氛很吸引我們，於是決定讓小寶也來跑一跑。

小寶看到空地，興高采烈，開始撒歡跑起來。他的出現，立刻吸引了小女孩和他的家人。女孩的爸爸帶著讚許的眼神看著小寶，毫不掩飾地說：「妹妹你看，這個底迪長得好帥，眼睛好大，皮膚又好白啊。」

女孩的看法和父親似乎一致，小寶跑到哪兒，女孩就追到哪兒，看得出她對小寶很有好感。她非常大方，一追到小寶，便不斷地跟他攀話：

「我叫做某某某，那你叫什麼名字？」

「我今年四歲，你今年幾歲？」

小寶卻突然害羞起來，一邊笑瞇瞇地擠出兩個深深的酒窩，一邊轉過頭鑽進我的懷裡。

小女孩並不介意，一次次反覆地問。只是女孩一靠近小寶，小寶便又發足奔跑，像是有些不好意思，又像是和她追逐玩耍。

女孩毫不氣餒，接過媽媽遞給她的果凍，毫不遲疑地推到小寶面前，「底迪，這個給你吃。」

小寶慌忙轉身，立刻鑽進我的懷裡，似乎不知如何是好。我知道他喜歡，鼓勵他接下來，讓他對姐姐喊了一聲「謝謝」，兩人便面對面的吃了起來。

女孩的態度一直很大方，除了跟小寶說話，也找我攀談。我見她的父母、阿姨，還有其他的家人們態度都非常友善，那位媽媽甚至給小寶準備了果凍，還幫他噴了乾洗手為他消毒。於是我笑瞇瞇地看著小女孩，和她聊起天來。

傍晚時分的陽光一片金黃，球場上到處洋溢著溫暖和悅的空氣，我看著不遠處的大成館，想起那些苦澀的歲月，不無感慨地對女孩說：「妹妹，你知道嗎？我就是這個學校畢業的唷！」

小女孩還沒回答，她的身後卻響起一片聲音：「我們也都是這個學校畢業的！」

我大吃一驚，眼前那群年輕人一個個分別自我介紹：「我是資工系。」「我是資管系。」「我是韓文系。」……

我張大了嘴，簡直說不出話來，過了一會兒，訥訥地說：「我……我是……法律系畢業的……，系館就在大成館……」

「嘩……」

耳畔居然響起一片讚嘆聲，好像表示「法律系好厲害」之類的意思，看著我的眼神，變得更親近了。

我突然想起自己那麼多年來，對這個母校的厭棄，還有那些同學們對我的包容，覺得臉上熱熱的，有些難為情。我一時不知要說什麼，問了一句：「你們都好年輕，畢業……沒有幾年吧？」

那個資工系的學弟抬起頭想了一會兒，說：「十五年。」

「喔喔……那……我畢業……快三十年了……」

聽到這個數字，他們都哈哈大笑。這個學長未免太老了，小寶才三歲，比那女孩還要小，我居然大了他們十五歲。這種差距，令人吃驚又好笑。

滿地的金黃色陽光慢慢淡了下去，遠處的天空飄著若有似無的彩霞，遠處各大系館若斷若連的中國式屋頂鮮明了起來，在金光將逝的天空裡，撐出了古典雅致的天際線。

剎那之間，我的心裡浮起了當年匆匆拋別的大學校園，那些急急捨卻的大學記憶，那些我害怕萌生情感、只能慌忙割斷的一切。

我突然覺得又歡喜，又悲傷，那些說不清的苦澀和甘甜，都混在了一起。

師門

最近帶學生看《一代宗師》，說起許多武林舊事。武術的各種活動裡，有一個部分特別神秘，很難分說清楚，就是關乎武術的「師門」。有年輕的孩子來問了幾句，不覺思如潮湧。

我學拳，是從高一開始。在我還那麼年輕的時候，恐怕很難想像，它後來竟和我相伴數十年，成為我生命中最重要的一塊記憶。

三十幾年過去，歷經許多不同的階段，每一段的生活裡，都有許多記憶和武術深深重疊。雖然我也學習、參與了許多其他的事物，但似乎只有在和武術相關的活動裡，我才能真的魂魄具在，眼神舉動裡，都活成自己的樣子，活得完完整整。

武術的各種活動裡，有一個部分，是不容易分說清楚的，就是關乎師門，還有兄弟。

現代人的生活裡，大概很難理解武術世界裡的「師門」，究竟是什麼感覺。儘管武俠小說裡寫得很多了，但因時空變化，今昔差異已經很大，所謂「師門」、「同門」，只像是一個古老的符號，用以召喚那個氛圍而已。至於實際內容如何，現代人自然不甚講究，也未必在乎。

武術在古代屬於秘授，搏擊之術本來關乎性命存亡、一生榮辱，利害攸關，一家一派生計都在其中，因此關係緊密，類乎父子兄弟。所以一入師門，關係就是一輩子。

現代因物質條件發達便利，生活方式已有巨變，人們對武術的需求、依賴大為降低，即或偶有好奇者習武，亦多不免困於嬌惰，惑於多欲，能長期投入武術者極少。有稱「師門」者，也不免鬆散、虛誕或浮誇，漸漸失去了那種緊密穩固的關係。

技擊之術在這個時代，除非精於行銷宣傳，將它融入娛樂或宗教性質，否則要藉以謀生餬口，實難想像。而難以融入生活型態的技藝活動，自然也失去了具體的條件支撐，容易萎縮消失。「師門」的成立基礎，當然也受到影響。

所以「師門」中所追求或體現的生命價值，在現代生活中多少顯得陌生和隔閡，正如前幾年在大陸流行的一本書——「逝去的武林」，所謂武林舊規，就像是牆上斑駁的古老相片，模糊不堪，已不可尋覓了。

但我還是相對幸運的，在大學時接觸了這樣的世界，甚至在師門裡，因此認識了許多可敬可愛的弟兄，無形中改變了我的生活樣貌和成長歷程。

師門裡當然不會像《倚天屠龍記》裡的武當七俠那樣，每個都恩深義重，視弟兄如性命。更不會像徐皓峰拍的《師父》那樣，充滿了詭異的算計和無聊的鬥爭。小說要的是趣味，真實生活則頗有不同。

也許跟我們練的東西有關，輕浮鑽營的人在這種地方相對少見，練功畢竟太苦，總會把那些稟氣太弱的人逼退。聚到這裡來的人，有的是先天的氣質，也有的是受到老師的影響，待在一起，互相影響，總會形成某種特有的氛圍。師兄弟的行事，偶爾會有一些古風古誼，在言行裡流露出來，讓人情思悠悠，味之無極。

武術是一種很「身體性」的活動，對於人的舉動神態，往往有直接的影響。當一群人受到古法的調教訓練，在身體和心理上都長期影響時，那些人走在一起，會出現一些特別的氣質和氛圍，難以言說，卻能隱約感知。

生活裡許多的語言和交際，還有各種瑣碎的事物，會不知不覺磨損掉靈魂裡的什麼。可當回到武術裡來，回到師門之中，回到弟兄相聚的場合裡，有一些消失的什麼就悄悄地回來了。

有時候，我似乎能感覺到那種生命氣息的相應。老師的父親故去那一年，師兄弟聚集在一起，一路送上山去。那裡有一段很長的山路要走，山上陽光普照，山風烈烈作響，大家話都不多，偶或交談幾句，多數的時候都只是靜靜地走在一起。但我在那條山路上一路走去，竟感覺到一種無以名之的陽剛之氣，在身畔流動鼓盪，久久不已。

同門之間的氛圍，跟老師的特質、風格、教法有關，也跟學習的內容、方式、宗旨有關。學武的師門，和學文的師門，自然不會一樣。

我覺得自己是很幸運的，早期和我一起拜入師門的兄弟，都有一點血性漢子的味道，性格忠厚，氣質沉靜，不愛說話。大家坐在一起，總是悶聲不吭地喝茶。但在靜默之間，一開了口，便是古人古事，在寒夜客來的夜晚，在家常事務的空隙裡，談起修道煉養、安身立命這類古老悠遠的話題，彷彿一下子就進入了另一個時空。在彼此話語靜止的時候，又彷彿有一種深沉的氣流和渾厚的氛圍，在彼此的心田瀰漫。這種氛圍，在其他團體裡確實少有。

不知是什麼樣的因緣，把我們聚在一塊，一起聽老師講述那些古老的故事和前輩的風範，一起在淡江宮燈教室和草皮上，用汗水將地面洗過，一起在祖師牌位和老師的座前，行古禮俯身磕頭，在武俠夢緩緩褪去之後，還繼續彼此學習著生命的安頓。

年輕的時候，會有學弟悶聲不響、毫無朕兆地登門造訪，卻找不到理由，只是想來看看我。學弟木訥寡言，見了面也是悶聲不響，咧著嘴不說話。但哥兒們相見，總是一陣歡天喜地，然後坐下來開始聽我嘮嗑，一嗑就是好幾個小時。

也有學弟喜歡喝酒，提了酒來看我。他喜歡武俠，喜歡人文，對習武修道有無邊的熱情和想像。哥兒倆在我住的宿舍裡放懷長談，談武術、談金庸、談生命，一路喝一路談，倦極而眠，就睡在我的屋裡。躺在那兒還有一陣沒一陣的搭話，直到鼾聲響起。

有一個學弟，平時罕言寡語，但關鍵性的時刻，總會默默出現，他所做的事情，總會深深觸動人心。我寫的《毓老師講易經》完稿出版時，他傳了訊息說要買。我說不必，我手邊就有，咱自家兄弟，給你留一本就是了。他卻說：「不，一定要讓出版單位知道，你的書在新竹也有讀者，我必須買。」

那天，我受到了極大的震動，這事情雖然不大，裡面的情分卻很深。

他的工作繁忙已極，加上家裡的事情煩心，蠟燭兩頭燒，疲憊不堪，但一得知我當了爸爸，立刻從新竹趕了上來，看看我們，也看看孩子。我父親過世，到了出殯那天，公祭時間選在早上七點半，他竟也從新竹準時趕到。當他風塵僕僕地出現在大廳門口時，我鼻酸眼熱，百感交集。

還有一個像科學怪人一樣的學弟，收藏數十把手工精鑄的刀劍，又精研各種現代武器的研發，為了這個還去念了一個國防大學的博士。他氣質清純，渾如赤子，完全不受社會污染，卻又長了一臉落腮鬍，頗有古相，像是西域豪客，又像唐代傳奇裡走出來的人物。

世間法總離不開因緣，因緣聚合時，那些人物和故事無聲湧入了我的生命裡，兄弟際會如期，暢談無已，相契天懷。在那些時刻裡，生命像是融入了華夏文明的大海，神氣鼓盪奔騰，精魂遨遊千古。師門聚首，像是生命的盛會。

我在學校開武俠課，課堂上時常會碰到「師門恩義」或「背師叛門」之類的課題。那種古代師徒和同門師兄弟之間的關係，不論圓滿或殘缺、深厚或淡薄，總是處處發人深省，耐人尋味。

當令狐沖被逐出師門時，方證大師悲憫收留，他卻明白拒絕，除了重回師門，他沒有其他渴望。黃藥師把無辜的弟子們打斷腿，趕出師門時，那些弟子們無怨無悔，一輩子都在「贖罪補過」，只盼重回師門。師門的破裂是悲劇，重回師門則如遊子歸鄉，同門兄弟雙手張開等著迎接。

那像是一種悠遠的想望，一種氤氳渾然的氛圍，關於生命的錘煉造就，關於情義的溫潤體踐，關於歸根復本的古老思緒。遇合時如夢似幻，星散時悲歌蒼涼，宛如一曲悠悠的梁父吟。

猛一回頭才發現，從磕頭入門到現在，竟然近三十年了。我今年已經五十多歲，那些年少的豪情和銳氣，似乎已在歲月裡收拾淨盡，只在步履舉動和神態裡，還留著一點武人的習氣。

我很久不再談拳了，師兄弟聚首談拳的日子一去不返，那些記憶似乎逐漸稀淡，漸漸像個遙遠的傳說。幸而我在學校教書，還能利用空堂，每天持續練拳。在揮汗如雨，全身濕透的時候，還能想起宮燈教室那一片汗水淋漓的地板，想起那些師兄弟談拳論道的畫面。

古人習武修道，師門的指點講究，往往集中在數年之間，接下來就是自己連續不斷的苦功實踐，直到功成證道，自立於天地之間。至於龍華之會、瑤池之宴，並不是生命最後的歸宿，或許不過是剎那的神交意會，回首之際，忽然已遠。

師門，是我生命裡最美好的際遇，最珍貴的禮物，最溫暖的滋潤。但在生命裡絕大多數的時刻，都是獨自承擔、無所倚傍的。感謝我的老師，收了這一群血性的弟子們，面對這樣難得的恩遇，讓我得以汲飲豐贍的滋養，長成現在的自己。

我逐漸明白，聚散匆匆，無可眷戀，只有卓然自立，實踐不已，才是唯一的答案，祖師牌位前裊裊上騰的香煙，都像是一場靜默的提醒。

科學怪人

年輕時，在我們的武術社團裡，認識了一個很特別的學弟。剛認識他時，覺得他好像總不在我們談話的狀況裡，他有一種自己的節奏和風格。他對物理、化學、科技的觀察和研究，精細到了極處，對世俗人事又有一種奇妙的隔膜，幾乎有點「科學怪人」的感覺。

我說的「科學怪人」，和英國作家瑪麗雪萊在一八一八年出版的小說無關，其實只是我和妻憑著直覺給他偷偷取的綽號。小時候看過很多動畫，故事裡總會有一個科學家，埋首在無人聞問的領域裡，最後卓然有成，造出了驚人的成果。但那些科學家終日關在實驗室裡，既不受社會汙染，也絕不會耗損精力去學習人情世故的算計，呈現一種和社會格格不入的獨特趣味。

現實生活裡，科學人有很多種，有的像美國的理論物理學家理查．費曼（Richard Philips Feynmann）那樣，活潑頑皮、充滿創意，能把科學玩得深入淺出；但也有些人身上乾澀無趣，甚或隨時散發著傲慢的知識暴力。但這學弟不然，他是獨一無二的科學人，性情純粹真率，想法天馬行空、出人意表，我們無以名之，只好稱他為「科學怪人」。

他一開口，就有一種乾淨的、天真的氛圍，好像他所受的理工訓練，把那些無聊的人情算計都切除了，但他對這個世界的好奇和熱情，卻一樣澎湃鼓盪。沒有了人情世故的算計，剩下的就只是一片渾樸的天真，所以他一開口說話，就有一種獨特的趣味，讓人忍不住要微笑靜聽。

民國八十年，我的武術老師開門收徒，我邀他入門，他歡然應允。於是我們一起磕了頭，成了師兄弟。

學習武術，需要一點對意象的捕捉能力。像他這樣的理工人來練拳，總有他自己的思路，有時候架子味道未必和大家一樣，但他總能思考研究這到底是在練什麼，有一種他自己的風格。

有一次老師教發勁，其中有一種巧勁特別難，我總是發不脆。結果到了他手裡，乾淨漂亮，又脆又集中。所有的師兄弟裡面，居然是他發得最好。

大家十分好奇，圍過去一討論，發現他用的是「火炮發射」的概念，特別是炮架和基座之間的運動關係，他一解釋，大家都恍然了，非常驚嘆。

有一次，我提到毓老師的事情，他馬上表示他要去聽課，讓我引介。

我有點意外。想認識毓老師的人很多，有的是純粹想看看真實版清宮戲，獵奇搜異；有的是想利用名人來妝點自己，充充門面；當然也有人真心想要學習、改造自己，但真能學進去的畢竟少。像他這樣一個學理工的科學怪人，說要來上這種課，總是覺得非常罕見，尤其是毓老師總是講政治，像他那麼不世故的人，到底他想聽的會是什麼呢？

他真的來了，也真的聽了一段時間，我不知道他聽了什麼，但談吐之間，總覺得他還是聽見了什麼，聽懂了什麼。譬如，毓老師最喜歡講的「乾淨」，彷彿就自然地化在他的生命裡。

二十幾年過去了，人事在急劇的變化，大家都變了不少，只有他的樣子完全沒變。他不知是吃了什麼不死藥，樣子完全不老，還是一派天真渾樸，還是一開口就是各種科技。微有不同的是，他現在更多地聚焦在量子力學，試圖解釋現象界的各種存在。

此外，對於人事間的各種醜惡，他一貫的直截了當表示憤慨，總是主張要用上各種厲害的武器，派出各種厲害的部隊，把這些萬惡的政客通通消滅。

這年頭，我們都聰明世故了，早就學會了保護自己，不會有這種「不民主」的言論了。聽到他這些渾然天真的奇言怪論，總是忍不住哈哈大笑。於是，我們聚會時，只要有他在，氣氛就變得非常愉快。

他那種和世俗隔絕的獨特清新，在我們身邊畢竟罕見，因此大家對他總有著莫名的好奇，又有一種莫名的歡喜。

一般人的世俗生活，無非是身體好壞，找工作，找配偶，買房子，生小孩，但和他聊天，話題裡都沒有這些，他活的是另一個世界。

他關心的話題，除了美國太空總署的科技、中國大陸目前的軍事發展，還有北洋艦隊如何敗在日軍的手裡，這些話題，他一一道來，如數家珍。

為了研究最新的國防科技，他甚至又去念了一個國防軍事有關的博士，而他去報考的動機，居然純粹只是想把一種仿生科技弄清楚。

他並不只專注當代的軍事科技，也鑽研古代的鑄劍工藝，精心研究歷史上各種刀劍的發展成就，並且逐一精心挑選，購買收藏。經過他的教學和「推坑」，我也買了一點。不敢說是精品，但實在是好東西，每次拔劍擦拭賞玩的時候，都覺得快意非常，思如潮湧。

我們聚在一起聊天，天南地北，上下古今，聊起來莫名地投機，我們總能談到那些社會上的人不太談論的事情，而談得陶然忘機，心胸大暢。

有一次談到我修家譜的事情，不免談談家族，說說歷史。聊到深入處，我們才驚覺一件事，原來，他是方苞的後人。

二月河的書裡說，康熙六十年，有一段御筆札記：

今日徵問方苞：「諸子皆佳，出類拔萃者似為四阿哥與十四阿哥。然天下惟有一主，誰可當者？」方苞答奏：「唯有一法為皇上決疑！」問：「何法？」答曰：「觀聖孫！佳子佳孫，可保大清三代昌盛！」朕拊掌稱善：「大哉斯言！」六十年正月穀旦記。

如果這是真的，方苞幾乎決定了清朝的百年盛世，那種眼光，不只是一個文人而已。

他們方家從安徽桐城搬到江蘇沭陽，經過幾百年的傳遞，仍有書香門第的規模，在大陸北方的家，氣象依舊不失。

也許是祖德流芳，他身上一直有一種乾淨明亮的氣質，有一種莫名的隔絕感，完全不受世俗習氣所污染，所以他的氣質那樣獨特。

知道這件事的時候，我驚呆了，因為他的相貌獨特，我一直以為他有西域的血統。他長了一臉的落腮鬍，若刮得稍慢一點，整張臉就生氣盎然，長滿了一大片鬚髯，猛然一看，簡直就是關外的鬍匪。但他的五官鮮明，眼眶深邃，眼睛明亮清澈已極，眼神極有力量。這種五官的搭配，真是蒼然高古，絕不是我們身邊的俗人會有的長相。

我們除了叫他科學家、科學怪人、軍火商以外，也偶爾戲稱他是西域豪客、中東人。我從來沒想過，他原來是一代文宗方苞的後代。

前一陣子，我收到訊息，他父親以八十八高齡仙去。師兄弟的父喪，這是天字第一號大事，我立刻輸入了行事曆，準備當天前往二殯致祭。

週六當天，到了二殯，我找到了殯儀館的管理員，問：「景仰樓至美三廳在哪裡？」

管理員指著前面的電梯口說：「這一棟上去三樓就是。」他順便問了一句，是哪一家。我說，方家。

管理員翻開簿子，指給我看：「不對，是蕭家，你是不是弄錯了？」我驚疑不定，「怎麼可能？」我點開自己的行事曆，確實是今天無誤。

我翻查訃聞的原始檔，一細看，已經過了兩天，我當初一開始就看錯了日期，我錯過了。

我愣在那兒，如冷水澆頭，不知如何是好。想了幾個小時，還是硬著頭皮，找了他，老實說明情況，如果可以，我想去他府上上個香。

他發了一條訊息：「沒關係啦，家中靈堂已撤。」我正在糾結著，他又發了一條：「不然明天你可以來一下，香爐照片都還在。我哥哥也想認識你。」

我終於鬆了一口氣，隔天就趕到他家。

他迎了出來，神態一如往常。我恭恭敬敬在伯父的照片前站好，他點了香遞過來，就像父親還在那樣的口氣，對他的父親說：「爸，我師兄林世奇來了，給您上個香。」

我於是把香雙手高捧過頂，深深拜了下去。

在那一剎那，我似乎明白了古人說的弔喪是什麼意思。

弔是慰問，我們是兄弟般的感情，他失去了至親，是人間最痛苦的時候，正是我們該來的時候。我們可以什麼也不用說，但是必須來。

感謝我的弟兄，願意讓錯過喪禮的我親來致意。

他的哥哥迎出來，我的眼睛一亮，居然是科學怪人的進化版。兄弟都是一樣的濃眉大眼，眼睛一樣的明亮清澈，但是他穩重斯文，氣質儒雅，談吐超邁，和弟弟的天真渾樸完全不同。那種整體的氣質感覺，就是不管放到哪裡去，都像是第一流的人物，讓人一見就令人心生仰慕。

我居然有一種感覺，我的好朋友能夠如此天真不受污染，原來是因為他有一個哥哥，像天一樣地高高挺著，疼惜愛護著他。

他們兄弟聯手製作了父親的追思影片，邀我一起看，彷彿在彌補著我錯過的喪禮。我就座觀看時，心頭不由得湧起一股暖意。

這可能是我看過最好的追思影片。哥哥的文筆極好，把父親的故事說得盪氣迴腸，文字內容樸實無華，但是回顧一生，面面俱到，極有深度。弟弟用了幾天的時間，就精熟了那個軟體，畫面精緻非常，整部影片就像一部一流的紀錄片。

我感動得身上起了一片雞皮疙瘩，不知說什麼才好，說是慰問，我自己卻得著了莫名的安慰。

影片裡有許多學弟童年的照片，神情憨厚，可愛極了，我看的時候忍不住稱讚，他哥哥也笑了，連聲表示非常同意。

我心裡湧起難以言宣的豔羨。學弟已經四十七歲了，年近半百，他的哥哥仍然歡天喜地毫不避忌地稱讚著他的可愛，這世上怎麼會有這麼美好的兄弟關係？

影片裡說，父親是流亡學生，於是處處瀰漫著去國懷鄉的感傷，最後卻轉出另闢新天的悲喜。他在臺灣成家生根，撫育了兩個男孩，哥哥去了美國，成為傑出的高階商業主管，時常回來探視父母，弟弟則在美商公司擔任主管，骨秀氣清，成為我們眼中的科學怪傑。

追思影片裡，處處都有夫妻之間的相攜，父子間的厚重，兄弟間的深情。我不只一次地反覆在想，這樣的兩兄弟，伯父究竟是怎麼帶的？或者一切都是無可解釋的，冥冥的因緣？

看完影片，回到客廳，我輕輕拍拍學弟的手：「這幾天還好嗎？」

他抬起頭，瞪著科學家明亮的雙眼，又像個天真的孩子，說：「我那幾天心臟都快停了。」

我看著他，等他說。

「那些影片都是我做的，我回中和拿照片，眼前都是那些照片……」

我點點頭阻止他說下去：「我明白。」

學弟直性子，卻是天生的血性，他絕不會說什麼「我一直哭」這種話，只會說：「心臟都快停了。」那已經是他的極限。只這一句話，我似乎就明白了，為什麼我們明明看起來是完全不同的兩種人，卻覺得那麼親近。

時間將近中午，我本欲起身離去，但伯母已經為我做了一桌素菜，我卻之不恭，只好留下來邊吃邊談。他哥哥坐下來，與我長談。從他在美國、德國的工作，談他的家庭，他在美國生養了四個孩子，於是談到海外中國人的情懷，談兩岸開放後，他陪父親返鄉。他第一次看到平生不掉任何一滴眼淚的父親抱著弟弟痛哭，震驚非常。

於是又談到文化中國，談到毓老師，談我寫的家譜，談牡丹亭在海外的演出，談歷代南遷的政權，談中國大陸近年的戰略和作為……我們幾乎相見恨晚，處處投契，有說不完的話題。很難想像，這是一個臺大機械工程碩士，EMBA。

日已過午，我必須回去照顧小寶了，只好起身告辭，卻覺得戀戀不捨。人間的相遇，竟然有這樣的偶然，這樣奇妙的相契。

學弟起身相送，說，他對量子力學又有新的領悟。我央求他，一定找時間來家裡坐坐，除了我，妻也想聽。還有小寶，讓他也見見科學家叔叔，見見一代文宗的後人，讓叔叔點撥一二，看看這個宇宙的奇特和奧秘。

他點點頭。

鮮花

辦公室裡，有人在水槽邊放著一盆花，每隔一陣子就換新的。我們每天都要洗手，每天洗手時，總是有鮮花在那裡。

鮮花不會說話，擺花的人也悄悄地擺，並不張揚。我們也就默默地領受那片芬芳，還有那份悄悄的盎然生意。每次來到水槽邊，總要默默地看它幾眼，驚艷它水靈透亮的嫩綠，美得悄無聲息。

「美」這個東西很奇怪，只要一點點，就很有力量了。我們只好歡喜領受，默默讚嘆。但我突然發現，有些心底深處的記憶卻也不小心被撈起來，影影綽綽，在那裡忽隱忽現地，讓我掙扎猶豫著要不要去回想。想了很久，覺得還是要寫下來，就算只是為了向生活裡偶然出現的鮮花致意，也該寫寫。

那一年，我還非常年輕，大學都還沒有畢業，幾乎不記得是在怎樣的場合裡認識她的了。我得非常努力回想，才能想起那些斷裂昏黃的記憶。

那個年代很流行認乾哥哥乾姐姐，三哥有一個乾姐姐，有時候會帶她妹妹來家裡玩。

這個妹妹很活潑，不認生，有一次約了一群她的同學，也找我一起出去玩，去西門町。

可以想像，這種隔了好幾層的關係，其實大家都非常不熟。出來玩，真的完全就是給生活增添一點新鮮感，多認識認識人罷了，其實很難聊到什麼。基本上話題都是言不及義，填塞生活空白而已。

那些人大約都是念商職或專校，生活經驗和我差距也比較大，我為了盡量合群，聊天的話題都是跟著他們走，不論說什麼，我多半只是聽。

但裡面有個女孩，卻對我十分友善，總把話題帶到我身上，問起我的興趣。我有點不知怎麼回答才好，就勉強說了「書法」。

話題果然僵住了一下，在座的男生紛紛進入表示無趣，趕緊轉開話題。這女孩卻追問下去，說她能不能跟我學。

我覺得非常尷尬，我那點淺薄的東西，怎麼能教人？她說，不用客氣，若沒有時間授課，她自己在家寫，寫了送過來，我只要批改就好。在那個氣氛裡，我很難拒絕，只能隨口答應。但心裡又充滿了迷惘，不知她是隨和的應酬，還是認真的要求。

沒有多久，她居然真的拿了一本中學生的「書法練習簿」，寫了滿滿一本，跟我約了時間送過來，請我詳細批改。

我大受震動。看那字跡，是真的沒有好好跟老師學過，但看她的運筆，一絲不苟，有一種非常認真的痕跡在裡面，是真的想要求教。

這樣的求教讓我受寵若驚，不敢怠慢，只好硬著頭皮把整本書法練習簿批改了一遍，恭恭敬敬送還，表示我實在卻之不恭，只好勉為其難，打腫了臉充胖子，這批改有些僭越，請她包涵。

她非常高興，收下了。過了一陣子，她來了電話，說，有個東西要送我，謝謝我教她書法。

我說這哪裡敢，我根本沒資格教人，絕不敢當。她說沒關係，反正是已經不要的東西。

我說那是什麼，她說，是花。

她在花店上班，下班時間，有些沒有賣掉的花，說明天就沒那麼鮮豔了，不好賣，她湊了一湊，加了一點滿天星，說等會兒送過來吧。

我驚喜得手足無措。我從來沒有收過這種禮物，簡直坐立不安，不知道怎麼辦才好。

我想了想，不敢讓她跑一趟，我說，我去取吧。然後，我就騎了車子，慌慌張張地去接她，取了花，又說了許多話，然後回來。

那是我生平收到的第一束花，對我來說，美到了極處。那些花幾乎全是淡粉色系，在我剛硬得時常要炸裂的生活裡，是唯一的一片軟色調，簡直就是天界遺珍。

我歡喜得話都不會說了。

這是真的，我真想不起我們那時都說了些什麼。我生在家裡全是男生的家庭裡，在異性的互動上又非常晚熟，和女生獨處對我來說極其困難，我必須仔細辨認我們說話的語氣和用字，努力讓關係安頓得恰到好處，小心不要過度親近，也不能過度疏遠，以免失去了這僅有的異性朋友。

有一次，她說，她們技職系統裡學的專業多，除了花藝，也包括美容、理髮，如果我願意，她可以幫我理髮。

我們不是那麼熟稔，似乎也不算生疏。既不是男女朋友，也沒有任何曖昧的暗示。在那個年輕到處處青澀尷尬的年紀，連處朋友都如此困難，那不成熟的心智，總讓我歡喜又緊張，不知道把手腳放在哪裡才好。

她的手藝極好，動作細膩，卻又十分迅速，快手快腳地剪好了我的頭髮，簡直整個人都煥然一新。照鏡子的時候，我覺得這輩子從來沒有那麼帥過。

沒有多久，她就談戀愛了，和一家花店的老闆。有趣的是，她把我當作「閨蜜」，有什麼事情總會找我商量。

我其實什麼也不懂，但為了充好漢，只好勉為其難地出些餿主意，表示我這「閨蜜」也不完全是廢物，便自作聰明地胡扯一通。

有一次，她來跟我說，完了，他們倆吹了。她一邊說，一邊嚎啕大哭。

我雖然是個傻瓜，也能感覺到那場大哭裡，全是依依不捨的眷戀。那天晚上，我大概吃屎昏了頭，就去找花店老闆。

老闆認識我，見了面，臉色十分難看，顯得悲傷無比，說他們倆吹了，女生不要他了，只差沒有嚎啕大哭而已，難受異常。

《中庸》上說得好：「愚者好自用。」就是在說我這種人。我自覺俠肝義膽，非把他們撮合不可，於是嘩啦嘩啦說了許多。

他們果然復合，並且迅速結了婚。

老闆對我非常感激，但後來轉念一想，又覺得我一個外人竟然能夠影響他們的關係，總是不太對，於是隱隱提防。

我自覺尷尬，不願身處嫌疑，於是立刻就和他們斷了聯繫，不再聯絡。

這一斷，就是二十幾年。

一眨眼，這些事情已經遙遠得像是傳說，和我現在的生活沒有任何的連結，那點記憶的鎖鏈，似乎被時間和生活砍得乾乾淨淨，一點痕跡也沒有了。

唯一的連結，只有那束花。那一年，為了記住那一刻，我向大哥借了一部珍貴的CANON單眼相機，為這束花拍了一張照片。

那些年輕的歲月裡，我們都聊了什麼，我實在想不起來。說來慚愧，事隔多年，她的相貌我甚至也已記不清了。人的記憶，真是個靠不住的東西。

那些在我們的生命裡偶然出現的美好剎那，在我們還沒回過神來的時候，很快地就飄走了。飄到很遠很遠的地方，在記憶之湖裡怎麼打撈，也都只有片片殘骸，拼湊不齊。

只有那一束鮮花，一直在我心頭盈盈地亮著，那麼淡淡的色調，卻一直長駐心頭，不會磨滅。

所以我看到鮮花，特別是看到這樣淡色系的鮮花，總會有說不盡的滋味，在心頭悄然浮起，輕輕漾開。

相親

最近老去故宮，跟同事們、學生們侃侃而談，說了很多跟故宮有關的事情，聊得意興遄飛，遐思遠颺，卻忽然想起年輕時的一樁舊事。

高中畢業那一年，大學聯考結束，等候放榜分發，無事可做，於是到補習班打工。在那裡，我認識了一個剛從中山女高畢業的女孩，長得很清秀，談吐單純，令人愉快。我們談得投機，相約一起出去玩。我從來沒交過女朋友，不知道要去哪裡，於是我們約去臺北的故宮，我帶她看書法。

那時我對書法已經有極濃的興趣，每次去看書法展，或者看到名家字帖，都會神魂飄蕩，手指在空中臨摹，光是這樣，也寫得滿腔歡喜。所以要約女孩子出去時，我找不到別處，只能想到書法展，想到故宮。

我們便真的去了。看完展覽，她聽我胡說八道了一番，頻頻點頭，彼此感覺更加熟稔，於是時常聯絡。我上成功嶺的時候，大約三天就收到她一封信，總共有十幾封。那時候我想，這樣的感覺，好像就是「交往」了。

這是傳說中的「初戀」麼？像我這麼怕跟女生說話的人，居然有女朋友了？想想有點不真實。

下了成功嶺以後，我們相約見了一次面，但見完這次，她就不再答應任何我的邀約，我們的關係突然結束。

我們的相處，沒有強烈的熱情，所以雖然像男女朋友在交往，又似乎什麼都還沒開始。兩個人既沒有任何的衝突，也沒有任何「分手」之類的事件，莫名其妙地，就結束了。

我事後推想，大學已經開學，她念了輔大，新生活的展開一定很不一樣，可能有別的男孩來追求她，又比我更適合，於是她就結束了我們之間的來往。

我沒有傷心，只是找不到確實的原因，一段關係就這樣結束，也讓我覺得有點悵惘。

在往後三四年的大學生活裡，我一直沒有女朋友，大學將畢業時有一段短暫的交往，又把我嚇得魂不附體，敬謝不敏，所以我總是單身。

單身久了，便時常受到嘲笑。說起我那一段青澀的過去，大家都笑我：「難怪交不到女朋友，好吃好玩的不去，看什麼故宮啊，笑死，難怪人家不要你。」

大家雖是半開玩笑的語氣，裡面也有幾分認真，我漸漸意識到，他們說的也有道理。原來，我的趣味與常人相距太大，太過乏味無趣，交不到女朋友，乃是理所當然。

我後來確實晚婚，到了適婚年齡，一直被迫參加各種各樣的相親活動，每次都無疾而終，我就這樣一年一年的老去。

我表弟是個非常好的牙醫師，我們從小玩在一塊兒，十分投緣，我牙齒不舒服時總找他。有一次去看牙，他忍不住苦口婆心地勸我：「追女孩子，別再弄什麼故宮了，帶去看看職棒什麼的，女孩子才會覺得有意思。不然，你就再也找不到女朋友了。」

我默然不語。心想，什麼職棒？我自己都從來不看的東西，為了交女朋友還勉強去看，這樣交女朋友做什麼？演戲麼？那我還是一輩子單身好了。

表弟的話並不是胡說，這確是社會的現實面。我認識一個女生，她的學長對她百般追求，卯足全力，她們終於結婚以後，她曾問她先生：「婚前你追我的時候，每天手裡都帶一本書，什麼芥川龍之介、三島由紀夫，現在怎麼我從來不見你看書？」

她先生幾乎是嗤之以鼻、理所當然地回答：「追女孩子當然要用方法，追到手了，看股票都來不及了，哪有空看什麼芥川龍之介、三島由紀夫？」

我心裡想，這些人真的非常務實，目標明確，任務清楚，可我實在做不來。我寧可去故宮，就是不想看什麼職棒，為了追女生去看職棒，這樣感覺自己好像一個「騙子」。那麼，不結婚就不結婚好了，拉倒吧。

後來同事幫我介紹了一個師大中文所的女孩，聽說是學京劇的，這種充滿「文化感」的經歷，一聽就讓人非常期待。我們剛開始見面，相談甚歡，後來她得知我在學武，卻感到十分納悶，她奇怪地問我：「你為什麼要練拳？」

我愣了一下，還沒回過神來，她又問我：「我們學戲可以粉墨登場，上臺表演，你們學那個又不能表演，大家又不會去看，學那個做什麼？」

不久，我們就迅速結束談話，並且未再接觸。因為，無論怎麼解釋，她對於我感興趣的這個領域完全無法理解，我們的生活趣味相差太遠了。

原來，就算是學了中文、學了京劇，看起來那麼類似的經歷，彼此的生命還是毫無交集，全不相干，那是勉強不來的。

我漸漸明白，我只能繼續往前，活成那個最想成為的自己，不能也不必在這個社會上扮演另外一個人，去求得社會一般人的青睞。那樣得來的婚姻，不會是我要的生活。

妻說，她大學的時候曾經在月光下和同學在校園散步，偶然看到一個人在平臺上持續不斷地練拳，那個畫面讓她非常觸動。因為那樣的觸動，她後來決定跟這個人一起生活。

那個人，就是我。

原來，我們的婚姻，起於一場多年前夜晚的觀拳。那晚，我其實並沒有特別為了未來做些什麼，只是做自己而已。

我為此感慨良久，憮然無言。

這麼多年來，我喜歡的、接觸的東西，一直都是小眾的、甚至是冷僻的東西，孤獨也是常態。我那些喜好，後來甚至被編派成單身、晚婚的理由，現在想來，都覺得忍俊不禁。

三十幾年過去了，我現在還在喜孜孜地弄書法、繪畫、武術、美學。我沒有靠這個吃飯，沒有任何實際功利的支撐，仍然用靈魂和熱情擁抱他們，仍然在那樣的世界裡滋養自己，活成自己。

但一個人要堅守信念，活成自己的樣子，是多麼不容易的事情。

時常聽到許多人在咒罵這個社會，說這個社會讓他們扭曲變形，失去了自我。誠然，外在世界的客觀環境從來不會順著自己，按自己的意思運轉。但自己究竟是誰，可以是什麼，終究不是一個情緒、一個念頭的事情，那是不斷的力行和證成，在日積月累之功活出來的東西，得靠自己用實踐去證明。

有一部電影，叫做《穿著PRADA的惡魔》，其中的臺詞一直讓我印象深刻。電影裡那個光頭設計師說：「Think about what you are and what you want to be。」「what you are」和「what you want to be」確實是核心，不只是要「think about」，甚至還要用一生的情感、全部的力氣去證成。

也許，有了這樣的功夫，很多生命的答案都在裡面了。

至於旁人喜不喜歡，根本就不是那麼重要。

大老

辦公室的同仁，日日見面，彷彿只是一場註定的日常。其實，這些相遇都是緣分，有時美好的氛圍珍貴已極，求之難得。

剛進私校教書時，斜對面坐了個數學老師，頭髮已經半禿，乍看起來以為頗有年紀，但他雙眸炯炯有神，說話很專注，充滿了力量。

一細看，原來並不老。只是教學經驗豐富，又很溫暖，在我心裡，就像是「大老」的感覺。

這種大老，在校園裡非常珍貴。他們行事很有風格，時常給後輩許多提點，只要出現一個，辦公室的氣氛就會非常不一樣，是學校最稀有，也最珍貴的資產。

我年輕時自恃才學，鋒芒難掩，許多同事們看過來的眼神裡，有點嫉恨交錯的意味，又帶點冷眼看笑話的神情，多少令人慚愧不安。

大老則不然，看著我們這些年輕的後進，不急著「教訓」什麼，居然時常有一種期許和讚嘆的眼神，裡面充滿激勵和鼓舞。

真正的大老是不分科的，沒有那種只見樹不見林的「專業匱乏」症——就是除了一點點專業以外，其他都匱乏。

這位大老是一位數學老師，但具有很好的人文素養，對事情常有非常獨到的看法。

我們才剛從威權時代掙脫出來，總是巴不得把「愛的教育」奉為最高信條，給學生無邊的自由，百般呵護，視之為真正的人本教育。

他則不然，總說：「我們不用讓學生認識一點社會的真相嗎？不用讓學生承受一點挫折和壓力嗎？那樣我們要把學生教成什麼？」

那是我第一次在教學上，聽到同事給我這麼清晰有力的訊息。

相對於我後來遇見的許多老師，永遠把女學生當成「掌上明珠」，無邊溺愛、毫無原則，這種老師已變得非常罕見。

我後來曾為其他高三老師代課，進到別的班級去。他們的導師是數學科名師，對女學生寵溺無邊。當時高三已經停課自習，我一進教室，就看到一堆女學生躺在地上睡覺，橫七豎八，狼藉不堪。

我定睛一瞧，地上早已鋪滿了「巧拼」。可想而知，這必是常態，早就得到導師的允許，讓她們「為自己保留更多體力」來「衝刺讀書」。

這樣的老師，永遠不放棄任何為學生爭取各種「權益」的機會，會議上發言踴躍，向來都是風雲人物、優秀教師。

我每次看到這些風雲人物，總特別懷念當年那位數學科的大老。疼學生大家都會，但他還教了點基本的教養。

當年教務主任換人，新任者大刀闊斧改造校園，認為校樹太多，讓學生掃落葉，浪費讀書時間，決定把樹全部砍光。然後挖出魚池，蓋上一座水泥小橋，漆成綠色，造了一片人工美景。

也有很多人叫好，但這位大老為此大怒，就在辦公室幾無忌諱地開口痛批。

「可是學生掃落葉很浪費時間耶！」有同事緩頰。

「浪費什麼？落葉是多美的東西，讓年輕的學生在樹下掃落葉，那是多美的一件事？那不是學習嗎？什麼浪費？」

那是我第一次聽到數學老師說「美」這個字，而且是跟「掃落葉」連在一起。這段對話，深深印在腦海，讓我難以忘懷。

這些其實都與人文素養有關，非關才藝，不過，這位大老卻有點真才藝——他很喜歡寫書法，甚至和同事們共同形成了一種氛圍，一起請老師來教。練習有成，還在校園裡辦起了書法展。

他後來離職，到別的學校去，不甘心就這樣失去學習書法的良好機遇，又特別高薪禮聘原校的書法老師，請他移駕。老師果然被他打動，真的遠赴關渡，開成一門為教師安排的書法課，繼續教，數十年如一日。

我後來遇到的同仁，很少看到對書法這樣執著的，連國文科都沒有，更不用說數學。除了書法，他還是個茶迷。

認識他時，我才廿五歲，完全沒喝過任何像樣的好茶。他把我請到家裡去作客，我因此開了眼界。

客廳最顯眼的就是一片茶桌，上面擺滿茶具。客廳和餐廳用一片噴砂玻璃虛隔開來，上面未噴砂的空白處，是書法老師的行書，寫的是楊慎的〈臨江仙〉，龍飛鳳舞，美極了。這些情景，我當年都從未見過。

我去的時候，離用餐時間已久，算是空腹。他泡好了茶，跟我說，真正的好茶其實不傷胃，若不喝多，一點兒無妨。我於是舉杯而盡。

我沒喝過那麼好的茶，忍不住一杯接一杯。到後來，我發生了生平頭一次的「茶醉」。我覺得整個人都放鬆了，完全是喝酒微醉的感覺，好像全身的微血管都擴張了，有點兒要飄起來似的，悠悠忽忽，喜悅難言，又有點兒狂氣在胸口隱隱升騰，恨不得當場長吟歌行數首。

他也嚇了一跳，他聽過茶醉，但很少看到有人這麼嚴重，趕緊開車把我送回家。

從他家回來的路上，我渾欲高歌，快意極了。

他還很喜歡音樂。

我第一次聽騰格爾唱的〈酒歌〉，還有〈黃土高坡〉、〈黃河九十九道彎〉這類民謠作品，都是他錄給我的，那時沒有CD，全是錄音帶。他還幫我影印了歌詞。

那時是一九九二年，這些歌臺灣當時很少人聽過。

後來，他無法忍受砍掉大片校樹的新主任，甄選到別的學校去了。我們共事期間很短，印象中大概就是一年。

但這短短的一年裡，我學到了許多我說不清的東西。

一晃十幾年過去，我們沒有聯絡，也不慎丟失了他的聯絡方式。我以為不會再遇見他了。

有一次，參加一種奇怪的活動，叫作「教師專業發展評鑑」研習。沒想到，我們在會場相遇。他當時已是主任，為了學校業績，被迫參加。

距離上次碰面，已經將近二十年，而在此之前，我們只有一年的共事。我想，我這樣不善交際的人，久違敘舊，一定會有些尷尬、找不到話聊了。

但我走過去的那一剎那，不知為何，一點陌生感也沒有，居然一開口就是：「大哥，有好茶嗎？」

他也毫不思索地說：「有，要幾斤？」

「你有幾斤我收幾斤。」

「不行，這我在武界千辛萬苦買到的，我留一半，其他的給你。」

「好。」

我們就像不曾分開過似的，沒有寒暄，直接開始「討價還價」地討論我可以分到的茶。接著，我們立刻安排時間，重返當年「茶醉」的現場，又喝一場。

他的屋子已經搬到原宅的隔壁，重新裝潢，幫他做室內設計的人，居然就是當年的書法老師。

整個屋子的音響，立體到驚人的地步，我忍不住開口問，那是怎麼辦到的。

「慚愧慚愧，玩物喪志，我自己弄的。」他直搖頭，然後又沖一泡新茶，讓我聽另一片西洋古典樂的演奏，和我一起「玩物喪志」。

我在幽幽茶香裡聽那樣優美的曲子，竟覺得不在人間，有點不真實了。

「我離開那個學校，有兩大損失。」他像喝醉似地，感嘆。

「什麼損失？」

「一是林明良老師的書法，二是你教的拳。書法我不甘心，把老師請來這裡，算是補回來了。你太遠我請不動，這部分沒補回來。」

「……」

我百感交集，不知說什麼才好。

後來，聽到小寶出生，他開車送來了一大堆光碟。

「小孩子要聽這個。我跟你說，莫札特最好，一定要聽，就是這一片。還有這個……，唉，好多都是借給朋友的，借好久了都沒還，我昨天把它要回來的，通通借你。另外這個是……」

每一次與他見面，都會讓我想起好多事情，關於生活，關於教育，還有關於人，的種種。

這樣的同事，像老師，像朋友，也像兄長，還時常讓我覺得，這年頭居然還有這樣的人，真有點不真實。

遇見這樣的同事，可以和他共事一年，一起喝茶，還可以在多年後重逢，茶香依舊。我覺得自己非常幸運，非常感恩。

悲心

生活的腳步，總是隨著身邊的人在移動。我們一天天長大，幾無例外的，都是配合環境的頻率，一步步移向大家覺得熟悉、正常的地方，慢慢活成大家都可以接受的樣子。

很奇怪的，當我們慢慢都向著同一個地方移動的時候，慢慢地也就忘記了自己原來想去哪裡，或者應該去哪裡，忘記了本來想活成什麼樣子，或應該活成什麼樣子。這種時候，我們就只好參照旁邊的人活成的樣子，然後努力試著活得稍微好一點，或者不要差太多。

所以，活到後來，我們最大的本事倒可能是遺忘。把那些朦朦朧朧的，本來就已經不清楚的東西，再徹底地遺忘，忘得越乾淨，我們就越能適應眼前自己的模樣，和他人的模樣。

一直到有一年，我碰上一個奇特的同事，那些遺忘的東西，才又漸漸地想起。

他的模樣氣質，和周邊的人似乎完全不同。可細看去，又似乎沒有什麼突兀之處。照理說，他頂著一個大光頭，畢竟和別人顯著不同。但是別人的光頭看起來，有的像趕時尚，有的裝逼，有的顯酷，有的像嬉皮，有的像痞子，他的光頭卻不知為何毫不顯眼。

後來想想，也許是因為他的氣質使然。不管有沒有頭髮，那份渾厚的氣質，讓他整個人都顯得協調了。

有時他把頭髮剃乾淨了，顯得十分清爽；有時無暇處理，頂上長出許多微髭，冒出幾許盎然生意，彷彿庭草漸滋，卻也不顯雜亂。

在校園裡遇見他，每次的樣子都不太一樣。有時他點頭躬身，如遇大賓，像是極客氣的；有時他整個神魂遁入他自己的世界裡，不論見到誰，又漠然走過，若無所見。

這樣的怪人，無論在哪裡，都肯定是罕見的。但他身上彷彿有一種無聲的氣場，隔斷了週邊的空氣，讓他像個透明人似地，在我們身邊無聲無息地來去，人們也就不太容易找到對他評頭論足的起點。

國文老師的書桌上，一般都擺滿了書，很少例外。但他的書桌上，通常一片空蕩蕩，一本書也沒有。桌面壓著許多照片，不是法王、仁波切、金剛杵，就是家人。桌上只放著一些小東西，看起來像是裝飾品，又像什麼神秘的法器。此外，什麼也沒有。

說他輕巧瀟落，倒也未必。他去上課，時常扛著一個大包，裡面彷彿有什麼寶藏。但要真的跟去觀課，就會發現包裡面沒有什麼，無非是一些布玩偶，偶爾被他拿來當作教具。譬如講墨子的兼愛，他就讓布偶上了講臺，邊說邊演。其滑稽突梯，令人失笑，又與他端嚴厚重的外型懸絕千里，天差地別。

他形貌極古，氣質溫雅，舉止風度，全是古人作派。連他點頭致意的模樣，都是優雅穩重，溫潤可喜的。但他很少跟什麼人說話，老是在那兒靜靜坐著。坐在那裡，不說話的時候，他週邊的空氣，彷彿也都靜下來了。

累的時候，他不打坐，也不閉目養神，他就睜著眼睛，若無所見的看著。循他眼光瞧去，通常也看不見什麼稀奇的物事，而他便也那樣定靜地看著前面。

有學生忍不住問他：「老師，你在看什麼？」他會愣一會兒，突然猛醒過來，然後點點頭致意，說：「看……空氣。」聽著像是玩笑，又像是真的。

或者，他也會離開辦公室的座位，在附近方圓數尺之內走走，有時抬頭看看天花板，有時低著頭，像是思索著什麼。然後，一臉嚴肅地，回到座位上，繼續看著他座位附近的某處，整個人便定住了不動。

他連手機、電子郵件都不太會使用，但這些年資訊融入教學實在太普遍，太流行，有一年，他居然開始會製作資訊檔案來教學了。

我曾經到他的課堂上觀課。他真的會用簡報，他的簡報檔裡，大部分都是他自己拍的照片，景物多而人少，主要在呈現他所看見的生活樣貌。奇特的是，主題不易索解，聚焦也不清晰，他解釋完了以後，通常臺下都還是一頭霧水，不明所以。

還有一次，他播放了他拍攝的影片。學生十分興奮，以為可以看到什麼。

結果螢幕上連續播了十分鐘，內容都是雨景。只有雨水淅瀝嘩啦，不停地滴落，他也並不多做什麼解釋。看完了，他十分開心，就對學生點點頭，彷彿一切盡在不言中。學生除了一頭霧水，只能忍著想要大笑的衝動，鼓著酸酸的臉頰看著他，然後大家相視而笑。

他是教語文的老師，加上家學、天賦和鑽研之功，文學的底蘊深厚非常，但他的語言表達卻是樸素極簡，甚至時常中斷、空白。

他話說幾句，覺得興致已盡，或者無庸太詳，或者不知何以為繼時，絕不肯用一般習見的場面話敷衍應付。他往往只是閉上嘴巴，突然就把話題關閉了。那些被中斷的空白，就由學生依自己的靈明去填補、領悟，或者一任空白。

同樣的，他講課時，也時常有許多無言的留白。他講到一個段落，便時常拿起茶杯，仰起脖子，緩緩而飲。飲畢，並不急著趕課，視線停在窗外，微微點頭，然後感嘆：「這夕陽，太美了。」

他在那些留白裡，靜靜地感嘆生活的美好，而卻並不耽溺。每一堂課，無論他講到哪裡，無論鐘聲響起時，他嘴裡的句子停在哪一個點，他都會在鐘響的那一剎那將嘴巴閉上，靜靜收拾東西，毫不遲疑地轉身，走出教室。

這樣的風格，聽起來簡直像是一個玩笑。在那些滔滔不絕，永遠捨不得讓學生下課的老師看來，幾乎是「完全沒有教學熱忱」了，在學校教書，連「多說一句」都不肯，這簡直不可思議。但對學生來說，則因此得到非常完整的下課時間，快活極了。

但很少有人能注意到，準時下課，其實是他內外一致的徹底實踐：出離心。

對佛家的實踐者來說，出離心的真正標準，就是可以隨時拋棄任何熟悉的東西，可以走出任何習慣的場景，不會有猶豫。這困難到不可想像，但他確實每天不間斷地練習和實踐。

一般人讀了書，多半「以為禽犢」，不論自己實際上想的做的是什麼，所讀的書總是可以用來為自己妝點門面，而和生命其實毫不關涉。但他讀了書，則完全用以實踐，言語幾乎可有可無。

由於他的風格形象，呈現著和大眾嚴重的疏離感，也就一直吸引著我的注意。我對於舌燦蓮花、巧言令色的人向來排拒，對於這種言語道斷，又近乎超現實的人類，則感到莫大的興趣。

但他既與人群疏離，自然也不會與我親近。究竟我們是如何相熟起來的，我已記不清了。

印象中，依稀是有一年他生了病，暴瘦。他毫無食慾，卻鼓足了氣力，幾乎是用意志力在吞咽著那食之無味的便當，似乎，勉力活下去是一種責任和義務。

我看了那個畫面，悲憫之情大盛。雖和他全不相熟，卻忍不住開口動問。原來，他自己也不知那是什麼病。他遍尋名醫，反覆檢查，一直不得要領。我不諳醫道，沒有能力做出任何建議，只能認真傾聽。

聽完了，我不知如何回應，只有硬著頭皮，拿出唯一我會而別人不會的東西：武術。我挑了「站樁」裡的觀念，和他稍微談了一會兒。

他極專注地聽著，聽完點點頭，表示感謝，又稍稍問了幾個細節，表示他會試著實踐。

不知隔了多久，他的症狀突然消失，他又恢復了健康。我不慣社交，不便細問，只是默默地感到開心。

似乎在那之後，我們開始有了一些會心的交談。沒有多久，我們的交談就進入了友道的核心：關於從師、求道、問學，乃至安身立命之本。

有一年，他突然告訴我，其實他練過太極拳。他在師大跟過鄧時海老師，練的是楊氏太極拳。他很想把那套拳練回來，卻徹底忘得一乾二淨，他問我，能不能幫他複習。

我說，這沒問題，但不同的老師，所傳授的姿勢多少會有差異，對拳理的領悟和實踐也未必完全相同。我能教，但肯定和鄧老師教的不一樣。

他非常歡喜，說沒問題，以我教的為主。

我們於是每週固定時間，開始一起練拳。

那段日子，可能是我在這所學校近二十年來，最快樂的日子。

我們每到約好的中午，就一起去吃飯，或者買飯回來一起吃。從走路到吃飯，我們開始一直不停地說話，吃了飯回來，在路上又一直說個不停。偶爾言語的交換停止了，也在那個狀態裡，一直不斷地思索著，沉澱著，沒有停。

我進入社會工作二十多年了，為了適應人群和社會，一直不斷地努力扮演著一個逐漸馴化的社會人，好讓大家覺得我是個正常人，不至過度排擠，讓我無法生存。

但我心裡原來裝著的東西，那些關於活著，關於學習的真正意義的追索，一直在現實裡肢解撕裂，重組成我不太認識的模樣，以勉強適應著正常的社會生活。於是久而久之，我越來越想不起，埋在那些心底最深處，又說不清楚的東西，想不起它們究竟是什麼，長什麼樣子。

我尤其想不起「交朋友」的感覺。那種交到好朋友，覺得全身細胞都活起來的感覺，那種直問心源，拆卸淨盡的感覺。那種什麼也不說，卻還能歡喜傻笑的感覺。那些感覺，我已經快要想不起來了。

我多少以為，進入社會，人就不可能再交到真正的好朋友，尤其是我這種社會適應不良的怪人，能交到願意不嫌棄、願意照顧我的朋友，已經是莫大的福份。要想交到兩心晤睹，直面相契的好友，幾乎是奢望了。

但那些日子，男生之間的默契和友誼，居然在我的生活裡時時洋溢，讓我歡喜不置，簡直手舞足蹈。

我們吃完了飯，就泡茶。他是此道高手，在茶的世界裡浸淫數十年，已是紅塵罕見的能人。我那幾年正好因緣際會，得了幾批好茶，於是全拿出來，逐一請教。

他為我排出茶葉的等級，從價格到入口入鼻的感覺，乃至飲茶相應的境界，一一分說明白。那層次之分明細膩，完全是行家裡手，說得透闢已極。

我仰之彌高，簡直驚嘆低迴，哀吾生之淺薄，羨友朋之淵深，而時時叩問，滿心喜樂，味之不盡。

中午時分，我們端來買好的素食便當，泡好一壺上好的茶葉，兩人坐在逸仙樓旁木頭搭建的菁櫻臺上，或飲或食，或言或默，那樣的情景，歡喜無極，一種平淡的喜樂充滿了我的胸臆，於是我也時常一言不發，靜靜地傻笑。

有一次，我們在菁櫻臺上一起吃午餐。看著暖陽覆蓋著整個操場，遠處的喜鵲昂首闊步，若有似無的花香鳥語在空中瀰漫，時而有年輕學生的歡聲笑語在空氣中隱隱飄散，我們都歡喜得停止了說話。

我不言不語，卻沒忘記扒飯，一口一口吃得正高興，他卻連筷子都停了下來，眼睛停在遠處的操場，整個人都靜止了。

然後，他淡淡說了一句：「這美好的一切，都會過去啊！」

飯吃到一半，彷彿突然就被他惡作劇地掐脖子捏住了喉嚨，讓我吞不下去。

我瞬間明白了他的意思，點點頭，然後繼續吞咽。

我知道會過去，我知道眨眼成空，我知道出離心，可在我吃得正歡的時候來這麼一下，未免忒也掃興。這人，太古怪了。

其實我知道，正是要在這樣的時刻，能發出來的出離心，才是真的出離心。我知道這個小闍黎在點化我，也不怎麼怪他。

吃飽喝足，然後歇一會兒，談談話，然後練拳。

我為了圖個教拳舒服，不太肯調整他的動作，用示範代替一切。他便專心致志，一一模仿。他動作並不標準，我也由得他，一切隨意。偶爾他也提問，所問卻都精微。我知道他不是真的在練拳，只是在體會玩味些什麼，我也不做更多要求，只在拳裡談點東西，談點一般時候談不進去的東西。那都是我最得意的本事，向來無人可說，我便臨機而發，隨意為之，恍如吟哦。

那些日子，虛幻得不像真的，就像他說的，很快就會過去。一年過去，我們很僥倖地又這樣享受了一年，然後，那樣的日子就結束了。

他的太極拳再度忘得一乾二淨，一招也想不起來了。我本志不在傳學授徒，只在論道交友，自然也坦然受之，並不計較。

我們在辦公室裡見面，仍然像有許多話要說，沒有了那樣的共同時段和機緣，我們便也用微笑代替了言談，時常兩目對視，交換了許多言語。

我們都教國文，但他的教法，和我，和同事都各自異趣。我常想，當初堅持要把他聘進來的前輩，該有何等精到的眼光。

他改作文，和一般國文老師完全不同。學生的文面上永遠潔白如初，絕無紅筆在上面圈點批改的痕跡，簡直像是沒看過就發回來了。

但他確實看過，而且仔細詳閱，只在最後的評語裡做了簡單評論，用語往往臨機提點，獨出胸臆，清新真切，絕無套路可循。譬如，他可能在學生的作文後面批上一句：「你可以去操場跑幾圈，再回來寫。」或者，「章魚燒加可樂，滋味如何？」而事實上，學生那篇文章裡完全沒有提到「章魚燒」和「可樂」。

對於已經習慣套路的國文老師來說，這種評語真是驚世駭俗，石破天驚，簡直是外道狐禪，胡言亂語。

然而，久在此道中的人都知道，國文老師們的評語有多麼呆板無趣，有許多人，巴不得作文紙上永遠都是表格，或主旨結構，或文句修辭，做表格打勾勾就好。

在作文評語裡引發什麼真正的警醒和反思，早就已經是過度的奢求。在評語裡要能說點清新的「人話」，那簡直是不可想像的。

他不用那些號稱專業的僵化套路，卻自有無形的感染力，能給學生許多珍貴的影響。學生遲交作文時，在發回來的作文紙上，都會得到兩個字：「祝福」。而且，只有「祝福」兩個字，沒有別的。學生拿到作文，自然心裡惦量，知道分寸。

有一次，三個學生一起遲到，很晚才進教室。他從背上的大包裡，掏出一把木刀，然後，遠遠地對著學生的頭頂，「咻！咻！咻！」每個人各劈了一刀。劈完，就把木刀收到包裡，繼續上課。

學生距離他好幾公尺，自然連刀風也劈不到，愣愣地看著老師，完全不知他在做什麼。但從那之後，就沒有人再遲到了。

他多年不當導師，只教課，但學生有了心事，不見得去找導師，倒總來找他。通常，他接任新班級一兩個月內，就會有許多為情緒所苦的孩子，自動來到他的辦公桌旁報到。

學生有苦來求，他也聞聲救苦。但那畫面，實在非常滑稽。

總是會有一個學生坐在他身旁，哭得聲嘶力竭，全身抽搐，苦惱已極。而學生身旁的他，或眉頭深鎖，一言不發，或拱手支頦，無言凝思，或恬然靜坐，如淵渟嶽峙，紋絲不動。

這聞聲救苦的大菩薩，往往一句「開示」的法語也不給，頂多微微點頭，便又眉頭深鎖，回到他入定的世界中去了。他身周的空氣，仍然是一片靜默寧定，似乎把空氣裡漂浮的憤怒和悲傷，都銷融淨盡了。

而一旁的學生哭完了，眼淚擦乾，便也歡喜信受，如得大解脫，鼓舞而去。旁邊的同事看了，相顧駭然，不知他用了什麼法術秘訣。這把那些動輒和學生長談數小時又毫無效驗的導師們，看得眼珠一愣一愣，實在不明所以。

能來到這種名校教書的老師，除了某些偶然的例外，通常都有點什麼本事，或為教學的秘訣，或為獨創的方法，或為無敵的魅力，不論是哪一種，多半都巧舌如簧，滔滔不絕。

我們所得到的引導，都無非如何是獲得更強大的競爭力，如何出人頭地，如何更有效的提升自己，在未來的世界之中進入核心，佔有一席之地。即使是「同理心」這類的詞彙，也都是當作分析用語、輔導技巧，我們很少真能幫助學生脫胎換骨，學習真正的深情或慈悲。因為，我們的環境裡多數人的價值核心，都仍然是「競爭」，儘管當事人並不自覺或不承認。

有一次，我們很偶然地談到這件事，他說起一場自身的經歷。

那是他生病暴瘦的那段日子，為了找出原因，一直不斷地進醫院做檢查，其中包括照胃鏡和大腸鏡。

檢查的機器伸入他體內時，他感受到那種陌生的侵入感，身體產生了極度的不適。身體內部的肌肉本能地抗拒著這入侵的儀器，不由自主的高度緊張，所有的筋肉都亢進起來，拼命拒斥著這外來的儀器，於是，那儀器和身體的高度對立，使得他痛苦不斷升高，煎熬無比。

在那一個剎那，他突然閃過一個念頭。在那裡受檢查的病人，絕對不會只有他一個，那一整排的房間，也許裡面都有病人正在承受著這樣難堪的痛苦，他想到這裡，悲憫之念大盛，突然起了一個誓願：如果一定要承受這樣的痛苦的話，那麼，那些病人們的痛苦，就讓他一個人來承擔就好，希望他們都快快脫離那樣的苦痛。

這就是傳說中的「悲心」。

在他悲心一起的那一剎那，突然就聽到醫生驚詫地「咦」了一聲，因為在那個剎那，他體內的筋肉一下子鬆開了，儀器不再受阻，順利進入胃內，完成檢查。

他故事講完的時候，我們兩人都沉默了。坐在菁櫻臺上，和風習習，那一片空氣裡，居然也瀰漫著那種深沉的悲憫，亦悲亦喜。

和這樣的人相處，心裡時時是百味雜陳的，可真要說，又似乎無味可說。

我見著他歡喜，想和他說話，又時常覺得話語有點多餘，便也收拾著，把那些話都丟棄了。

我心裡還是會浮起好奇，還有渴欲親近的念頭。我總是提問，逼他回答些什麼，他總是皺起眉頭，沉思良久，然後吐出幾句，又突然地靜默了，然後點點頭，像是帶著歉意地微微一笑。

我向來是耽溺血勇的粗人，對於這種得來不易的，爺們之間的友情，有著不可遏抑的貪戀，遂不顧「君子之交淡如水」的古訓，把他請到家裡來，炎夏烹茶，為竟日之談。

我們的談話內容，總是有一種嚴重的世俗隔膜感，卻又覺得莫名的親近熟悉。

譬如，我可能問他，每天早上起來，你做什麼。他便道，發願。發什麼願？他便道，眾生離苦得樂。

我聽了著惱，便惡作劇地問，那你有沒有苦？他便道，有。是什麼？資質太差，有些東西不能領悟。

我大笑。這算什麼苦。

事實上，他的苦確實和一般人不同，很難想像。一般人在意的事情，他往往完全弄不懂那是怎麼回事，不知道為何要以此為苦。而他的苦，聽起來又完全像是一個玩笑。

有一個有趣的例子。國中時，他念的是私校，徐匯中學的初中部。以他的資質，毫無疑問，老師們都看好他一定會考上建中。

聯考放榜，他上的是成功。老師們如天崩地毀，無法接受，為此憤怒羞慚，質疑惋惜，情緒排山倒海而來，而他毫無感覺。他說，我看老師們那麼痛苦，我才知道，原來考上成功，是「不好」的。

他說這個故事的時候，我們正在一起過馬路。聽到這裡，我就在馬路上放聲大笑，笑到路人側目，才趕緊快步逃走。

有一次，他問起妻的工作情況。妻說，在國中教書，時常會有無力感，很難避免。

他蹙眉正色，問道：「無力感？那是什麼？」

妻愣在那兒，不知如何回答。我憋不住大笑的衝動，卻硬生生忍了下來，只是翹起大拇指，在他身前比了比，又比了比。

他說：「不是，你又要笑我了，你知道我就是會……有點那個……卡卡的。無力感，那到底是什麼？」

我忍住笑，好好解釋了一遍。解釋名詞，這個我最厲害，尤其是把俗人俗事，翻譯成文言文，講給高僧大德，這不成問題。

我還沒講完，他已經懂了。他說，那是妄想，沒有這件事。

我又忍不住哈哈大笑，又翹起大拇指，在他身前比了比。

「我知道是妄想，我們這種俗人，每天就是會妄想啊。不是，你快來幫我灌頂，減少一點妄想。不然這樣，你幫小寶灌頂。」我於是把小寶拉過來，推到他身前。

他忍不住笑了，卻還居然很認真地回答：「我不會。」

我們之間，似乎又親近又疏離。我們談的話題，總是那樣親近契合，可我們的氣質舉止，又那樣懸隔迥異。

也許跟家庭環境有關，我的身上，總脫不了里巷窮徒的血勇和粗暴；他出身名門，卻有良好的教養和氣質。我與人落落寡合，總是一個人來去。他雖也獨行，卻深受歡迎敬重。因為他，我後來才明白，真正的人際關係，不是交陪出來的，關鍵在自己生命裡積聚的福德。

福德深厚的人，走到哪裡，都會迎來喜樂的眼光，那不是能取巧的。我注意到，他不笑的時候，自有一股厚重端嚴的神態，笑起來卻憨厚可掬，臉上的肉聚攏在一起，可愛極了。他走到哪裡，總是吸引人，讓人心生歡喜。

可我還是好奇，還是總喜歡抓著他問東問西，問他細瑣俗事，逼他交代明白。

他第一次來家裡時，說：「我已經十幾年沒有社交活動了，我第一次到人家家裡，忘記這應該要做什麼了。」

我和妻聽了，都忍俊不禁。

他第二次來時，我便故意問他：「欸，你沒有社交活動，那你有朋友嗎？」

「有，我太太，還有我女兒。他們都是我的好朋友。」

「沒了？」

「有，我在楊梅的時候，有一個還不錯。然後來這個學校，說不定……，就是你。」

「什麼說不定，沒禮貌。是一定，就是我。」

他臉上的肉於是聚攏在一起，笑了。還是那樣憨厚。

我突然覺得慚愧。

他原來把我當朋友，可是我似乎沒有，我發現自己對一般人的要求很苛刻，對他也是。我有時把他當大師，大菩薩，放到雲端上面，偷偷崇拜他。有時把他當徒弟，教他拳，嫌棄著他打不好，打得不像。有時擔心他那麼高，說不定不把我當朋友，我才不要熱臉貼冷屁股。有時又覺得他其實太低，看他跟辦公室裡什麼人都認真說話，心裡又不以為然。總覺得，就算不至於像阮籍的「青白眼」，也該有所揀擇，有時搭話就會有是非的呀。

一直要到很久之後，我讀他給我推薦的幾本書，裡面有些話，終於讓我慢慢省悟過來：

> 我們開始修行，應該有一個發心，就是祈願令一切有情眾生獲得證悟，並提醒自己所做的這一切都是自己的想法，都是自心的顯現。
>
> 大乘修行者不僅希望所有的眾生能夠離苦，而且還能離於苦因，苦因的根源就是二元分別的心。如果沒有辦法充分領悟無二，我們的所作所為，也會導致失望。

空性的精要，就是悲心，但如果沒有智慧，悲心本身就不是菩提心。智慧是菩提心不可分離的面向，我們往往根據自己對他人行為的感知來判斷，這是很愚蠢的。

很久之後，我才明白我生命中的許多苦難，都和這種分別心有關。我的修持進步緩慢，主要的原因就在我始終摸不到究竟智，與無二無別的境界距離太遠。

但他終於要退休了。

他申請退休，須待審核，學校流程還在進行，公文還沒有跑完。但有些老師迫不及待，通過教評會一問，得知他退休的申請還未收到。於是，獨家新聞悄悄出現：「他其實沒有申請退休！」

他遞出退休申請，久候未見回音。卻有同仁聽到耳語，忍不住來探聽：「聽說你又要留下來，不退了？」消息誤傳，其實也不是什麼事。但這麼一來，他的退休與否成了新聞，也成了議論對象。他擔心給大家造成排課困擾，為了阻止謠傳，於是提筆作書，嚴正否認。

我覺得啼笑皆非，心裡的感覺開始轉成了悲傷。是非俗務絕不到耳的清流，還是有事纏上身來。這在世俗本不可免，可他是我最敬重的好朋友，這卻讓我心裡有些怏怏，不是滋味。

我毫無道理地對他生起氣來，氣他居然也被這些事情纏上了。我知道這沒道理，可就是不痛快。那種不快，簡直想對他撒氣。

有一次，我跨越大操場，去逸仙樓辦事，在菁櫻臺見到他。他正站在櫻花樹下，仰著頭，像是看花，也像是看天空，又是一派寧靜。

我有點生氣，想要裝著看不見他，逕直走過去。

他卻看見了我，歡喜非常，滿臉都是笑容，伸出雙手，要來和我互握。好像久別了幾百年，終於重逢。我有點慚愧，伸手握住了他。

他的手厚極了，很溫暖。他歡天喜地地握了幾握，又點點頭。然後，轉過身，抬起頭繼續看樹上的櫻花，或是天空。

我又好氣，又是好笑。老是突然結束話題，森然入定，或者轉身看著天空，這傢伙，又來了。

然後有一種奇妙的慚愧，在我心頭升起。

我發現我好喜歡他，好想念他。可是他要退休了，我還在為別人的錯，生他的氣。我的想念越來越濃烈，又覺得不應該，覺得應該要淡如水的。

我於是自己糾結起來，開始生自己的悶氣。也許是我這個人太軟弱，他才剛剛辦了退休，我就已經那樣的想念他，想得心裡難受。於是，每天腦子裡都有一首老歌在迴盪，歌名叫做「友情」。後來憋不住了，便拉開嗓子，開始放聲大唱。在家裡唱，在路上走路也唱。我唱歌，卻像是吼叫，像是受了什麼傷的野獸，在路邊大吼。

妻說，你好熱情，好喜歡他啊。那他知道嗎？他也會這樣嗎？

他不知道，他也不會。他很早就說了：「這美好的一切，都會過去的。」他就是說給我聽的。他一定是故意的。

所以，我還是生他的氣。不管他有沒有做錯什麼，就是要生他的氣。

年過四十，還能交到這樣的好朋友，我其實非常驚喜。好的和壞的，高興和生氣，想念和抱怨，居然可以通通丟給他。有這樣的一個好朋友，是多麼幸運的事情。

想著他時，就想起了很多遺忘的自己，在生活的追趕裡拋荒了的自己，還有，在這些年裡終於被撿回來了的自己。光是想到他，就覺得慶幸，覺得歡喜。也許，想念一個人也不是壞事。

我忽然想起《莊子．徐无鬼》裡，莊子說的那個小故事。

郢人堊慢其鼻端，若蠅翼，使匠人斫之。匠石運斤成風，聽而斫之，盡堊而鼻不傷，郢人立不失容。宋元君聞之，召匠石曰：「嘗試為寡人為之。」匠石曰：「臣則嘗能斫之。雖然，臣之質死久矣！」

莊子說完故事，若有所失，因為惠子離開以後，再也沒有那樣的對手，可以陪他胡侃了。

我的好朋友已經退休了，離我而去，我可能再找不著一個人，可以那樣跟我談天論地，或者一起沉默，和微笑。在我身邊，再也沒有那個郢地的泥水匠，可以讓我掄斧削灰了。我覺得無比的悲傷。

但他畢竟留給了我這麼多的想念，還留給了我那些離苦得樂的妙方，關於出離，關於悲心，關於我早就讀過，但一直沒有悟過來的東西。

毓老師

自從毓老師離開，到現在已是第九年了。

這麼多年來，我一直沒有寫過以他為題的文章。就算提到，也只是淡淡幾筆，不願說得太多。好像在心裡面一直有一種隱隱的牴觸，不願談他，至少不願多談，或深談。這裡面，有許多說不清的原因。

在奉元書院（天德黌舍，後來改名奉元書院）待久的人都知道，毓老師喜歡的，其實是少說話、多做事的同學。他喜歡守口如瓶、不張揚自己的同學。喜歡修養好、能忍耐、目標明確、意志堅定的同學。他喜歡剛強的，但不是愛現的；喜歡柔軟的，但不是窩囊的。我們有了什麼話，總是在心底放一放，或者乾脆不說。

幾年之後，我和學會有了一點接觸，發現真正在老師門下待了很多年的老同學，已開始默默做著許多實事，不顯山也不露水。他們成立了學會、書院，聚集許多志工投入其間，大家默默努力，一直想要把老師的好東西留下來。

這裡面沒有急著出名的明星，沒有什麼真傳弟子的招牌，沒有高喊皇族大儒的標語，但好像有一種篤定的夢想，一種深厚溫存的什麼，想要讓老師的思想言行繼續發揮作用，滋潤來者。

我發現，老師走了，黌舍老同學的精魂都還在，並沒有消失。我們雖未謀面，心氣仍然相通，於是，我心裡的溫存和想念，一點一滴地冒上來。

認識老師的時候，我才十八歲，大學一年級，我從明星高中「掉到」後段大學，生命處在非常激烈的衝突裡，極其不安。

同學帶我去聽課那天，我其實還很愣，甚至有點不知所措。一進屋，地下室裡滿滿的都是人，但沒有一張課桌椅，只有兩張很大的桌子。早到的同學還可以靠著大桌子，伏案筆記，晚到的同學只能在那種圓圓的硬板凳上坐著，把書捧在手裡彎腰寫筆記。這一坐就是兩個多小時，老師又時常晚下課，撐到下課時間，總有點腰酸背痛，屁股發麻，還居然有一種「鬆了一口氣」的感覺。

老師說話是北京口音，還有一些東北土話，其中有一些特殊的語言用法，和所謂的標準國語其實很不一樣。對我這種從小講「臺灣國語」的孩子來說，真是不太容易。十八歲的孩子還沒有進入社會，接觸的人太少，對各種口音的適應力還很不足，時常要努力辨認、揣摩、想像老師到底要說什麼，多少會有點分心，沒辦法那麼快進入情境。

但相對於語言來說，我更強烈的感覺是他身上的神情和力量，挺拔高峻，但是又端凝厚重。我們跟普通人說話，多少會有一點注意力被什麼東西分散的經驗，但坐在他面前，他身上有一種驚人的攝受力，會讓人不由自主地收斂精神，把自己凝聚起來。

有一次下課後，老師把我留下來，跟我聊了幾句，問我是哪兒畢業的，學的是什麼，哪裡人。我一一如實說了。我想，像我這麼普通的學生，也就是隨便問問，表示關心而已，老師當然不可能記得那些細節。

但是我錯了。從那天之後，只要提起「老家」這件事，老師都記得我是「內湖」人。我那時候還不知道，他不但記得學生的籍貫，而且還在我出生的地方——洲尾——住過很長一段時間，和我們家有特別深的因緣。

有一次，我在家裡突然接到一通電話，話筒拿起來，聽到話筒裡傳來一道渾厚的共鳴：「世奇呀？」

我「刷」地一下就站了起來，簡直是慌張失措，渾身發抖：「是……老師……？」

「你什麼時候來？」

「啊？來？什麼時候？啊……好，老師說什麼時候……就什麼時候……」

「我下午要出去，你吃了飯過來吧。」

就這樣，我一接電話，著急忙慌地騎了機車就去。但去了那兒，並不是什麼祕法傳授、師徒印心，完全不是。他只是找我去「看家」而已。

我到的時候，通常老師也差不多要出門了，於是我就乖乖跟老師道別，乖乖坐在昏暗的客廳裡，聞著院子裡傳來的一陣陣異味——那隻很老的大狗「毛毛」身上的氣味，度過一個寂寥又奇妙的下午。

那樣的下午，我抬起頭看著屋裡，總會有各種神祕的想像。老師為什麼老叫我來看家呀？這屋裡一定有什麼神奇的寶貝。

老家的堂叔說，老師住在洲尾的時候，曾把他們幾個男孩叫到屋裡，讓他們看看什麼叫龍袍。我後來推測，堂叔年紀太小，可能弄錯了，不是龍袍，應該是紫袍。老師是禮親王嫡裔，屋裡藏的應該是紫袍，不會是龍袍。

紫袍肯定貴重了，可是不是有其他更貴重的東西呢？我也不知道。有一段時間，門楣上掛的是于右任的字：「長白又一村」。我想，這書法大概也很貴重。

我抬起頭，牆上掛的是康有為的書法：「詠豳軒」，還有一副對聯，上聯是「探賾鉤深開物成務」，下聯我忘了。我東張西望，心想，這些大概都是貴重的吧？可我那時真是非常愣，怎麼樣也感覺不到那東西的貴重在哪兒。我比較好奇的，是架子上那一排整整齊齊的書，上面全寫著一行金字：「文淵閣四庫全書」，每個字都閃閃發光。我想，這個是不是更貴重一點？

我很想把那書打開來瞧瞧，可老師並沒有說我可以動那些書，我想了想，還是就此作罷。最後嚥了嚥唾沫，還是打開我的《民法總則》，乾巴巴地讀起來了。

等老師回到家，那種乾巴無聊的氣氛一掃而光，變得溫熱無比。通常，老師會坐下來跟我聊上幾句，我便開始亂問問題，那是我最快樂的時光。

那個年紀的我，對他既充滿了無限的崇拜，又有充滿了親近的渴望。他在境界上像是一種高不可攀的存在，但在互動的時候，又有一種溫潤的親切感。他老穿著長袍，留著長鬍子，感覺是「古代人」，他又時常指天喝地地斥罵，那高峻的樣子離我非常遙遠，但他就坐在我面前，聲音裡全是嗡嗡嗡的渾厚共振，還有一種很溫熱的氣息，一種「很在乎你」的感覺。

《論語》裡說「望之儼然，即之也溫」，我不知道是不是這種情形，但這種感覺，我過去未曾有過。

老師和我的阿公同歲，都屬龍，這使我非常驚奇。他們兩個明明歲數一樣，怎麼就像完全屬於兩個世界的人，一點相似處也沒有？

我和阿公基本上完全無法溝通，很少說話，最常聽到他說的話是「幹伊娘咧」，至於其他說過什麼話，我一點都不記得了。但我跟老師談話，卻可以說得很深很深，幾乎把靈魂都掏出來了，這真是一種前所未有的經驗。

我們之間無疑橫亙著六十一年的歲月差距，卻居然可以促膝共談，甚至可以把那種我對誰都說不出口的話，對他源源不絕地掏了出來，說個不停，好像年歲是個假問題，根本不存在似的。

其實，我一直都糊里糊塗，不像那些真傳弟子那麼聰明，我提的問題往往沒有什麼深思熟慮，沒有章法，也沒有層次，都是亂問。譬如我去找老師，老師一開門，帶我進屋，我一坐下來，就會開始問：「老師，我剛剛按門鈴，跟著老師進屋，我身上有沒有什麼要注意的？應該怎麼樣比較好？」

這種問題，大概都屬於智障級的問題，應該沒有什麼老師想要理會。不過，老師卻很認真地回答：「嗯。你一進門，看到老師的時候，嚴肅一點。不要咧著嘴一直笑！」

「喔，好。」我於是慌慌張張地拿出筆記，趕快記下來。

有時候我胡思亂想，也能問出一點難題，問的時候也無所避忌。譬如，書上都說孝悌為仁之本，本立而道生。但「孝」字很難，要是父母親真的什麼地方很糟，我們氣都氣壞了，還要怎麼孝？

老師靜靜聽完，然後平靜地說：「《易經》裡面有個「蠱」卦。裡面有兩句話，『幹父之蠱』，『幹母之蠱』。回去可以把這一卦拿來讀一讀，玩味玩味。」

我聽了似懂非懂。後來讀《神鵰俠侶》，讀到一段楊過在鐵槍廟裡的故事。他得知生父楊康的為人，抱頭在地，悲憤難言，想不到自己生身之父竟是如此奸惡，自己名氣再響，也難洗生父之羞。但柯鎮惡最後說了一句話：「楊公子，你在襄陽立此大功，你父親便有千般不是，也都掩蓋過了。他在九泉之下，自也歡喜你為父補過。」

在那一剎那，腦海裡靈光一閃，「幹父之蠱」的意義突然明白朗澈，再也不需要解釋了。我們這種庸人，若有什麼先天不足或後天所失，老是等著這個世界償還一點什麼公道，忙著抱怨自憐，但那其實都是弱者的思維。「蠱卦」裡那些話，從骨子裡就不是這個等級，完全是霄壤之別，把那個思路讀進去，才能脫胎換骨。

老師平常總說：「以夏學奧質，尋拯世真文。」我於是想，這夏學裡要沒有奧質，回答不了我們「怎麼活」的問題，還算啥真文？既是真文，必有答案。既有答案，我又沒有讀到，老師在這兒，為何不問？於是我上窮碧落下黃泉，問個不停。

老師通常能夠包容我的蠢問題，但有時候，我的問題也會把老師激怒。譬如，老師上課總說，孟子說「士尚志」，人貴乎有抱負，一定要有。這些話的字面意思不難理解，但放在生命裡，我想了又想，還是想不通。

要有什麼抱負？經世濟民？登斯民於衽席之上？智周萬物而道濟天下？這個我都會背，會講，還能串到一起，寫成文章，但我還是不懂。那是古書上寫的抱負，不是我的呀？我的抱負是什麼？我沒有呀？找不到，或至少現在弄不清楚。

我大概特別晚熟，正常一點的人都會知道：沒有抱負，閉嘴假裝有抱負就是了，不要去老師那兒討罵挨。可我不是，我傻里不幾地去問老師：「老師，為什麼要有抱負？可是，我想了很久，我沒有抱負耶，怎麼辦？」

老師沉著臉：「沒有抱負，那你好好兒地吃一頓，好好兒玩上幾天，然後，就可以去死了。人沒有抱負，還活著幹什麼？」

我雖然愣得厲害，這話一聽也知道是挨罵了，嚇得冷汗直流，手足無措，訥訥地沒有言語。那之後，我又過了很多很多年，才弄清楚自己胸中的抱負大概是什麼，可是，我也學乖了，不敢再去找老師印證了。

因為，我漸漸明白，不論我說我的抱負是什麼，都會被狠狠臭罵一頓的。我可以想像，如果我說了抱負，聽到的評語大概會是：「哼，庸人也！」或者是：「哼，那你做了嗎？君子恥其言之過其行！」總之，不管說什麼，都是要挨罵的。

但不管他罵得再兇，我還是不怎麼擔心。我總想聽他說話，問他問題，在他身上尋找一點我從沒見過的東西，還是總找他，好像皮癢去討罵挨似的。

有一次，老師一反常態，突然嘆了一口氣，對我說：「你真是，很純潔。」

啥？我很純潔？老師這回看走眼了，我才不純潔咧。我看到路上有美女走過去，都會忍不住多看兩眼，可不像老師門下的那些老同學，每個都規規矩矩，目不斜視，看起來像道學先生似的。

我記得老師上課總說：「我們黌舍那些老同學，都可以入聖廟了，連一句假話也不會講，什麼用也沒有！」他當然是在罵學生，說大家古板不知變通，但他的那些老學生真的很規矩，好多看起來老實巴焦，真像魯迅說的，住聖廟裡跟著聖人吃冷豬肉的哲人。老師要說他們純潔，我肯定贊成，要說我純潔，這個……雖然聽著很開心，但我才不是。

「你很不容易，我罵你這麼兇，你都沒有跑。」

「喔。」我還是不懂，但只能默默表示接受。被罵了沒有跑，原來是很純潔？這到底是為什麼？那，不純潔的人，是什麼情況？又過了很多很多年以後，我才開始覺得，好像有點明白了。

不純潔，就是帶著目的，想在老師這兒撈一點好處，撈不到，還只能挨罵，最後就得跑，因為不划算。被罵得渾身掉了一層皮，還是黏著老師不放，那就是真想跟著老師學東西，解決生命的問題。

我有時會覺得，我性格軟弱，應該不是老師喜歡的那種學生，所以老師罵我罵得兇。但那對我一點也不重要，我跟著他念書，本來就不是為了讓他喜歡的，我也一點都不想成為得意弟子什麼鬼的，我只是想跟著他學習怎麼活而已。

我是個問題學生，每天腦子裡都有數不清的成千上萬的問題，老想纏住老師問清楚，恨不得把整個世界的奧秘都問出來。於是，我只要找到機會，總是纏著老師不放，追根究柢。

大三那一年，我發現自己對法律系實在沒有興趣。我喜歡文學、思想、文化，至於法律這條路，我真不想走了，於是跑去問老師。

那一次被罵得最厲害。「沒興趣？要什麼興趣？這是給自己找藉口，沒有一點男人的定力！……」他聲色俱厲，如巨雷轟震，一層一層扒開我的皮。如果看過周星馳的電影，就能夠想像那種高手罵人的威力，我簡直當場皮開肉綻，完全招架不住。

老師說得對，和他那樣神級的人物相比，我肯定是一點定力都沒有。大二那一年，我為了靜下來專心準備轉學考，節省在陽明山舟車往返的時間與精力，我辦了休學。老師問我：「準備個考試還要休學？」把我大罵了一頓，然後叫我每天去他屋裡，把我關在地下室，讓我好好讀書。

那可能是我生命中最神奇的經驗。有那麼一個老人，每次見面總要大罵我一頓，但罵完了以後，又把我關在屋裡，逼我練習定力，好好讀書。我被關在屋裡，卻歡喜得手舞足蹈，那種「被當一回事」的感覺，簡直幸福得要爆炸了。

可是即使如此，我還是沒考上臺大法律的轉學考，又回到了文化。接著折騰了一兩年，突然又說自己不喜歡法律，可想而知，老師一定覺得我胡說八道，專找藉口，害他白費那麼多勁，最後還想當法律系的逃兵，真是扶不起的傢伙。

我默默地挨了罵，乖乖地回家了。但這回，我是真不想念法律了。

升上大四，我默默地找了中文系的課表，開始加入自己的選課單。選課的時候，我又忘了挨罵的痛苦，又跑去找老師提問：

「老師，我想選《左傳》，老師覺得好嗎？」

「好呀。」

「可是我記得老師上課的時候罵過《左傳》，說《公羊》好，《左傳》不好。」

「你不讀《左傳》，怎麼知道它哪裡不好？」

「喔，好。」我於是選了左傳、國學導讀、文學概論，接著，我一步步走向我的中文之路，過程非常艱辛，一點也不順利。

老師一直希望我念法律，反對我們一堆人都去學中文。可我偏偏要鑽進去，可想而知，在那種不知明天會在哪裡的徬徨裡，一定還要繼續挨罵。但在這個過程裡，我仍然眷戀著老師，仍然挺著挨罵的痛苦，繼續不斷地向老師提問。

這個時間非常非常久，一直到中文系的博士班放榜，我考上了，去找老師報告。

那一天，老師欣然色喜，終於給了一句正面的肯定：「欸！博士到手了，接下來，可以好好做一點事情了。」那一刻，我百感交集，差一點潸然淚下。老天，怎麼得到一句稱讚就這麼難呀？

事實上，我能夠撐這麼久，一直不斷地挨罵而沒有跑掉，並不是因為我修養特別好，忍耐的功夫特別強。正好相反，我就是個爆脾氣，誰罵我我就反唇相譏，我才不挨罵。不是有個北宮黝嗎？對，我就是，惡聲至，必反之。

可老師不一樣，他罵我，裡面好像有一種「把我當回事」的感覺，我對那種感覺不免眷戀。而且，我們每年三節都要送菜給老師，這使我就算不想挨罵，每年到了這些固定的日子，也會自動排入挨罵……呃不是，是拜見老師的時程。

這有點因緣。我剛開始去矍舍上課時，家裡的經濟情況剛好特別困難，我為了不想跟家裡多拿錢，決定停止上課。高中同學們得知此事，一群人聚在一起籌了學費，居然直接幫我把學費繳了。

面對同學的恩義，我感動又慚愧，不敢辜負他們，只能繼續上課。但這種事情總不能長久，有一次，我思量著要跟老師道別，鼓起勇氣提起此事。老師想也不想，卻揮了揮手：「以後不要交學費了，你來上課就是了。」

這件事情，在我的家裡造成了大大的震動。

媽媽覺得這是天大的恩情，不能不報。她聽說老師因為胃癌做了手術，接受醫生的建議改為素食，從此以後，每年三節：過年、端午、中秋都一定給老師精心做好各種大菜，讓我給老師送去。

最驚喜的是，老師非常喜歡媽媽做的菜。他在課堂說起這件事，毫不避忌，憮然而嘆：「天下的素菜館做的素菜，沒有和尚廟做的好吃。和尚廟做的素菜，沒有世奇他母親做的好吃。」

母親的性格，和我這種沒有定力又亂七八糟的人完全不同。她意志堅定，每年三節一到，必定給老師做菜，絕不錯過。唯一忘記的一次，是九二一大地震那一年，地震把她嚇壞了，那次的中秋節停了一次，但此外，她從不中斷。就因為每年三節必須送菜，我又多了很多機會可以挨罵……呃不是，可以跟老師私下談話。

我那時沒有想到，那些年節的素菜，給我帶來了更多的啟發。

我每次送菜過去，老師都準備了好茶回禮，禮數早已做足。《中庸》上說「厚往而薄來」，老師的舉止處處都是身教，給的永遠比收的多。但老師總覺得這還不夠，母親的那一份心意，他一直放在心上，總想著要讓母親的晚年過一點好日子。

「晚年過一點好日子」是什麼意思？老師想得遠，他判斷，老人家晚年若想不受苦，世奇就得娶一房好媳婦。

這種思維，像我們這種平庸無比的人，再投胎八輩子也想不到。

但問題在這兒，我這個人個性太怪，根本沒有人要。就算人家要我，我這古里古怪的性格，也會對人家挑三揀四，最後告吹。我到了適婚年齡，一直沒有談論婚嫁的對象，大概每一兩個月都得相親一次，親朋好友都動員起來，我時間一到就去赴約，把晚餐錢或咖啡錢付了。見了面通常不滿意，於是一次又一次，持續著單調的相親生涯。

在這個過程裡，老師持續關心，每次見面總要問起，甚至挖空心思幫我想對象。他說，我要是有了相親對象，就把相片帶去，讓他相相面。

這樣遷延多年，一直到我三十九歲那一年，我突然腦子開了竅。有一位在黌舍一起上課的學妹，個性溫和，遠勝我那些相親的對象，於是我對老師提起了她。

老師一聽，想都沒有想，就讓我當場撥電話給她。撥通以後，他接過電話，劈頭就問：「欸，那個誰，你什麼時候來？」

妻接到電話，跟我一樣嚇得手足無措，馬上約了明天跟老師見面。第二天，老師就把這件事辦了。

妻後來跟我說，老師問她：想不想當官夫人？如果想，就不要考慮世奇了，他總之不會當官。如果不想，那麼，在這個世界上，你找不到比他更好的男人了。

我們於是著手辦理婚事。我們想像不到的是，老師的支持並非到此為止，他對這事極為重視，不但答允親臨道賀，在結婚證書上簽字蓋章，而且嫌我們的結婚證書做得太粗糙，立刻命令我們上天下地去找，找一份「像樣的結婚證書」才行。

我們果然上天下地，城市裡找不到，最後在桃園的鄉下找到一份精緻無比的「硬殼精裝結婚證書」，送去給老師審核。老師看了那精美的包套，終於滿意地點點頭，拿出了他鐫有龍紋，代表皇家身分的印章，小心謹慎的蓋上。

接著，他又要看我們拍的「婚紗照」。我們都沒有想到，一個「古代人」怎麼會這麼重視這些「現代的東西」，但看到老師這麼重視我們的婚事，當然非常歡喜，慌忙把所有的行頭都給老師帶去。

老師摘下了眼鏡，看了又看，有時又把眼鏡戴回去，一頁頁細看。然後，指著婚紗照，笑嘻嘻地說：「這兩個人看起來，年紀差不多。」

我比妻大了八歲半，這話可讓我樂壞了，但妻就未必樂意，老師又一臉調皮地指著妻說：「欸，這話她聽了一定很傷心。」

我們對看了一眼，都忍不住哈哈大笑。

要到很多很多年以後，我才想到，老師在我們結婚的細節上投入的關注，如此無微不至，也許，正是老師最慎重的祝福。《禮記》上說「敬慎重正而後親之」，或許，他也想在這裡面教我一點什麼。

婚宴當天，母親終於見到了傳說中的毓老師。母親是極老實的人，見到老師，那分恭敬簡直到了十二萬分，滿到無以復加。她想到我這孩子相親多年，都沒著落，怎麼突然就結了婚？老師還一手安排、親自到場！她恭恭敬敬包了一個從沒包過的大紅包，雙手捧著，來到老師身前，想不出要說什麼話，只說：「老師，這是媒人禮……」

老師想也不想，用手輕輕擋了回來：「不用。」

母親的臉脹得通紅，所有的話都堵在胸口，怎麼也說不出來。她想到我這個成天打架、終日憤世的孩子，怎麼突然成了天天撒嬌、甜言蜜語的兒子。又想到在家裡經濟最困難的時候，老師免了學費，一路教我到現在。她突然有了主意，雙手捧著紅包，又呈了上來：「老師，那些年，他的學費……」

老師輕輕把紅包又擋了回來：「沒有那個事。那我吃了你二十幾年的飯菜怎麼算？」母親愣在那兒，「不是……那……那算什麼……老師……老師……」

「不用，不用。」

晚宴上，母親對老師的感激擠滿了胸口，卻一句也說不出來。老師知道她的心情，只是點頭微微一笑，全不掛懷，卻拉著我的老丈人，喊了一聲「老親家！」然後，坐在他身邊說個不停。

老師喜歡河北人，尤其是三河人。王府出身的人都知道，他們用人最愛的是三河，因為三河人老實，話少，沒有是非，絕對靠得住。我的岳父，正是河北三河人。這一樁婚事，是他幫我精挑細選的安排，他把所有的面向都想到了。

那一段日子，老師終於不罵我了。我時常去找老師說話，每次一談，就談到午夜十二點多，我呵欠連連，而老師精神百倍，絲毫不見疲累。我這才深刻地意識到，什麼叫做真正的功夫。

事實上，老師真的從來沒有老過，身上一點老態也沒有。他臉上是有花白鬍子，但皺紋不多，聲音宏亮，舉手投足，甚至是拍桌大罵的動作，速度之快，和年輕人沒有區別。有一次他拉著我的手，讓我摸摸他的手背，跟我說：「你看，這皮膚，比女人還細！所以人得寡欲，要下功夫！」

所以他在我的生命裡，是一種非常神奇的存在，完全不能用過去的經驗去想像、去推斷，我只能一直用充滿驚奇的眼光看著他，用心領略他說的話，還有他表現出來的東西，但從來不覺得也不敢說自己懂他。因為，那根本就是不可能的事情。

像我們這種尋常庸俗之人，平日心裡面多少總有一些烏七八糟的小念頭，可在跟他說話的時候，那些東西會被震住、打碎，或者毫不猶豫地拋棄。那種心理有點像自慚形穢，覺得自己不趕緊追上不行，但事實上又明明知道追不上，只能瞪大了眼睛，凝聚著精神，把自己的心騰出空間，騰得乾乾淨淨，拼命努力咀嚼玩味老師說的東西。多半的時候，我們的談話結束後帶來的感覺都是若有所悟，渴欲大步昂然直進，但同時又隱隱若有所失，覺得自己好像真的太弱了。

我沒有什麼氣吞斗牛的志氣，卻眷戀著老師春風如煦的溫柔。我想，他跟阿公同歲，那麼，孫子對爺爺可以做些什麼呢？我很想開車帶他出去玩。於是，我和妻商量了，想帶老師去故宮走走。儘管，那聽起來像是不可能的任務。

出乎意料之外的，老師沒有拒絕，只問了一句：「你開車穩不穩？」老師的意思是，有些毛躁的駕駛，不是猛然啟動，就是緊急煞車。那其實也是我最討厭的習慣，於是我充滿自信地回答：「穩。」

那一天，我們就像愛麗絲夢遊仙境似的，終於把老師帶出門，心裡還覺得如夢似幻，不像真的。

進了故宮，我跟老師告了罪，說暫離一下，去櫃檯借輪椅，因為老師已經一百多歲了，在故宮裡這樣逛，怕是會累的。但老師揮了揮手，說不用。

我們於是一路進發。我對故宮的古物一向興味盎然，東張西望，看得有滋有味。老師指著我，笑瞇瞇地對妻說：「他對古物，比我還迷！」

接著，老師說：「去吧，你不要陪我了，去借一部輪椅，讓我坐著休息，你慢慢看。」

我有點不安，但老師卻笑瞇瞇地又揮了揮手，又說了一次：「去吧！」

我只好推了輪椅來，讓妻照看著老師，然後又像劉姥姥似的，又開始東張西望，到處亂看。過了一會兒，還是覺得不安，又回到老師身邊，想跟老師說話。

老師看著我，舉起了他的左手，「你不是喜歡古物嗎？這是玉，你看看。」我湊近了細瞧，那玉體積非常厚重，大約只有老師這樣大的骨架才能戴得住。上面有咖啡色的部分，也有黃色的部分，跟我想像的完全不同，並不是碧綠晶瑩的模樣。我忍不住問了一句：「老師，這是哪一朝的？」

老師只說了兩個字：「漢玉。」

我驚得寒毛直豎，差點跳了起來。漢……玉？漢朝？整個故宮也沒有多少件漢朝的東西，唐宋已經是極品，老師身上的……我的天！我敬畏已極，再也不敢多問。

那天中午，我們在三希堂用餐，我給老師點了餐，餐後飲料當然是烏龍茶。我記得老師上課老開玩笑，罵我們：「每天就喝黑水、趕時髦，什麼十毛？九毛九都不行？」老師是古代人，當然不能點「黑水」，要點茶。

吃過飯，我的咖啡上來了，我喝了一口，覺得還不錯。老師看著我的杯子，瞪大了眼睛：「這什麼？」

「黑水。」我促狹地回答。

「什麼？」

「黑水呀。老師，這是咖啡，就是『黑水』呀！」

「我喝一口。」

「咦？這……」我驚疑不定，慌忙端了過去。只見老師喝了一口，又是一口，微微點了點頭，又喝了一口，像是覺得還不錯。

這回，我和妻都瞪大了眼睛。老師，竟然也喝「黑水」？而且，好像喝得還挺好的？我後來聽學弟說起，老師喝養樂多的時候也是這樣，一口接一口，一邊喝一邊嘆氣：「啥玩意兒？日本人弄的這啥玩意兒？怎麼這麼好喝？」說著又喝一口。看來，老師這個「古代人」對新事物的接受能力，遠比我們的想像強得多。

在那一段時間裡，我們的互動頻繁，我享受著前所未有的師生互動，覺得親密又溫熱，幸福都要滿出來了。同時，我又承接了一項重責大任：幫老師進行課堂錄影。

我那時候沒有想到，禍兮福所倚，福兮禍所伏，這是我們師生關係最親近的時刻，但也隱隱埋伏了我看不到的危機。

老師對於講課的內容，一向嚴禁錄音攝影，更不用說全程錄影了。但因緣際會，我卻擔任了實況錄影的工作，這其實是很敏感的事情。當老師興之所至，突然對政治人物開罵的時候，我一定要及時按下暫停鍵，如果沒有及時操作，事兒就大了。

老師把這樣敏感的事情交給我，固然是由於信任，但這麼敏感的東西放在我身邊，也就把我推到了火坑裡。「匹夫無罪，懷璧其罪。」這件事本身，就能為我帶來許多異樣的眼光和揣測。到後來，那樣的壓力已遠遠超過我的想像，每次錄影，都像在炭盆子裡烤著。

後來，我重讀二月河的小說，提到雍正還沒即位之前，奉旨辦差，受苦受累，蒙冤挨罵，好處卻讓八弟胤祀都佔全了。他在藩邸氣得咬牙切齒，旁邊的鄔思道卻提醒他，你能不能吃這個虧，捱過這個苦，皇上都看在眼裡，你得扛得住。

可惜的是，我沒有鄔思道那樣的遠見，也不曾好好修過「忍辱」，我像的倒是《紅樓夢》裡的晴雯。曹雪芹寫晴雯，說她是個「使力不使心的」，平兒對晴雯的描述最是生動：「那蹄子是塊爆炭，要告訴了他，他是忍不住的。」

就像晴雯那樣的「爆炭」，我的心裡直想，挨罵可以，可不能被冤枉，這氣怎麼也咽不下去。我把袖子一甩，不幹了。

我甩了袖子以後，老師倒也沒有再找別人接手，這事就此結束。但沒有多久，有人拿老師的事兒整出許多動靜，老師隱居了大半輩子，熱鬧的漩渦突然捲了過來。聰明人各懷心思，那也不用多說。

我是個心氣高傲的人，人爭我去，人好我惡，越是虛熱鬧，我就越鄙斥，於是我堅決不再去書院了，也絕口不再提老師的事。我性格也許軟弱，但氣性特別大，偏不要沾光過日子。

因著各種氣憤憤的不平，毓老師走了以後，我居然沒有哭，只有一種深沉的悲傷。上香的那一天，我雙手舉起香來，鞠躬時猛然心裡一酸，酸熱在鼻腔亂竄，在老師的靈前，我覺得什麼也說不清，轉身踉蹌出了靈堂。

老師身邊那些聲音，越來越熱鬧，我慌忙又決絕地退出了鬧哄哄的圈子，心裡想，這些事情，都埋葬了罷。我橫豎永遠搞不懂，這些讀書人的腦子，太聰明了。

前些年，去了一趟北京，那是一場「傳統經典融入教學」的交流活動，我在數百人聚集的會場報到，準備入場。

那天的天氣有點涼，老師的乾孫女兒穿著一襲黑色斗篷，站在會場門口等我。

她其實是毓老師的學生，也稱我學長，她和老師有親戚關係，基於某些因緣，老師認了她當孫女。她來探班，當場就接洽了主辦單位，說她要天天陪著我，隨時準備接手招待。

我自然是受寵若驚，覺得當不起，客客氣氣寒暄了幾句。入場時，我被工作人員引導到前排座位。她隨我來到指定座位後，低聲告訴我，老師在北京有個園子，這幾天她會跟接待人員聯繫好，找一個空檔的時段，安排我去看看。

那時數百人在現場，人聲鼎沸，她聲音不大，只剛好讓我聽得見。

我不知道為什麼，突然地鼻酸眼熱，眼淚就流下來了，臉上有點發燙。老師走了五年，我第一次這樣，也不知為什麼這樣。

這是海淀區教科會的活動，是中華書局承辦的業務，本來和毓老師沒有直接關係。但在那一剎那，我竟然有一種錯覺，老師好像安排了什麼，在那裡等著。

他的孫女已經準備好，要領我去他的園子走一走，去感覺他留下來的痕跡和記憶。

我在臺上講孟子時，這個學妹在下面拍照、記筆記，然後抹眼淚。她後來說，聽我講課，一直想起毓老師，眼淚一直掉。

下來時，她拿水瓶兌了熱水，放在我桌上。大陸的教師請我去交流時，她一把搶過我的行李，說她可以幫我拎包，讓我快去。

那幾天，她每天都來，見了面，總要聽毓老師的事情。我已經五年沒有提過老師的事情，但經她那樣一問，那些事情竟像流水一樣，一點一滴，嘩啦嘩啦地開始流出來。說話的時候，我總覺得老師好像就在旁邊聽。

直到搭飛機離開北京的那天，我終於沉默了。我突然意識到，不論我記得多少事情，老師畢竟走了，真的走了。我在飛機上，覺得憂傷沉重，揮之不去。

但其實，老師已經把所有的事情都做了安排。

我這些年對生命的信仰和堅持，都是從他那裡來的。我的工作，不管是課堂上講的，還是筆下寫的，多半都是他啟發出來的。我在青少年時期和母親的緊張關係，因為老師的出現，有了徹底的轉變。連我的婚姻，老師也一手安排，妥貼周延，這裡面還顧及了母親的晚年。

今年，不曾預想的官司突然纏身。在我最急難的時候，書院的同學、學長應時出現，二話不說，全力援助。一個從未謀面的學長，看我被折磨得神思乾枯，拿出專業的意見，立刻鎮住了我的昏亂失措，同時給了無條件支持的溫暖，讓我停止了無限下墜。

我突然覺得，老師的精魂，好像從來都沒有離開，一直都在。隨時準備接住我，讓我往前走。

我在前些年的許多複雜情緒，突然變得單純起來。那些人事上的是是非非，其實都無關緊要，浮名虛譽，或福德餘蔭，都是各人因果，於我全不相干。最重要的只有一件，就是在我這一生裡面，老師教了我什麼，給了我什麼，還帶來了怎樣的轉變。

我們相處了二十六年，那些事情，在我的心裡一一浮起來，一件一件在心裡流過。我心裡想，我好像應該寫點什麼。可是，我怎麼能寫老師呢？我又不是什麼厲害的弟子，渾身都是缺點，老挨罵，我根本就沒有資格說老師什麼呀。

早晨醒來，我躺在那兒，心裡又浮起老師的樣子，還有他的聲音。我想起一個激動的剎那，就是在我最青澀的十八歲裡，接到他的電話，聽到話筒裡傳來溫厚威嚴的嗓音：「世奇呀？你什麼時候來？」

在那之後，每次和老師通電話，從來沒有「喂」，也沒有「再見」，話筒那端傳來的總是那一句：「世奇呀？你什麼時候來？」好像我是學生，就應該來，你來，老師跟你說話，一切都是理所當然。

我總是厚著臉皮就去了。我知道老師忙，其實沒有什麼閒工夫，可遇到像我這樣的笨學生，他總是排出時間，然後一談就談到深夜，超過十二點。那麼多年，一直都是這樣。

我躺在床上，看著天花板，腦子裡一直浮起那個聲音：「世奇呀？你什麼時候來？」一會兒我才發現，我的臉上都是溫熱的水珠，淌來淌去，都滴到耳朵裡了。

後記

寫自己的故事，有時不是很好拿捏。寫好的一面，多少有些難為情，寫壞的一面，又怕拿捏不好，反而顯得矯情。

不論是形象、性格或什麼個人特質，所有的「自我」，往往是在自己的主觀認同中點滴建構出來。隨著認同的變化，它會不斷重構，所謂的「我」，本沒有那麼獨立絕對、永恆不變。站在天理流行、賦物變化的角度來看，這個「我」也就是偶賦的氣質之性，因習染而變，並無常體。

但在那個「小我」、「假我」（或者說具體個別的氣質生命）背後，當然還有個寬廣無邊的自性之海。在這個「我」遷流不居的變化過程裡，若有機緣遇見那些美好的靈光，生命就有了轉化蛻變的機遇，活成更完整的自己。我們驚覺到這樣的轉化可能時，固然欣於所遇，有時也會萌生墜落沉淪的擔憂。

蘇轍曾說：「恐遂汩沒，故決然捨去，求天下奇聞壯觀，以知天地之廣大。」說這話的時候，他十九歲，正是銳意進取之時，家中有慈母教導、賢父兄提攜，上京趕考又一戰成名，各種美好的機遇紛紛湧進他的生命裡，但他仍然隱隱戒懼，害怕自己一不小心，就變得平庸凡俗。

賢如蘇轍，尚且戒慎如此，何況是我等尋常之流，乃至氣質駁雜、耽溺血氣之輩。個體生命無論特質再怎麼突出鮮明，也很容易在不經意間，就隨時光流轉，任聰明消耗浪費殆盡，最後變得一無足觀。

師友挾持、同窗攻錯，當然都是讓人進步的力量，直諒多聞的友朋，也能把我們帶上一把，讓我們成為更好的自己。但除了這些顯而易見的助力之外，有些遇合可能只是短暫的交錯，仍為我們帶來許多生命的美好想像。

譬如，在稚嫩的童蒙裡，那些悠揚的聖歌和熱騰騰的牛奶；在我獨居嚎啕時，鄰家主婦的敲門問候和那盤吐司麵包。或者，那慣於獨處的歲月裡，悄然出現的同齡玩伴，還有突遇危難時，不假思索就仗義出手的同窗。

我一直都記得，在那些踽踽不安的歲月裡，有對我愛恨交加的班導，有宛如初戀的雙辮女孩，有引領我看見另一種世界的知交，有疼惜包容我的許多同學，伴著我在各種苦澀的衝突裡緩緩走出來。

最難熬的是高中，最敏感的年歲裡，碰上了最殘酷的考驗，那艱難一直延續到大學，陣痛一再反覆。高三那一年，我憂愁鬱憤，終日無言。哥哥說，他一整年都沒有看過我的笑容。在那天昏地暗的時刻，我幾乎以為生命已經無路可走。

但等我從深谷裡終於爬出來，我才記起，在我身邊默默陪伴的同學，已為我留下了許多生活的密鑰。有的陪我搭公車看魚，有的陪我天天跑合唱團，有的陪我看那艱澀難懂的電影，有的陪我趴在電視牆前放聲大笑，也有的陪我一起練拳做武俠夢，一起刻下許多獨一無二的生命記憶。那裡面滋味醇厚，味之無極，讓我重新開始相信這個世界。

黌舍（後來改稱書院）、武術社團和研究所的學習，是我重整腳步、脫胎換骨的關鍵，也是後來專業養成的直接來源，想到他們的時候，我的心裡充滿了深沉的感激和喜悅。除了老師，那些亦師亦友，又相濡以沫的學長和同儕，總是不斷打開我的心胸和視野，讓那個原來的「小我」一點滴放大，漸漸還原出更完整的自己。

年過五十，在生命漸趨圓熟，觀照漸趨朗澈的時刻，回頭一望，那些苦難的影像忽焉風流雲散，如戲如夢。而那些在慌忙趕路時不慎錯過、辜負的身影，卻在腦海中變得清晰高大起來。包括那送我第一束鮮花的女孩，那被我忽而不顧的共學友伴，和他們相處的點滴記憶，此刻都變得如此珍貴可愛，宛如天明時的晨星。

我想念他們。所以總是情不自禁的想寫下他們，記住他們。

同時，我也驚覺了那種「恐遂汩沒」的擔憂。在血勇狂飆的疏狂年少，那種睚眥瞋目、動輒同歸於盡的無明，時時在胸中上湧，若沒有那些美好的相遇，尤其是那些誠厚溫暖的扶持，我實在不知道那年輕的生命究竟會走到哪裡去。

跋　朋友列傳

何英傑（自由作家）

這是一部朋友列傳，都是在世奇生命中留下痕跡的有緣人。活著，不就衝著一份情？是這份情，讓人在短暫的生命中不覺得孤單，而甘心哭笑流連的吧？

學生時代時聽老師說：「一輩子能有個三兩知己，就不得了了，可別抱太大期望！」那時活力四溢，不諳世事，以為萍水相逢就算朋友，酒過三巡就算朋友，同窗同好就算朋友，很難體會這種蒼涼感。等到大了，送往迎來多了，果真是人面愈廣，交陪愈淺。

我從事業務三十年，錙銖之間，看慣薄情。一樣米百樣人，不看淡也得看淡，不收斂也得收斂，早已不是年少澎湃的情懷。人們都說盼著知己，希望痛痛快快、無所顧忌的談心。按說，這應該是性靈上的知音，不會是什麼工作上的夥伴。一位長輩卻告誡我，不然。許多人輕忽生意上的交遊，都嫌銅臭，都說下了班要有隱私的圈圈。他悠悠的說：「做過生意的朋友最值得珍惜。」為什麼？「因為利益之中，才知道是熊還是虎。沒過這道門，都看不清，都不算數。」這話，久經商場的人應當深有共鳴。

世奇，卻是一個不必做生意，就知道可以交上一輩子的血性男兒。畢業之後，我們沒什麼聯絡。不過，任憑天涯海角，你知道他在那裡，他知道你在這裡。你知道他日日精進，他也知道你沒白過。我們的關係是這樣子的：隔了十幾年斷訊，突然一封電子郵件來，完全跳過什麼閒話家常，劈頭就是談人生、論學問。這感覺，就像我們還坐在當年的教室裡，隨時可以轉過頭，嘰嘰咕咕的討論著模擬考裡的什麼題目一樣。他是我的畏友。有他在，我得振作，不能打混胡說。我，應該也在他友直、友諒、友多聞的單子上有一個位置。學無止境，我們各自還在年輕時許下心願的路上向前走著。

世態炎涼，年過半百的生命調性，難免是冷峻的。世奇偏偏不，他活脫脫依然是一副赤子心腸。看待學生、看待世間萬象，始終飽含著一份未曾冷去的善意。如果他再老一點，就可以稱作是慈祥了吧？這本書，是他眼中的世界，也是他對待朋友與面對生命的態度。

「情不知所起，一往而深。生者可以死，死可以生。生而不可與死，死而不可復生者，皆非情之至也。」愛情如此，對性情中人而言，友情亦然。這部朋友列傳，不也就是他立身行事的本傳？

國家圖書館出版品預行編目(CIP)資料

疏狂年少/林世奇著. -- 一版. -- 新北市 : 淡江大學出版中心,
2021.04
面； 公分. -- (淡江書系 ; TB025)
ISBN 978-957-8736-77-1(平裝)

863.55 110002041.

淡江書系 TB025

疏狂年少

作　　者　林世奇 著
主　　任　歐陽崇榮
總 編 輯　吳秋霞
行政編輯　黃佩如

封面設計　翁翁・不倒翁視覺創意
印 刷 廠　中茂分色製版印刷事業股份有限公司

發 行 人　葛煥昭
出 版 者　淡江大學出版中心
地址：新北市淡水區英專路151號
電話：02-86318661 / 傳真：02-86318660

出版日期　2021年4月 一版
定　　價　400元

總 經 銷　紅螞蟻圖書有限公司
展 售 處　淡江大學出版中心
地址：新北市25137 淡水區英專路151號海博館1樓
電話：02-86318661　　傳真：02-86318660
淡江大學—麗文書城
新北市淡水區英專路151號商管大樓3樓

ISBN　978-957-8736-77-1